ボクは光の国の転生皇子さま！ 2

～ボクを溺愛する仲間たちと精霊の加護でトラブル解決です～

撫羽

イラスト
nyanya

登場人物紹介

ルー

光の精霊。主人公リリに加護を授けている。精霊の中でも人型になれる希少な高位の精霊。

リリアス・ド・アーサヘイム

アーサヘイム帝国第5皇子。5歳。第2側妃の子。通称リリ。湖に落ちた時に、55歳の小児科医だった事を思い出す。

ニル・ナンナドル

リリアス付きの侍女。20歳。父は皇帝付きの側近。リリを初めて抱っこした時にその可愛さに心を奪われリリ付きを志望する。

オクソール・ベルゲン

リリアスの専属護衛騎士。24歳。希少な獅子の獣人。『ナイト・イン・オウィディエンス』という上級騎士の位を叙任されている。

リュカ・アネイラ

✦✦✦✦

21歳。希少な狼の獣人の中でも最も希少な純血種。リリに命を助けられ、志願してリリ付きの護衛兼従者見習いとなる。

フィオン・ド・アーサヘイム

✦✦✦✦

第1皇女。19歳。皇后の子。リリアス大好きお姉ちゃん。実は初恋の人がいるらしい。

クーファル・ド・アーサヘイム

✦✦✦✦

第2皇子。21歳。皇后の子。文武両道、兄弟の中ではフォロー担当。実は兄弟の中で1番モテる。

リーム・フリンドル

✦✦✦✦

リリアス専属シェフ。31歳。自称、戦うシェフ。実は元騎士団副団長。いつもエプロンの上に剣帯をつけている。

フレイ・ド・アーサヘイム

✦✦✦✦

第1皇子。23歳。皇后の子。次期皇帝。リリの事が大好きな、ちょっとやんちゃなお兄さん。

オージン・ド・アーサヘイム

✦✦✦✦

アーサヘイム帝国皇帝。45歳。光属性を持つ。リリだけでなく、子供達全員を愛する温厚な父親。

アスラール・サウエル

✦✦✦✦

辺境伯嫡男。23歳。第1皇子フレイと学友。学園時代から、フレイとは盟友らしい。剣に魔法を付与する事が得意。

アラウィン・サウエル

✦✦✦✦

辺境伯領領主。45歳。皇帝とは学友。帝国の南端で、唯一強い魔物が出現する地域を守護している。

レピオス・コローニ

✦✦✦✦

皇子担当の皇宮医師。52歳。スキャンという状態を把握する魔法が使える。リリアスから心の友と思われ慕われている。

ケイア・カーオン

✦✦✦✦

辺境伯領薬師。35歳。父親が前辺境伯の弟。幼い頃から現辺境伯と一緒に育つ。現在は研究に夢中で引きこもりがち。

アルコース・サウエル

✦✦✦✦

辺境伯次男。20歳。学園時代に第1皇女フィオンの1学年上で、一緒に生徒会の仕事をしていた事もある。

Boku wa Hikari no Kuni no Tensei ouji sama!

アーサヘイム皇家家系図

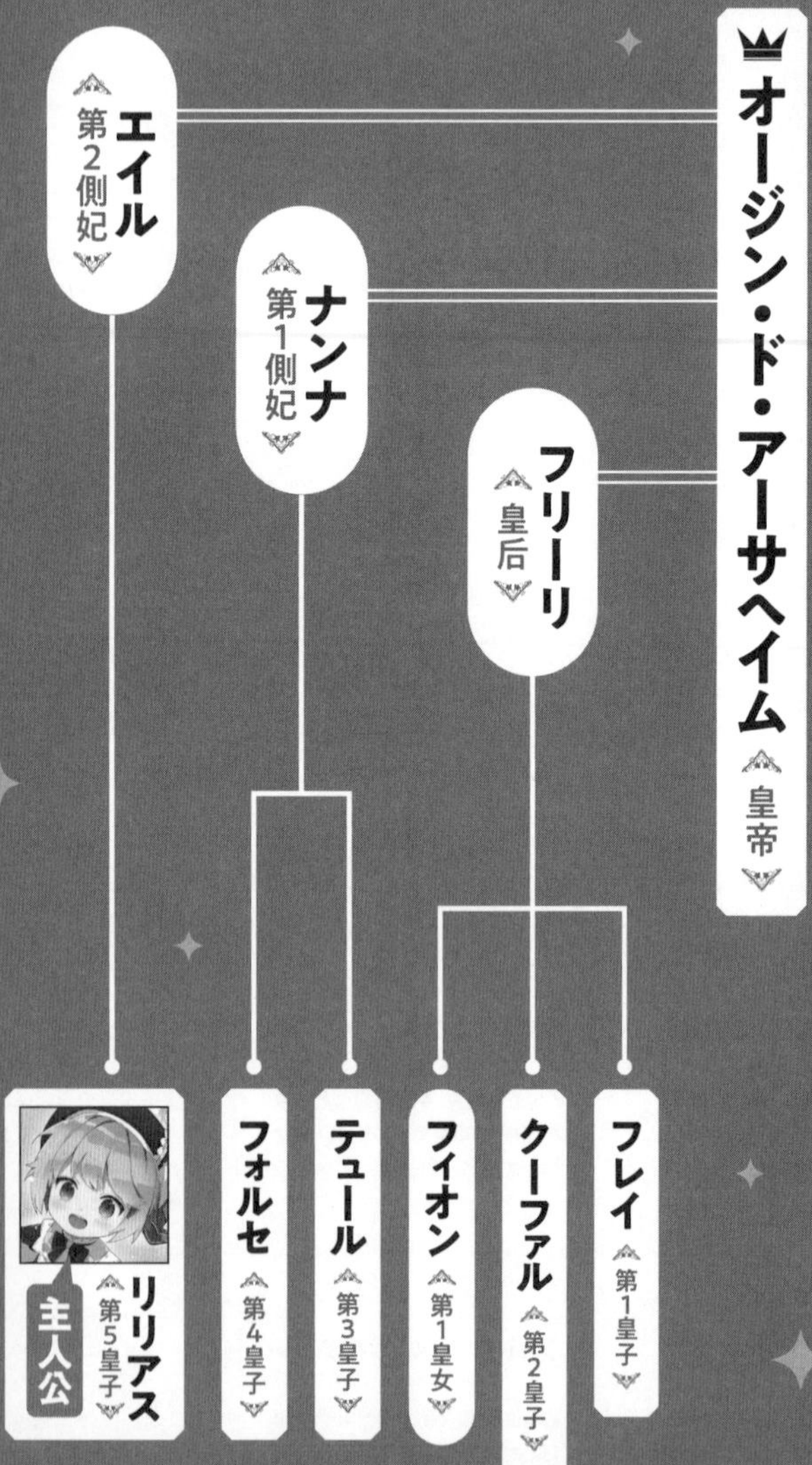

CONTENTS

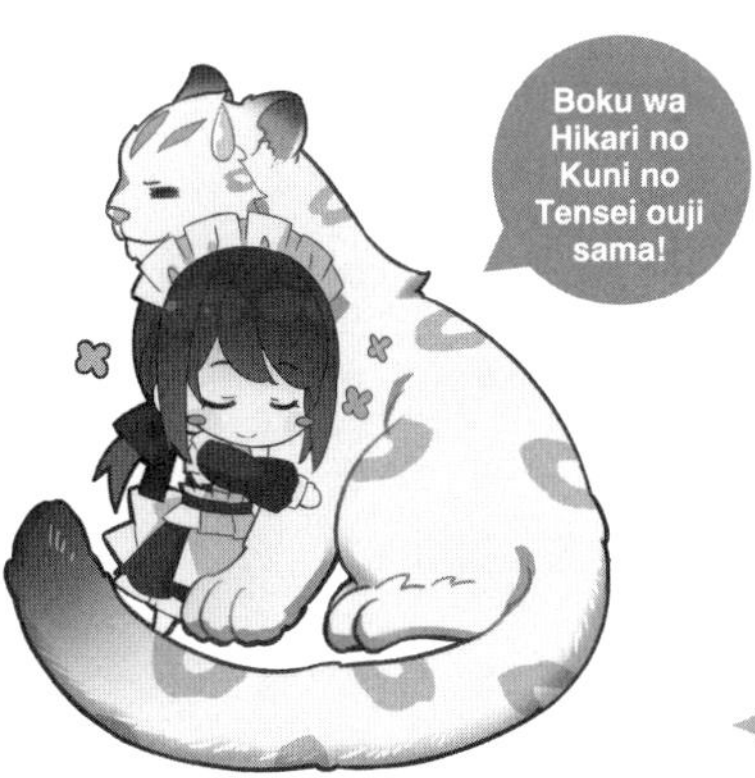
Boku wa Hikari no Kuni no Tensei ouji sama!

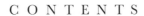

第1章　5歳

ここは、アーサヘイム帝国。

帝国の北に聳《そび》えるケブンカイセ山脈から流れ出る3本の大河の内、2本に挟まれた東の大国。多種族多民族国家だ。

西端はリーセ河、東端はノール河が流れどちらも南端のボスコニ湾に流れ込んでいる。

そして大陸の北東側に、山の湧水が地下を流れ湧き出し形成しているミーミユ湖がある。高い樹木に囲まれた湖で、そう大した大きさではないが高い透明度と魔素濃度の高さが特徴で、湖の周りには希少な薬草が生息している。妖精や聖獣の水飲場として、聖なる湖と昔話に出てくる。

そのミーミユ湖の近くに、『光の大樹』と呼ばれる大樹がある。帝国建国当時、初代皇帝が植樹した途端に芽吹き大樹となり花を咲かせたという伝説のある樹だ。どちらも現在は皇家が直接管理している地の1つだ。

その大樹に3歳の頃、初代皇帝の様に花を咲かせたのが俺だ。

前世日本人。外科医の妻と医大生の息子2人がいた現役小児科医、55歳。

その俺がこの世界のアーサヘイム帝国第5皇子リリアス・ド・アーサヘイム3歳に転生した。

最初は、いくら身体は子供でも程があるだろう、と嘆いたね。オマケにグリーンブロンドのふんわりした髪と翡翠色の瞳の可愛い幼児だ。55歳のオッサンに、こんな可愛い3歳児は無理があるだろう。

そんな俺も5歳になった。例の『ら行』の呪いからも卒業したんだ！

あれは本当に苦労した。まず、慣れてない人には通じない。それに魔法が発動しない。そのお陰か、俺はずっと無詠唱さ。

その後分かった事だが、『ら行』が正確に発音できないから魔法が発動しないのではなかった。俺が、『ら行』を発音する事に意識し過ぎていて、全くイメージできていない事が原因だったらしい。今更だ。


「レピオス、おはよう！」

ほら！　ちゃんと『レ』と言えているだろう？

「殿下、おはようございます。今日は第2騎士団からの注文が入りましたよ」

「そう、どれくらいかな？」

「はい。なんでもサウエル辺境伯の領主隊と合同で、ノール河沿岸へ魔物討伐に出るそうです。12日後の納品で70本欲しいそうです」

「魔物討伐か。どのポーション？　色々いるのかな？」

「はい。内訳は……」

俺は相変わらずレピオスに師事をしている。毎日レピオスのいる医局に入り浸っている。といってもだ。ちゃんと仕事の手伝いはしているんだ。もう立派な戦力だ。まだ5歳なのに、ポーション作成では効果の高さと精製の早さは俺が一番だ。この2年で沢山教わった。薬湯も作れる。凄い5歳児だろ？

事故で死んだ筈の俺が、何故だか分からないがこの世界に転生して早2年。俺はやはり医療に関わっていたい。前世の俺のライフワークでもあり天職だったからな。

そんな俺にとってレピオスは最高の師匠だ。と言う事で、今日も元気にやってきた。

ここでは、薬湯やポーションも一手に引き受けている。患者が運び込まれれば治療もする。この『医局』、この世界の医術に関わる者の控え室的な場になっている。

毎朝その日の予定を書き込むボードが備え付けてあって、今日は誰が休みだとか今日は誰がどこでどんな作業をしているだとかが一目で分かる様になっている。ホワイトボードではなくて、黒板だが。

建国以来だそうで、提案者は初代皇帝だ。初代皇帝恐るべし！　まるで、前世の日本の事務所だ。この中でのレピオスの立場だが、皇子担当医官だ。皇子担当医官は他に2名いる。皇帝にも別の医官が3名付いている。皇帝に皇妃や側妃、皇女にはちゃんと女性医官が3名付いている。

素晴らしい。男尊女卑があってもおかしくないのに、帝国ではかなり前世に近い。因《ちな》みに、下町だと逆に女性の方が強いらしい。おかみさん的な女性には男は敵わないらしい。

医官は其々《それぞれ》3名で1チームの様な感じだ。そこに助手が数名。そして看護を担当する者が数名。レピオスは皇子担当チームのリーダーだ。皇子担当だからと言って、担当の皇族以外は治療をしないという訳ではない。手が空いている時は、担当以外でもちゃんと治療に当たる。当然だ。

また、前世の様に研究オンリーの医官もいる。そして、要請があれば討伐や教会、街に出張る医官達もいる。結構な大所帯だ。

俺はレピオスと一緒に、早速ポーション作成の準備をしながら憂鬱な話をしていた。

「レピオス、これから午前中はオクに剣術と体術を習うことになったんだ」

と、手を動かしながら淡々と報告の様に話す。

「剣術と体術ですか」

「そう。こんな小さい手で力もないのに剣なんてふれないよ」

そうさ、まだまだ紅葉の様な小さな手なんだよ。

「殿下はあまり乗り気ではないのですか？」

「うん。だってレピオスの話を聞いたり手伝いをしている方が楽しいもん」

「それは光栄です。殿下、その鍛練はいつからお始めに？」

「うん、今日からなんだ」

「……今日ですか？」

「そう、今日……」

「殿下、では此処《ここ》にいてはいけないのでは？」

「……」

「殿下」

「……」

俺は無言で抵抗する。だが、レピオスはそんな事を許してはくれない。

「さ、お行き下さい。終わったらまたお越し下さい」

「……いやだなぁ」

「……殿下」

「……はい。行ってきます」

「はい、頑張って下さい」

そう言ってレピオスは柔らかに俺を送り出した。仕方なく俺は医局を出る……と、オクソールが待っていた。

「殿下、参りましょう」

「はぁい……」

オクソールに連れられトボトボと歩く。連行だよ。強制連行だよ。本当に、気が乗らない。

連れて来られたのは、騎士団の鍛練場。最初からガッツリ、オクソールにしごかれている。体力作りの為の基礎訓練だって。でももう膝ガックガクだ。膝が大爆笑しているよ。

「……ハァ……ハァ……ハァ」

「殿下、あと3セットです」

「……グッ……せーーのッ」

「はい、1、2、3、4、5……」

参った……！　てか、5歳児にここまでさせるか？　しかも今日が初日だぞ。遠巻きに騎士団の連中が取り囲んで見ている。そんな中でカッコ悪い事はできないっしょ！　意地だよ、意地！　5歳児の意地だ。

「はい、殿下お疲れ様でした」

「……ありがとうございました……！　ハァ、ハァ……」

俺はハァハァと息を切らしながらオクソールに言った。やり切ってやったぜ！

――おおおーーー!!

と、何故か見ていた騎士団から、歓声と拍手が起きた。

――殿下、お疲れ様です！

――殿下スゲー！

――良くやった！

――おおーー！

ん？　ん？　どう言う事だ？　みんな褒めてくれているよな？

「殿下、普通5歳の子供に今のは無理です。出来ません」

「……リュカ……ハァ、ハァ……」

「騎士団でも入りたての新人は途中で音を上げます。はい、お水に砂糖と塩を入れた物にリモネンの果汁を混ぜたものです。飲んで下さい」

それって、まんまスポドリじゃん！　リュカに貰い一気飲みする。やっと息が落ち着いてきた。

「リュカ、それ本当なの？」

「はい。ですので、騎士団のあの反応です」

なんだって!?　オクソール、お前5歳児に何やらせるんだ！

しれっとしててんじゃないよ！　俺は信じらんないよ！

ここはレピオスの研究室。医局とは別の部屋だ。同じ並びにあるんだけど、各医官は自分の研究室を持っている。そこで騎士団から発注のあったポーション作成も佳境だ。

「殿下、最近体つきが変わってきましたね？」

と、ポーションを作りながらレピオスが言う。

「レピオス、5歳児に言うことじゃないね」

と、ポーションを作りながら俺が答える。

「ハッハッハッ！　それはそうですね」

「もう、嫌だよ」

「何がですか？」

「オクのシゴキ」

「そうですか？　私はなかなか素晴らしいと見ておりましたが」

オクソールの鍛練という名のしごきを受けるようになって数日経った頃、レピオスが言ってきたんだ。レピオス、いつ見ていたんだよ。

あれから午前中はオクソールの魔のシゴキ。昼食べて、ちょぴっとお昼寝して、午後からレピオスの研究室に入り浸っている。5歳児だからね、まだお昼寝は必要なんだよ。ちょぴっとだけね。

そうだ、忘れていたがリュカが無事俺の従者になった。と、言ってもまだ従者の教育過程真っ最中だ。従者見習いだね。俺がここにいる間、リュカはオクソールと騎士団にいたり教育を受けていたりしている。で、時間が来れば迎えに来る。

午前中のシゴキも一緒に受けている。リュカは流石《さすが》に獣人だ。リュカの体力は無限なのか？　と、思う程バテる事がない。オクソールのシゴキにも楽々とついていく。

だから俺は余計にキツイ。

リュカが楽勝なのに、俺一人へばっていたらカッコ悪いだろ？　だから意地だよ。皇子の意地だ。

以前は常にニルが一緒にいたが、リュカが従者になった事でニルは身の回りの世話が中心になった。今はリュカの方が長い時間一緒にいる。

だが、ニルも俺担当の侍女である事には変わりない。部屋に戻ればニルはいる。

オクソールも、俺がレピオスの研究室にいる間は騎士団にいるが、基本は俺の専属護衛だ。これも変わりない。もちろん、リュカが研修やらでいない時はニルかオクがそばにいる。基本、俺が1人になる事はない。

別邸にいた俺担当の使用人達も、今は何をしているのか知らないが、俺担当のまま変わっていないらしい。

それと、例のシェフだが健在だ。相変わらず、食事をのせたワゴンと共に部屋の前でスタンバっている。父や兄達と食堂で食べる時も、俺がいると何故かシェフがいる。ま、いいけどさ。

食事時になるとシェフがワゴンを押して爆走していると、少し名物になっている。あのテンションも健在だ。本当に俺の周りってなんでキャラの濃い奴が多いんだろ。

「よう、リリ。今日もポーション作ってんの？」

これはルーだ。ポンッと出て来た。相変わらず、いつもいない。だが、ルーとももう2年だ。もうマブダチの域に達している。

「だれ？」

「ひど！　僕も忙しいんだよ。色々発注が来るからさ」

「あ、そう」

発注てなんだよ。人間臭いなぁ。少し前は……

「精霊の国にちょっと里帰りしてくるね！」

と、言って姿を見せなかった。精霊の国なんてあるのか？　と、あの時はそっちに驚いた。なんでも世界の何処かにある世界樹の近くにあるらしい。エルフ族が守っているのだそうだ。

そういえば、この世界に転生して、獣人は見たけどエルフやドワーフって見た事がない。ルーに言わせると、エルフやドワーフは特別な種族らしい。先祖に精霊の血が混じっているとかなんとか。だから、精霊の国と同じ様に、世界樹の近くで暮らしているらしい。俺達はその国を見る事さえもできない。結界に守られているんだそうだ。摩訶不思議だ。

その精霊さんのルーは、最近は何か兄に言われて動いているらしい。

「リリ、5歳だからお披露目するんだろ？」

「え？　知らないよ？」

「殿下、ご存じありませんか？　帝国では5歳になったらお披露目パーティーをするのですよ」

お披露目パーティー？　俺、そんな事全然知らないよ？　ん？　母が言っていたかも？

「レピオス……知らなかった」

「ほら、少し前に採寸されていたでしょう？　あれはその衣装を作る為だと思いますよ」

「そうなの？　てっきり、母さまのドレスを作るついでだと思ってた」

「勿論《もちろん》、エイル様も作られると思いますよ」

「そうなんだ。お城でするのかな？」

「そうですね。城のホールで、同じ5歳になる高位貴族の子女が集まってお披露目ですね」

「げ、貴族の子供もいっしょなの？」

「もちろんです。お披露目ですから」

「リリ、なんで？　嫌なのか？」

思わず嫌そうな顔をしてしまった俺に、ルーが聞いてきた。

「……ん、まあね」

貴族のご令嬢って幼くても貴族なんだよ。あれが花を咲かせた皇子だって目でジロジロ見られるし、その目が怖いんだ。

「リリ、怖いのか？」

「うん、目が怖い。こう……獲物を狙ってるみたいな目が」

そう、もちろん獲物は俺だ。貴族のご令嬢は狩人だ。子供でも貴族なんだよなぁ。

「ルーは関係ないからいいよね」

「いや、今回は僕もリリの肩に止まっとけって皇帝に言われた」

「えー、なんでだろ？」

「さあ？　知らないよ？」

「なんかあんのかな？　まだなにも父さまから言われてないけど」

「殿下、ルー様にそばにいる様にという事は、用心する方が良いですね」

「うん。そうだよね。余計に嫌になってきた」

「失礼致します。殿下、陛下がお呼びです」

リュカが呼びに来た。このタイミングでお呼びという事はあれだよな。今話していたお披露目パーティーの事だよな。

「わかった。じゃあ、レピオス。ボク、行くよ」

「殿下、レピオス様もお呼びです」

「私もですか？」

「リリ、ついでにお披露目パーティーだけど僕は出ないよ、て言っておいてよ」

ルーがポンッと消えた。言い逃げしたな。

リュカとレピオスと一緒に廊下を歩く。レピオスの研究室から、父の執務室までは結構な距離がある。医官がいる医局や研究室はちょうど真ん中辺りにあるんだ。どの部署の者が利用するのも便利な様になんだって。で、父の執務室は城の奥だ。俺達皇族がいるのは城の最奥なんだ。だから、結構な距離がある。歩きながら俺はリュカに聞いてみた。

「リュカ、父さまのお話ってきっと5歳のお披露目パーティーだよね？」

「殿下、ご存じだったんですね。殿下の事だからお披露目パーティーの事もご存じないかと思ってました」

「ご存じなかったですよ」

レピオスに即バラされた。そうさ、知らなかったよ。それも、さっき知ったばかりだからね。

「うん。さっきルーにきいた」

「あー、ルー様ですか。なるほど」

「……やだなぁー」

「そうですか？」

「うん。リュカ、嫌だよ」

「殿下あれですか、ご令嬢の？」

「レピオス、そうだよ。あの獲物を狙う様な目がね。レピオスも一度見たらわかるよ」

「ブフッ、殿下が獲物ですか？」

「リュカ、本当に怖いんだよ。切羽詰まっていると言うかさぁ、きっと親になにか言われてるんだよ」

「ハハハ」

「しかし、私も一緒にお呼びという事は、違うお話ではないかと」

「それも嫌なんだ」

「殿下、それも嫌なんですか？」

「うん。リュカだってそう思わない？　レピオスも一緒なんだよ。いやな予感しかないよ」

「プハハッ」

オクソールの弟子も笑い上戸だ。リュカは何故か何をしても可愛い。大の大人に可愛いもないけど。前世の息子に歳が近いからかも知れない。ああ、もう懐かしいなぁ。

「失礼致します。リリアス殿下とレピオス様をお連れ致しました」

父の執務室のドアの前で、リュカが声をかける。

「入りなさい」

父の声で返事があった。

「お呼びですか、父さま」

俺に続いてレピオスとリュカが入る。

執務室には父と側近のセティ、もう一人知らない貴族がいた。立ち上がって俺に丁寧にお辞儀をしてくれる。この貴族。只者じゃない。雰囲気や体つきも普通じゃないぞ。

俺の父、この国アーサヘイム帝国の皇帝だ。オージン・ド・アーサヘイム。御歳《おんとし》45歳。5男3女の父だ。見えないね～。キラッキラのイケメン、いやイケオジになるのか？　は健在だ。

因みに俺は末っ子の第5皇子だ。

2年前、3歳の時に俺は湖に突き落とされた。その時の犯人が第1側妃一派とその次女である第3皇女だった。

それ以降、順に繰り上がり第2側妃は第1側妃へ、俺の母は第3側妃から第2側妃になっている。

あの事件の時に、光の精霊であるルーが……

「光の神をこれ以上侮るんじゃないよ」

と、凄んだらしい。それ以降、俺は狙われる事もなく平和に過ごせている。

あの事件は俺が前世を思い出したキッカケでもあり、実の姉に命を狙われたという一番苦い思い出でもある。

「リリ、レピオス紹介しよう。こちらはアラウィン・サウエル辺境伯だ。私の学友でもある」

「リリアス殿下、レピオス殿。お初にお目にかかります。アラウィン・サウエルでございます。どうぞお見知り置きを」

そう言って軽く頭を下げる。辺境伯か。なるほど、普通じゃない筈だ。

アラウィン・サウエル辺境伯。帝国の南端、帝国で唯一強い魔物が出る地域を守護してくれている。

強い意志を感じさせる蒼色の瞳に、ブルーシルバーの長髪を無造作に後ろで結んでいる。ガタイが違う。筋骨隆々、見るからに屈強そうだ。

「初めまして、リリアスです」

「お初にお目にかかります。レピオス・コローニと申します」

「皆、掛けなさい」

父に言われ、ソファーにヨイショと座る。まだ小さいんだよ、俺。リュカが俺の後ろに控える。

「リリの5歳の披露目の話もしたいんだが、今日は違うんだ」

違うのか。そうか、レピオスが一緒だもんな。辺境伯もいるし。

「陛下、私からお話し致します」

「ああ、アラ頼む」

「その前に、リリアス殿下。辺境の事はどれ位ご存じでしょう?」

辺境伯に聞かれたよ。どれ位って言われても……殆ど知らないよね。

「リーセ河とノール河がボスコニ湾へと流れ込む周辺を含めた、南端の地。辺境伯はノール河沿岸の、魔物が出る地域も守って下さっている。位しか知りません。申し訳ないです」

「いいえ、リリアス殿下。普通はその程度です。その辺境の地をどう捉えておられますか？」

なんだ？　どうと言われてもね。本当に知らないからさぁ。

「ボクは……帝国の大変な地域を守って下さっている重要な地だと思っています」

「なるほど。充分でございます。時々、辺境はただのど田舎だと言う者がいるのです。殿下は広い視野をお持ちのようです。それでは本題に入ります」

そう言ってサウエル辺境伯は話し出した。

「3ヶ月程前になると思います。ノール河沿岸の森へ、討伐に出ていた兵の中に首や手首にかぶれを起こす者が出たのです」

それだけなら、隊服から出ている部分なので、森の草木にでもかぶれたのだろうと思う。森には色んな草木があるからな。だが、何の症状もなく治る者もいるが、一部に発熱する者が出だしたそうだ。そのうち、家族にも同じ症状の者が出るようになった。

「その原因が全く分からず、しかし魔物は待ってくれませんので森へ入らない訳にもいかず。それでご相談に上がった次第です」

なるほど。草木、虫、蜘蛛、ダニ、毛虫……予想できる原因は多いな。しかも、発熱か……

「私から宜しいでしょうか？　サウエル辺境伯様、例えばです。森を移動されている時に、チクッと刺された様な違和感があったとか、その様な事はありませんか？」

さすが、レピオス。もう分かっているよ。任せて安心だ。さすが俺の師匠だよ。

「それが、森の中はご存じの様に樹木だけではありません。背の低い草木もあります。ですので、常にチクチクしているとでも申しましょうか。魔物と向き合っている時は、その事も気にならないと申しますか……」

　まあ、そうだよなぁ。レピオスどうする？　と、レピオスに目配せをする。

「……殿下」

　え？　レピオス、俺なの？　いやいや。と、首を横に振る。

「殿下、取り急ぎ対処法ですが……」

　ああ、そっちね。対処法を説明すれば良いんだね。

「うん。とにかく身体を、肌を出さないことしかないです」

「肌を出さない、ですか」

　そうだ、取り敢えず予防だよ。手なら手袋。それも服の袖を中に入れられるような肘まである長さの手袋だ。足は領主隊ならロングブーツかな？　靴下の中にトラウザーズの裾を入れその上からブーツ。首は……そうだなぁ、スカーフとかかな？

「あと布を巻いて口を隠すのもいいです。それと、森から出たら必ず服を脱いでよーく叩いてから家に入る。クリーンする。くらいかな？」

「はぁ……」

「今、殿下が言われたのは、草木のトゲなどを防ぐのにも有効です。あと虫ですね。小さい虫が付着しても防げます。かぶれ部分は流水で念入りに洗い流す。もし刺された様な、嚙まれた様な痕があればその時に微量の毒を体内に入れられますので、直にではなく筒の様な物を当てて吸い出す。しかし、原因を特定しなければなんとも」

　そう、レピオス。その通りだ。

「リリ、レピオス。行ってくれるかい？」

父よ。やっぱり、そう来たか。そんな気がしてたんだ。

「ちょうど騎士団が行くんだよ。ついでにさ、一緒にどうかな？」

ついでってどうなんだよ。その言い方さ。レピオス。頼むよ。

「……殿下。ご自分でどうぞ」

いや、だって俺まだ5歳だよ。前世なら、義務教育前の幼児だ。幼稚園児だよ。辺境伯領は遠いよ？　ちょっと初めてのお使いに、なんて距離じゃないんだよ？

「父さま、またボクは1人で遠くまで行くのですか？」

思い切り悲しそうな顔をして言ってみた。

「リリ、それは言ってはいけない」

なんでだよ。だって、そうだよね。

「失礼致しますッ！」

急にバタンとドアが開いた。そして勢いよく入って来たのが……

フィオン・ド・アーサヘイム、第1皇女だ。19歳。

皇后の娘で、フレイとクーファルの妹だ。母親譲りのストレートで金糸の様な金髪に、意志が強そうで少し猫目気味な翠《みどり》色の瞳だ。

2年前のフォラン皇女が起こした事件に激怒し、俺が城へ帰ってきた時には抱き締められて号泣された。ハッキリと物を言うが、俺を大事に可愛がってくれる姉さまだ。時々、暴走するのが難点だ。

「失礼致します。突然申し訳ございません。直ぐに連れ出します」

「お母様、私もお話があるのですッ！」

「いいから！　あなたは後よ！　皆様、申し訳ございません。お邪魔致しました。フィオン、早く！　行きますよ！」

「やだッ！　ちょ……お母様ッ！」

何だったんだ？　連れ出されちゃったよ。いいのか？

フィオンを連れ出しにきたのは、フリーリ・ド・アーサヘイム、皇后様だ。

フィオンと同じ、綺麗な金髪に翠色の瞳だ。お幾つかは知らないけど、お美しい。その上、俺には優しい。だから俺、皇后様好き。

「すまない。フィオンは幾つになってもお転婆で困るよ」

「姉さまはどうされたのですか？」

「リリ、原因はリリだよ」

は？　俺は何もしてないぞ？

「2年前のお前の事件をまだ怒っているんだよ。だから今回、もしリリが行くなら、自分も付いて行くと訴えに来たのだと思うよ」

「…………」

ご遠慮したい……かな。正直、面倒だよ。あ、ちょっと顔に出ちゃったかも？

「リリ。姉上だよ。そんな顔をしてはいけないよ」

「はい、父さま。でも姉上が先走らないようにお願いします」

「まあ、そのあたりは皇后が頑張ってるよ」

もう個性強い奴は満腹だよー。皇后様、頑張ってほしい。

「でもね、リリのあの件が原因で婚約破棄したから強くも言えなくてね」

ああ、そうだった。実はフィオンは、俺のあの事件が無ければ王国の第2王子と婚姻する筈だったんだ。子供の頃に第2王子と遊んだ事があるとかで、王子の方から婚約を申し込んできた。しかも、熱烈に。

「自分は次男なので、婿入りしますッ！」

とか言ってきたんだって。俺は知らないけど。だって俺はまだ生まれて無かったからさ。

フィオンの勝気なところが堪んないらしく、第2王子は是非にと言ってきた。だが、婚姻直前に俺の事件があった。で、フィオンは激怒した。そして、速攻で婚約破棄してしまったと言う訳だ。婚約破棄する皇女！　いいね～！　ちょっとカッコよくない？

クーファルの話によると、第2王子は……

「王国なんて捨てます！」

と、言ってきたらしい。王国へ交渉に行っていたクーファルに、一緒に連れて行って欲しいと泣きついたとか。それはそれで、どうなんだ？　て思うよね。だって自分が生まれ育った国を捨てるなんてさ。よっぽどだよ。でも、フィオンはバッサリ断った。

「リリを殺そうとした国の人間なんて、死んでもお断り！」

……だそうだ。王子は帝国に来る方が良かったんだろうね。王国ヤバイもん、色んな意味で。王が変われば持ち直すかも知れないけど、まあ望みは薄い。

「あの、陛下」

「どうした？　アラ」

「もし宜しければ、フィオン皇女殿下もご一緒に……」

いや、待ってよ。俺まだ行くって言ってないよ？

「あ、申し訳ありません。もし、リリアス殿下とレピオス殿がいらして下さるのなら……ですが
……」

「リリ」

見てよ、あの父の良い笑顔をさ。爽やかな笑顔だよ。分かったよ、分かった！　降参だよ。あまり嫌がっても辺境伯に失礼だし。

「……レピオス」

「殿下が宜しいのであれば、私は……」

「……父さま、行きます。まだ5歳のボクが、また母さまと離れて行きます」

「リリ！　そんな私が血も涙もないみたいじゃないか!?」

「………………」

「リリー、頼むよ」

「父さま、分かりました。ただ、今はまだ騎士団のポーションを作っている最中なのです」

「ああ、分かっているよ。そのポーションは、今回持って行く為の物だからね。第2騎士団と一緒に向かってくれるかい？」

「父さま。第2騎士団ということは、クーファル兄さまですか？」

「そうだよ。クーファルとソールもだ」

ソールと言うのは、クーファルの側近だ。マロン色した瞳のバンビアイと、マロン色の長い前髪をフンワリさせていて一見チャラそうだけど曲者。クーファルと同い年で、子供の頃から一緒らしい。だからかな、クーファルと性格が似ている。でも、俺には優しいから好き。

「陛下、リリアス殿下、レピオス殿。どうかお力添えいただけませんか!?」

「アラ、煩《うるさ》いのが一人増えてすまないね」

「陛下、とんでもございません。どうか、よろしくお願い致します」

あー、やっぱ面倒な事になっちゃったよ。

「殿下……」

ん？　顔に出てた？　申し訳ないね。まだ5歳だから大目にみてよ。

「あ、そうだ父さま。フレイ兄さまに少し言ってください。ルーを使い過ぎないでと。いつもいないんですよ」

「ああ、リリ悪いね。それは私もだ」

なんだよ、2人してなのか。何を調べているんだ？　ま、いいけどさ。

「……殿下。原因は何でしょうね？」

レピオスが聞いてきた。父の執務室を出て、レピオスとリュカも一緒に俺の部屋へ向かっている。

「レピオス殿、もう分かっておられるのかと俺は思いましたが？」

「まあ、リュカ。だいたいはですね、殿下」

「うん。でもなぁ、行かないとやっぱりわかんないよ」

「殿下、そうですね」

「あ、リユカ。オクもいくよね？」

「はい、殿下。勿論です。オクソール様と俺は、殿下の行かれる所には必ずついて行きます」

なんだかな〜。城を出るの気が乗らないんだよなー。これってＰＴＳＤみたいなもんなのかな？

３歳の時のさ。あの時は自分の存在が関係のない人達を不幸にすると思っていたんだ。だから城からは出ないと思っていた。

「……殿下。あの様な事はもうありませんから」

レピオスに読まれちゃったよ。鋭いな。大丈夫だ。今はもうちゃんと分かっている。そんな事をする奴が悪いんだ。

「……レピオス。わかってりゅ」

あ、『ら行』の呪いが出ちゃったよ。やべ。

「プフッ……」

リユカ、笑うなよ。ここはスルーしてほしいな。

「なんか懐かしいですね」

「リユカ、なに？」

「いえ。殿下、お可愛らしかったなぁって思い出しました」

「リユカ、やめて……」

「私にしてみれば、今も充分お可愛らしいですよ」

「レピオス、やめて」

「あれって、殿下ご自身は気付いていてらしたんですか?」

「リュカ、あれって?」

「あれですよ。りゃりりゅ……」

「気付かないわけないじゃん!」

だって魔法が発動しないんだぞ! 言わないけど。秘密だけど!

「クフフッ!」

「リュカ。どんどんオクに似てくるね」

「え! 殿下、嬉しいです!」

……リュカ、違うぜ。それは違う。良い意味じゃないぞぅ。


「ニル、りんごジュースお願い」

「はい、殿下」

俺の部屋だ。ニルが居ると落ち着くよ〜。どんな時でも平常運転。良いね〜。

「ニル。レピオスとリュカにもお茶お願いね」

「あ、ニル様。俺はいいです」

「リュカ、座って。レピオスも」

「はい、では失礼致します」

「いいえ、殿下。俺は此処で」

ニルがりんごジュースとお茶を2つ持ってきた。何歳になってもりんごジュースは美味い。

まだ立っているリュカに座る様に促す。

「え？　だってオクも飲んでいくよ？」

「オクソール様はいいんです」

「……リュカ。外では仕方ないけど、ボクのお部屋ではいいの。ね、ニル」

「はい。リュカ、どうぞ」

「すみません。頂きます」

やっと座ったよ。本当はニルも座って欲しいけど、ニルは何をどう言っても無理だった。

「ニル、あのね。ポーションができたら、第2騎士団や辺境伯と一緒に辺境伯領まで行くことになっちゃった」

え、本当に？　もう騒いでいるのか？　行く気マンマンだな。あの場に乱入してくる位だもんな。

「ああ、それで。フィオン様が騒いでおられたのですね。何事かと思いました」

「姉さまが、父さまの執務室に乗り込んできたよ」

「……まあ！　本気ですね」

「そうなの。で、ご一緒することになった」

「それは……」

今、ニルは絶対『面倒ですね』て、言葉を飲み込んだよ。

「殿下、そんな事ありません」

ニル、鋭いな！　それよりもだ。レピオスに聞きたかった事があるんだ。辺境伯領まで行くとなると余計にな。絶対にあったら便利だろう。

「あのね、レピオス。マジックバッグはボクに作れないかな？」

「おや、どうしました？」

「騎士団は隊に何個か持ってるでしょ？　ボクもあれほしいんだ」

「あれは便利ですからね」

「あー、あれはいつも騎士団でも取り合いになりますね」

「そうですね。殿下、ルー様から空間魔法は？」

「うん、教わったけど、忘れたかも？　だって2年前だし」

「ああ、あの頃ですか。そうですね……殿下は魔物素材の物、ポーチやバッグをお持ちではないですか？」

「ニル、あるかな？」

「ございますよ。お待ち下さい」

と、ニルが続きの部屋に消えた。前世でいうウォークインクローゼットみたいになっている、俺の衣装部屋だ。

レピオスが言うには、それこそバッグではなく指輪等でも作れるのだそうだ。だが、なにしろマジックバッグは高価だ。普通のバッグだと見せかける方が安全らしい。そして、何故に魔物素材かというと、丈夫だからだ。

「殿下の魔力だとかなりの容量の物が作れそうですから丈夫な方が良いかと。宝石だと割れてしまうかも知れません」

割れちゃうの？　そうなんだ。耐えられない、て事かな？

「殿下！」

リュカが目をキラキラさせながら身を乗り出してきた。おい、リュカ。何だよ。リュカが大型のワンちゃんに見えちゃうぞ。ブンブンと振っている尻尾が見えそうだ。

「なに？　ほしいの？」

「はいッ！」

「そっか、騎士団でも取り合いになるって言ってたね。まあ、元になるバッグがどれだけあるかだね」

「お待たせ致しました」

ニルが何個か持って来てくれた。

これ、魔物素材だったのか。知らなかった。とっても丈夫な普通の革だと思ってたな。

小さなポーチ型の物を3個と、俺がよく使っている斜めに肩から掛けられるバッグ2個。普通の手提げを2個。あと、少し大きめのボストンバッグが3個だ。

「では、失礼して……」

レピオスがバッグを手にして見る。

「殿下、試してみますか？」

「うん」

「空間拡張と時間経過をですね……」

結局ニルが持ってきてくれたバッグを全部マジックバッグにした。やったぜ。レピオスも教え方が上手いんだ。順を追って丁寧に教えてくれる。さすが俺の師匠！　お陰で楽勝だった。

「殿下、マジですか……！」

なんだよリュカ、欲しいんだろ？

「だってリュカもほしいんでしょ？　好きなの持って行っていいよ。リュカだけ、て訳にいかないじゃん。オクの分もだよ」

「殿下！　有難うございます！　この小さいのが良いです！」

あれ？　そうなの？　一番小さいのでいいのか？

「このサイズなら剣帯に付けられますから！」

そうなんだ。なるほどね。持ち運びに便利で剣を使う時にも邪魔にならない、て事だね。剣帯って、ちょっとかっちょよくないか？　俺はまだ剣を使えないから持っていないけど。騎士団とかを見ていると憧れちゃうぜ。

「レピオス様、ベルト通しみたいなのを縫い付けても平気ですか？」

「ああ、大きく切ったりしなかったら大丈夫ですよ」

「殿下、マジ嬉しいです！　いいんですか!?」

なんだよ、今更。これ位全然いいよ。本当に嬉しそうだな。もしかして、困っていたのか？

「うん、いいよ」

と、ポーチをあげる……ん？

「殿下、私も１つ……」

「レピオス、自分でつくれるのに？」

「はい、殿下の魔力量だと容量もかなりの物ですから。私では、ここまでの物は作れません」

そうなの？　俺だと？　て、事はポーションみたいに作る者の魔力量とかで変わってくるのか？

「レピオス、これ1個でどれくらい入るのかな？」

と、リュカが選んだのと同じ小さいポーチを手にする。

「そうですね、殿下のこちらのお部屋位は余裕でしょうか？」

「マジですか!?　騎士団のは、これより大きなバッグなのにそんなに入らないですよ！　全然違いますよ！　殿下凄いです！　ヤッタ！」

「レピオス様、では此方《こちら》のバッグは？」

ニルがバッグを手にして聞いてきた。

「そうですね、その倍とボストンはまた倍位でしょうか」

レピオスがバッグを指しながら説明する。あらー、便利だわ。

「殿下、その辺境伯領に行く時に、お借りしても良いですか？」

まあ、ニルまでのってきたよ。欲しいの？

「うん、いいよ。でもニル、そんなに荷物ある？」

「あ、いえ。このボストンをフィオン様にお使い頂こうかと。ドレスは嵩張《かさば》りますから」

あー、女の人は大変だね。荷物多そうだよね。

「もし、マジックバッグにしていいのがあるなら、ボク作るよ？」

「殿下！　本当ですか!?」

「うん。まだ出発まで日があるし。少しならいいよ。沢山は無理だけどね」

「有難うございます！　では、早速明日にはご用意しておきます！　お願いします！」

エヘへ、ニルが喜んでくれたよ。ニルにはいつもお世話になっているからね。これくらいどうって事ないよ。

「殿下、殿下」

「リュカなに？」

「騎士団も……」

「ダメ」

「……!!」

そんな、ガーン!!　て顔しない。またワンちゃんが見えた。本当、リュカは表情が豊かだ。

「騎士団はキリがないからだめ。ちゃんと魔術師団に依頼すればいいんだよ」

「殿下、騎士団と魔術師団て、めちゃめちゃ合わないって知ってます？」

知らない……頭をプルプル横に振る。全然知らない。俺は、魔術師団と関わりないからな。１人も知り合いがいないもんな。オクソールとリュカがいるから小さな頃から騎士団と接する事はあった。今も騎士団は医局に来たりする。でも、魔術師団は医局には来ないからな、関わりが全くない。

「合わないんですよ。見事に！」

「そうなの？　なんで？」

「知らないです」

何だよそれ!!　知らないのかよ！　話になんないじゃん！

「殿下、お互いの矜持ですよ。騎士団は剣。魔術師団は魔法。相容れないんです」

「レピオス、そんなのどうでもいいのに」

「殿下はそうですね」

「だから、騎士団が持ってるマジックバッグも少ないんです」

「そっか。でもそれなら余計にボクが作ったらダメだよ。父さまに話してもらおう」

「それが一番角がたたないですね」

うん、そうしよう。俺が作って、後で魔術師団が知ったら余計に関係が悪くなりそうだ。

父に一言言ってもらおう。


「……ハァハァ……ハァ……ハァ……」

オクソールの鍛練がどんどんキツくなっている。今もう既に喋れないよ。

俺は騎士団の鍛練場で、もうヘトヘトだ。地面に大の字で寝転がりたいのをグッと堪えて膝に手を突いて肩で息をしている。毎朝これだよ。オクソール、容赦ないな！

「殿下、有難うございます」

「……ハァハァ……オク、なに？」

「マジックバッグです。助かります」

「いいよ。ついでだったの。父さまにもいっておいたから、騎士団にも少しは補充されると思うよ」

「はい。申し訳ありません。殿下、レピオス殿も第2騎士団と同行されるとか」

「うん。フィオン姉さまもね」

「大丈夫です。お守り致します」

「うん、ありがとう。オク、おねがいね」

オク、カッコいいなぁ。クールだよ。安心するよ。惚れちゃうなぁ。


「失礼致します。第2騎士団です。ポーションを頂きに参りました」

「はーい」

今、俺は医局にいる。今日はポーションの納品日だ。医局に第2騎士団の団員が取りにやってきた。俺がヒョコッと顔を出し対応する。だってレピオスはいないから。

できる者が対応するのが当たり前だ。皇子とか関係ない。と、俺は思っているから普通に対応する。騎士団も、もうそれに慣れっこだ。

「ごくろうさま。こっちだよ」

と、騎士団員にこっちこっちと手招きしながら医局の中を移動する。

「リリアス殿下！　この度は有難うございます！」

ポーションを取りに来た第2騎士団員3名が一斉に頭を下げた。

「殿下が陛下にお口添えして下さったお陰で、騎士団用のマジックバッグが増えました！　有難うございます！」

あー、その事か。父は早速動いてくれたんだな。良かった。

「ううん、ボクは口を出しただけだよ。決めたのは父さまだから」

話しながら、こっちこっちとポーションを入れてある木箱まで誘導する。

「これ全部だよ。普通のポーションだけじゃなくて、毒消しも入れておいた」

辺境伯の話を聞くと、必要になりそうだからね。

「それとね、こっちのも一緒に持って行ってほしいんだ」

俺はポーションを纏めて収納してある箱の横にある少し大きな箱を指差した。

「はい、分かりました。まだ配らない方が良いですか？」

騎士団員が纏めて持ってくれる。

「うん。後でレピオスと説明にいくよ。集まっておいてほしいな」

「はい！　殿下、頂いていきます」

「うん。気をつけてね」

「有難うございます」

と、礼を言った団員とは別の団員が言った。

「あの、リリアス殿下」

「我々がお守りしますので、大丈夫です！」

「はい！　殿下！　皆あのオクソール様のシゴキを耐えた仲間です！」

「あれはキツイよね～。じゃあみんな同じシゴキに耐えた仲間だね」

「は、はい、殿下！」

「ありがとう。じゃあ、おねがいね」

「「はい！　殿下！」」

なんでもない様に流したけどさ、俺も倒れたかったよ。本当にキツかったから。

でも、守るってだけでなく、仲間だといってくれる。とっても嬉しい事だ。

レピオスの手伝いをしていると、騎士団員とよく話す様になる。それだけ騎士団員が出入りしているからだ。今の様にポーションの受取りだけでなく、訓練中の怪我もある。討伐から戻ってきて、治療に通ってくる団員もいる。怪我して直ぐにポーションを飲んでいれば酷くならなかったのに……て場合もある。

もっと早くマジックバッグの事に気付ければよかったな。理想は、小さい物で良いから騎士団全員にマジックバッグを持たせてあげたいなぁ。と、思う。荷物を小さく出来れば動きも変わる。馬にも負担が掛からなくて済む。ポーション類を全員に充分な本数を渡す事ができる。

「リリ、また遠出するんだって？」

医局でそんな事を考えていると、ポンッとルーが出てきた。

「ルーはどうするの？」

「何言ってるんだ。リリが行くなら僕も行くよ」

「いつもいないのに？」

「だからそれはさぁ」

父や兄達から何かしら頼まれているんだろ？　仕方ないさ。むしろ、ちょっと悪い気もする。精霊さんなのにさ。

「殿下。戻りました」

「レピオス、おかえり。ポーション渡しておいたよ」

「有難うございます。では、説明に参りましょうか」

「ボクも？」

「はい、考案者ですから」

「わかった、いくよ」

ポンッとルーがまた消えた。ま、何処かで見てくれているんだろう、と思う事にする。レピオスと一緒に騎士団の詰所へと向かう。

「殿下、あれは良いですね」

「レピオス、どれ？」

「あの筒の」

「ああ、そう？」

「はい。あれは毒を吸い出す際の二次被害を予防できますね」

「うん。口を直接つけるよりはね」

「ええ」

「でも……レピオス、現地にいってみないと……」

「はい。原因が分かりませんから」

「そうだね」

「殿下、レピオス様、わざわざ有難うございます」

リュカが走ってきた。

「皆集まっております。此方です、どうぞ」

リュカが開けてくれた扉を入ると、騎士団員が整列していた。俺が入ると一斉に前世で言う敬礼をしてくれる。

「ああ、みんな。いいから座ってね」

と、言うとオクソールが第2騎士団長に合図する。

「殿下、此度は陛下にお口添えいただき有難うございます！」

またお礼を言われたよ。そんな畏まるのは止めてくれ。俺は大した事はしてないよ。

「いいの、気にしないで。楽にして」

「はっ！　休めッ！」

直立していた団員達が一斉に座った。凄い揃ってる！　こういうのカッコいいよね。

「では、ご説明させて頂きます。皆様、それぞれ一揃いお持ち下さい」

一式配られザワザワと団員達が順に手に取る。レピオスが前で、団員達に配った物と同じ物を手にして見せながら説明をする。

レピオスが、少し大きめで緑の蓋の丸い容器を手に取り団員達へ見せた。前世だとハンドクリームとかが入ってそうなそれほど高さのない丸い容器だ。ガラス製で煮沸殺菌済みだ。

「まず、軟膏です。2種類ございます。緑の蓋で丸い容器の大きい方が虫除けです。蓋に『虫除け』と書いてあります。彼方《あちら》に到着して、森へ入る前に隊服から出る部分、手や首それに顔ですね。虫が嫌がる薬草の成分を練り込んでありますので、しっかり塗って下さい」

次に、赤い蓋の四角い容器を手にする。さっきの丸い容器より2回り程小さい。これもガラス製で煮沸殺菌をしてある。

「赤い蓋の四角い容器ですが、これはかぶれた時に塗ります。炎症を抑える効果と解毒の効果があります。患部を流水でしっかり流してから塗って下さい。ですので、かぶれ等が無ければ必要ありません。2つの軟骨は宜しいでしょうか？　次ですが……」

薄い黄色に濁った液体の入っている霧吹きを手にして見せる。園芸品店等に売ってそうな霧吹きだ。ただし、プラなんて素材はこの世界にはないからこれも煮沸殺菌済みのガラス容器だ。

「液体の瓶です。これは酢を薄めた物に、虫を駆除する薬草の成分を混ぜた物です。彼方で使用指示が出た場合に散布して頂きます。使用前はよく振って下さい。次です。筒状の物があります。お分かりでしょうか？」

レピオスが15センチ程の丸い筒で、真ん中辺りの両側につまみのある物を手に取って見せた。

「此方はポイズンリムーバーと言います。もしも何かに嚙まれた様な、チクッとした感じがあれば直ぐに嚙み跡があるか確認して下さい。嚙み跡を探してこの筒の先を患部に押し当て、中程にあるつまみを引き上げて毒を吸い出します」

実際に、つまみを引き上げ動かして見せる。これも前世ならプラか何かで作られているかも知れない。だがさっきも言ったようにそんな物はない。だから試行錯誤したんだ。最初は竹で作ってみた。でも、皮膚への密着度がイマイチだったのでガラスで作ってみた。密着度は良い感じなんだけど、割れやすい。なので金属にした。わざわざ発注したんだ。結構大変だったんだよ。

「必要であれば、この操作を繰り返して下さい。例えば、蛇に嚙まれたり蜂に刺されたりした場合、今迄は口で患部から毒を吸い出していたと思います。それと同じ役目をします。患部に直接口を付けないので、毒の二次被害を防げます。後は、手袋はお分かりですね。隊服の袖を手袋の中に入れて着けて下さい」

普通の手袋より長い肘まである手袋だ。そして最後に、頭からすっぽり被れるよう筒状に縫い上げてあり片方の端に紐を通してある布を見せる。マスクなんてないし、それより首も隠したいしでこの形になったんだ。

「あともう1つです。この布で出来た物ですが、目から下を鼻と口を隠す様に被って下さい。此方の紐でずれない様に調整します。紐のある方が上です。反対側はそのまま隊服の上に出しておいて下さい。これで害のある物を吸い込んでしまうのを防ぐ事と、害虫等から首を守ります。以上ですが、ご不明な事があればどうぞ」

一番前にいる騎士団長が手をあげた。

「どうぞ」

レピオスが発言を促す。

「これらの道具は今回だけの物でしょうか？　ご説明を聞いておりますと、普段も使用出来ればと思ったのですが」

そうなのか？　レピオスどうする？

「今回に限りと言う訳ではございません。ご要望があればご用意致しますよ」

「それは有難い。他の騎士団にも伝えておきます」

「騎士団長、それはどの道具のことなの？」

「殿下、そうですね、全てなのですが。手袋等は騎士団の団服に合わせて、通常の装備にできればと思います」

　なるほど。今迄はなかったのか？

「思うことは今教えてね。またボクから父さまに話してみるから。実際に現場に出ている人たちの意見は大切だから、遠慮しないで教えてね。たとえば、これは剣を使うときにじゃまになるとか、動きにくいとか。教えてくれたら改良するから」

「はい！　有難うございます」

　これで以上かな？　と、レピオスを見る。大丈夫そうだ。

「じゃあ、今回はすこし遠いけど、よろしくおねがいします」

　俺がそう言うと、ザッと一斉に騎士団員が立ち上がった。

「――はッ!!

「殿下、レピオス殿、有難うございました」

　オクソールが帰りを先導してくれる。後ろからはリュカが付いてくる。

「あれは、すべてお考えになられたのですか？」

「オクソール殿、殿下が全て考案されたのですよ」

「レピオス殿でなく、殿下がですか？」

「うん。被害を増やしたくないから。出来る限り防ぎたいんだ」

「騎士団長も言ってましたが、あれは普段でも役立ちます」

「そうなの？」

「はい。魔物の討伐は森ですから」

そう言われればそうだ。

「手袋もなかったんだね。今迄どうしてたの？」

「はい。個人でそれぞれ用意しておりました。騎士団の装備に加えていただければ助かります」

「じゃあ、父さまにいっておくよ」

「有難うございます」

「リユカ、父さまのご都合を聞いてきて」

「はい、畏まりました」

リユカが走って行った。


「殿下、お待たせしました。今から来られる様にと仰ってます」

リユカが戻ってきた。

「リユカ、ありがとう。オク、レピオスいこう」

「私もですか？」

「オク、現場の意見は大事だよ」

「分かりました」

皆で父の執務室に向かう。城の中は広い。医局から父の執務室までは遠い。歩数計があったら、かなりの歩数を稼げる。

「失礼致します。リリアス殿下、オクソール様、レピオス様をお連れしました」

「入って頂きなさい」

　これは父の側近セティの声だ。セティは父の懐刀とも言われている凄腕の側近だ。噂では、影の存在の頭だとか言われている。因みにニルの父親だ。

「父さま失礼します」

　俺が入ると続いてレピオス達が入り、オクソールとリュカはそのまま俺の後ろに控える。中には父とセティがいた。

「リリ、ポーションの納品は終わったのかな？」

「はい、父さま。ポーションと一緒に毒消しと、この道具を配りました」

　俺は、レピオスに目配せして、道具を父とセティの前に出してもらう。

「陛下、私からご説明致します」

　レピオスが、騎士団にしたのと同じ事を説明した。

「これは、リリが考えたのかい？」

「はい、父さま。被害を増やしたくないのです」

「成る程……陛下これは有用ですね」

「ああ。セティもそう思うか？」

「はい」

「父さま、騎士団の装備に手袋を加えられませんか？　今は個人で用意しているそうなのです」

「オクソール、そうなのか？」

「はい、陛下」

「陛下、それは早急に用意しませんと」

「セティ、頼む」

「はい、陛下」

「陛下、他の道具も随時必要な時に、作成依頼を出来る様にしていただきたく」

「オクソール、そうか。なら、手袋とこの鼻から首まで覆うものは、騎士団の装備として用意しよう。あとは、ポーション等と同じ扱いで必要な時に発注するという事でどうだ？」

「はい、充分です。有難うございます」

「レピオス、この虫除けの軟膏はいいな」

「陛下、そうなのです。その軟膏と害虫を駆除する霧吹きは、騎士団だけでなく他の部署でも欲しがる者がいると思います」

ま、畑仕事や庭師にもあると良いかもな。

「リリ、軟膏と駆除する液体は特別な物が必要なのかい？」

「いいえ。どちらもかんたんに手に入る材料です。城の薬草園にもたくさんあります。それに人や植物にも無害です」

「では殿下、詳細を公表しても構いませんか？」

「うん、セティ。いいよ。じゃあ、成分を書き出しておくよ」

「殿下、お願いします」

うん、そうしたら皆が自由に使えるしな。いい考えだな。

「リリ、同じ道具を辺境伯にも用意させたいんだ。見本として幾つか辺境伯に渡そう。で、向こうで作り方も教えてあげてほしい」

「はい、わかりました」

「リリそれとね、フィオンなんだけど」

あー、忘れてた。一番厄介なやつだ。いや、フィオンが嫌いな訳じゃないんだ。好きだよ、姉だしさ。俺の事を可愛がってくれる良い姉だよ。ただ、少しなぁ……暴走しちゃうんだよなぁ。

「リリ、フィオンにマジックバッグを作ってあげたのかな？」

「いえ、父さま。ニルが姉さまにと、使わないボストンのマジックバッグを持っていったのだと思います。ドレスが嵩張るからとか話してました」

「そう……それがね、フィオンが大喜びして張り切ってしまっていてね」

あー……そうきたか。ミスったな。

「そう言う事なんだ。リリ、頼んだよ」

「父さま、逆です」

「逆？」

「はい。5歳のボクに19歳の姉さまを、頼まないでください」

「そうだね、逆だね。でもリリ、分かるよね？　リリじゃないと制御できないだろう？」

「……努力します……」

「リリは良い子だ」

「父さま、無理な時は無理ですよ？」

「ああ、それでいい。後はフィオンの侍女に頑張ってもらうよ」

「では、陛下。出立はどうされますか？」

「ああ、セティ。アラの出立に合わせたいね。調整してくれるかな？」

「畏まりました。リリアス殿下、決まりましたらお知らせ致します」

「うん、セティ。おねがい」

「リリ、もしも何かあったら、どんな事でも直ぐにルー様にお願いするんだよ。父様に知らせてほしい」

「はい、父さま」

その肝心のルーは、いつもいないけどな。

さて、出立が4日後に決まった。

其れ迄に、道具一式を余分に出来るだけ作っておきたい。

なのに今俺は、母に呼ばれて城の一室にいる。

「リリ、2パターン作っておいたのよ。でもね、迷っているの。こちらの紺色のも素敵なんだけど、お兄様達の時は白だったそうなの。だからね、リリもこっちの白が良いと母様は思うのよ。それでね……」

5歳のお披露目パーティーに着る衣装なんだそうだ。なんでもいいよ。母の好きな方にしてくれていいよ。

別邸にいた頃はそうでもなかったが、城にいるとやはり皇子様ルックだ。服がモロ皇子様仕様だ。フリフリだったり、ピカピカだったり。

普段着ている物だとまだ飾りは少ないが、それでも生地が上質なのは見れば分かる。着ればもっと分かる。肌触りが違うんだよ。

結局、母が選んだ俺の衣装は白の上下だ。上着は白地に淡いグリーンの金糸で刺繍が全面にあったり、飾りが付いていたり。中に着るシャツも、襟や袖がフリフリだ。しかも前で結ぶフンワリした大きなおリボン付きだ。

腰にはベルトに重ねてキラキラチェーンのお飾りだ。刺繍や飾りは俺の髪色を取り入れてあるらしい。

パンツが膝丈なんだよ。お子様だからかな？　まあ、普段も膝丈なんだが。まだ、太腿がバッチリ出る短パンじゃないから救われるよ。だって、いくら5歳児でも太腿を見せるのは抵抗がある。で、白のロングブーツだ。これまたブーツなのに革に刺繍がしてあって飾りがつけてある。

俺は、一式全部試着して母の前に出る。うん、苦行僧の気分だ。

「まあ！　リリ！　とっても似合っているわ！　なんて可愛らしいんでしょう！」

「母さま、そうですか？　ありがとうございます」

「リリ、良いかしら。あなたを狙ってくるのはご令嬢だけではないのよ。貴方の側近に、従者に、お友達にとご子息達も狙ってくるわ。呉々《くれぐれ》も気をつけるのよ。笑ってかわしなさい」

「はい。母さま」

えぇー、そんなになのか？　益々出たくないな。

「お披露目パーティーには、陛下と私も出ますからね。もしも何かあれば直ぐに気が付くわ」

「はい。母さま」

頼むよ、本当にさ。頼りにしてるからな、父よ、母よ。

俺は騎士団の鍛錬場にいる。オクソールのシゴキの真っ最中さ！　最近は木の模造剣も使っている。子供用だから、普通の剣より軽くて短いんだ。

みんな忘れてるかも知れないが、俺はまだ5歳だからね。前世だとまだ幼稚園児なんだ。チャンバラごっこみたいだよ。

「せいッ！」

思い切ってオクソールに斬り込んで行っても、軽く振り払われるんだ。俺は肩で息してるのに、オクソールは全然余裕だ。汗もかいていない。というより1歩も動いていない。悔しいぜ！

「クフッ……殿下。またその変な掛け声ですか？　クフフ」

「分かってないなー！　だからロマンだって言ったじゃん！」

「ロマン……りょまんでしたか？　フッ！」

「うわ、オクひどい！」

禁句だぜ？　俺の黒歴史だよ？　オクソール、よく覚えていたな！

「ところで殿下、ルー様に付与魔法は教わりませんでしたか？」

「オク……教わったような気がする」

「身体に身体強化を付与する方法等はいかがでしょう？」

身体にか？　強化するのか？　魔法で？

「オク、どうすんの？」

オクソールが言うには、ブーストで強化。ウォールだと一定のダメージを無効化するのだそうだ。他にはバリアを張るシールドもあるらしい。自分より強い相手や、対魔物戦の時に有効だそうだ。

「殿下は魔力量が多い方なので、味方の兵に付与したりする事も可能でしょう。魔術師団にも使える者がいます」

そんな使い方もあるのか。魔術師団か、全然知らないな。関わりがないよ。と、オクソールの話を聞いていると、どこかで聞いたことのある声がした。

「その通りです。魔物相手だと、どの属性が弱点なのかを把握しておく事も大切です」

なんだ？　俺はその声がした方を見る。

「サウエル辺境伯」

「殿下、失礼致しました。拝見しておりました」

「声をかけてくだされば良かったのに」

「いえ、お邪魔はしたくありませんので」

「ご無沙汰しております」

「オクソール殿、こちらこそ。久しぶりですな」

知り合いか？　まあ、オクソールが俺の護衛になったのは俺が2歳の頃らしいから、それまでは騎士団にいたんだよな？

「以前、騎士団と合同で魔物討伐へ出た際お世話になりました」

「そうなの？」

「いや、しかし。殿下は5歳とは思えない身のこなしですな。拝見して驚きました。ああ、紹介致します。長男のアスラール・サウエルにございます。此度は同行致します。お見知り置きを」

「アスラール・サウエルです。リリアス殿下、お初にお目に掛かります」

サウエル辺境伯嫡男、アスラール・サウエル。父親譲りのブルーシルバーの長い髪を後ろで1つに結んでいる。涼しげな目元なのに瞳は優しい瑠璃色だ。

父親の様な屈強な感じではないが、服の上からでも鍛えているのが分かる。引き締まった身体とでも言うのか。細マッチョか。羨ましい。前世の俺、腹なんてぷよぷよさ。

「初めまして、リリアスです。よろしくおねがいします」

「リリアス殿下、わざわざ領地までお越し頂く事、忝《かたじけな》く存じます」

「いいえ、アスラール殿。こちらこそ、姉さままでお世話になる事になってしまって、ご迷惑をおかけします」

「本当に殿下は聞きしに勝る」

なんだ？　俺の噂とかあるのか？　悪口言われてたらちょっと凹むぞ。俺、打たれ弱いからね。

「とても5歳には、思えないという事です」

えー、どこがだ？　可愛い５歳児じゃん。

「ボクは普通の５歳児ですよ？」

コテンと首を傾ける。

「「クフッ……」」

あー、またオクソールとリュカが吹き出してる。この師弟コンビは。お笑いでもやってみる？　子弟揃って笑い上戸ってどうなんだ？

「最後の足元に滑り込むのは、身体がお小さい殿下には有効な攻撃方法ですね。まあ、まだまだ鍛練が必要ですが。５歳でここまで出来るなら素晴らしいですよ」

「オクソールは容赦ないですから」

「ハハハ、そうですか。オクソール殿が。殿下、先程の魔法付与ですが、武器に付与するのも有効です」

「辺境伯、武器に付与するのですか？」

「ええ、アスラールは風と氷魔法が使えるのですが、剣に付与します」

えー、凄いじゃん！　ファンタジーだな！

「はい、魔物の属性によりますが、風属性や氷属性を剣に付与したりします。火属性の魔物には有効なんです」

「アスラール殿、すごいです！」

「ハハハ、有難うございます。でも剣ではオクソール殿に敵いません」

「いや、アスラール殿も充分お強い」

オクが強いと言うアスラールか、かなり強いんだろうな。見てみたいぞー。

「見てみたいです！　どうやって剣に付与するのですか？」

「実際にやってご覧にいれましょうか？」

「本当ですか!?　是非！　オク、お相手して！」

「殿下……そんないきなり」

「えー、オク見たいよー！」

「ハハハ、そういう所はお可愛らしい」

「殿下。何か剣をお貸し願えますか？」

「はい！　リュカ、剣をおねがい！」

「はい、殿下」

リュカが剣を取りに走って行った。

「殿下、彼は？」

「ボクの従者で、リュカと言います。オクソールの弟子です」

「殿下、弟子と言う訳では……」

「え？　なんで？　オクが、一から鍛えて指導してるんだから、弟子でしょう？」

「オクソール殿にですか？　それは羨ましい」

えー、俺は絶対に嫌だよ。オクソールは容赦ないから。鍛練になるとドSだからね。瀕死になるよ？

「お待たせしました！」

リュカが剣を抱えて戻ってきた。そしてアスラールへと手渡す。

「どうぞ！」

「有難う。君はオクソール殿に鍛えてもらっているのか？」

アスラールがリュカに聞いた。

「はい！　リリアス殿下をお守りする為に強くなりたいのです！」

「リリアス殿下を？　オクソール殿に憧れてではなく？」

「はい？　私はリリアス殿下をお側でお守りする為に、オクソール様に弟子入りしましたが？　何か？」

アスラールが不思議そうな顔をしているな。

そうだよな。オクソールは騎士達の憧れだもんな。

「……父上、お聞きになりましたか？」

「ああ、アスラール。殿下のお人柄がうかがえるというものだ」

何で俺？　俺もオクソールやリュカも頭の上に『？？？』が浮かんでしまった。

「リュカと言ったか？　しっかりリリアス殿下をお守りするのだぞ」

「はい！　辺境伯様！　勿論です！　殿下をお守りして、自分も無事でいられる様に鍛練致します！」

「ハハハ！　自分もか!?」

「はい！　殿下のお側にと願い出た時に言われました。殿下は、ご自分の為に誰かが傷付くと悲しまれご自分を責められると。ですので、殿下はもちろん自分も無事でないといけないと言われました。だから、強くなります！　鍛練します！」

「リュカ、恥ずかしいからあんまり言わないでよ」

「殿下、何故ですか？」

「……ハハハ！　これはまた！」

「サウエル辺境伯様、殿下はそういうお方なのです」

「オクソール殿、貴方は騎士達の憧れでもあり目標でもあります。ですので、私達はてっきり彼はオクソール殿に憧れて弟子入りしたのだと思いました。それがオクソール殿ではなく、殿下のお側にいる為とは。勿論、それは素晴らしい事です」

「辺境伯様、私はリリアス殿下をお守りするお役目を頂けた事は、身に余る光栄だと思っております。リリアス殿下付きの者は、皆同じ様に思っております」

「左様ですか。素晴らしい。そう思える方にお仕えできるのは幸せですな」

「はい」

「そう思われる殿下も素晴らしい」

「サウエル辺境伯。ボクはとても恵まれているのです」

「恵まれてですか?」

「はい。ボクみたいな子供に、オクやリュカだけでなく他の者達もとても心を掛けてくれますから。ありがたいです。今迄、何度も助けられました」

「リュカと言ったか」

「はい！　リュカ・アネイラと申します。私もご領地までご一緒致します。宜しくお願いします！」

「こちらこそ、宜しく頼む」

この後、アスラールから剣に付与する事や、身体強化等色々教えてもらった。

常に魔物を討伐しているだけあって、騎士団とはまた違った戦い方を知っている。魔物に対しては当然なのだろう。騎士団は対人。アスラールは対魔物なんだ。

俺はまだ魔物と遭遇した事がない。腰引けそうだよ。ちょっと怖いかもよ。本当にさ。

アスラールに一通り教わり、リュカにスポドリ擬《もど》きをもらって皆で飲んでいる時に、サウエル辺境伯が言い出した。

「大切な事を忘れるところでした。殿下にお礼を申し上げたくてお探ししていたのです」

俺？　何かしたっけ？　覚えがないぞ？

「殿下が考案なさった道具一式を、陛下に見せて頂きました。有難うございます。どれも、特別な材料を使われている訳ではないのに、とても有用な物だと拝見致しました。是非、領地へ来られた際に、我が家の薬師に伝授頂ければと」

そんな大したもんじゃないよ。頼むから、畏まらないでほしい。

「やめてください！　辺境伯！　伝授なんて、そんな大した物じゃないです！　どうか堅苦しいのはやめてください」

「なるほど、陛下の仰る通りですな」

「父さまですか？」

また父は余計な事を言ってないだろうな。時々頭ん中にお花畑ができちゃうからな。

「ええ。殿下に是非お礼をと申しましたら陛下が、『嫌がると思うよ』と仰いまして」

「父さまの言う通りです。辺境伯には暫《しばら》くお世話になりますし、どうかあまり畏まらないでください」

「ハハハ！　アスラール聞いたか!?　この皇族の方々は皆同じ様な事を仰る。以前、フレイ殿下とクーファル殿下もご一緒した時に同じ様な事を仰いました。人によって意見はあるでしょうが、私は好きですぞ。リリアス殿下、是非私の事は名前でお呼び下さい。陛下とは学園時代からのお付き合いでアラとお呼びになります。殿下も是非アラとお呼び下さい」

「ありがとうございます。ボクはリリです。アラ殿」

「殿下、私はアスラと」

「はい、アスラ殿」

「ブフ……」

リュカ、お前笑うとこじゃないだろ？　意味が分からんよ？

「だって殿下、俺にも『ボクはリリ』て言ってたじゃないですか」

あーそんな事もあったな。よく覚えてるな。もう懐かしい。

「リュカ、ボクはリリなんだから普通だよ」

まだ短い人差し指を立てて横に振りながら、リュカに言ってやった。

「普通ですか!?　ハッハッハッハッ！」

なんでそんなに笑う？　この辺境伯も笑い上戸か？

「ククク……」

アスラールは笑いを堪えてるよ。なんだよ、みんなでさ。普通の事だろ？

「殿下、どうやら父は殿下の事をかなり気に入った様です」

「アスラ殿、そうなのですか？　どこらへんが？　よく分からないですが……よかったです？」

「クハハハハ……！」

あぁ……アスラールまで笑い出したよ。

「「…………」」

オクソール、リュカ、その目はやめて。

またかよ……みたいな目でみるのはやめて。

「殿下、流石ッスね！」

リュカ、ウインクしながらサムズアップするのはやめような。


この一件以来、辺境伯と長男アスラールは毎日一緒に鍛練する様になり、かなり打ち解けた雰囲気になった。アスラールも強いんだ。

何度も一緒に鍛練して、かなり良い関係になったんだ。

そうして出発の日になった。俺はレピオスと一緒に馬車へと向かう。もちろん、護衛のオクソールとリュカも一緒だ。

「アラ殿！　アスラ殿！」

途中で、サウエル辺境伯とアスラールを見つけて走って行く。俺、凄く懐いてないか？　懐いてるよな？　やっぱ剣を交えるとね！　男だからね！　5歳だけどね！

「殿下！　そんなに走ったら転《こ》けますよ！」

「アラ殿！　アスラ殿！　おはようございます！」

「おはようございます」

「おはようございます、殿下。お身体の調子は如何《いかが》ですかな？」

「はい！　アラ殿、元気です！　バッチリです！」

「殿下、これから道中長いですからご無理なさいませんよう」

「はい、アスラ殿。ありがとうございます！」

「レピオス殿、宜しくお願いします」

「サウエル辺境伯様、こちらこそ宜しくお願い致します」

「おや、リリ。いつの間にそんなに仲良くなったんだい？」

　声の方を見ると、優雅に父がやってきた。セティも後ろに控えている。

「父さま！　毎日鍛練をご一緒してました」

「陛下。どうも帝都におりますと身体が鈍《なま》ってしまいますので、アスラールとお邪魔しておりました」

「陛下、騎士団にも魔物との戦い方を伝授して下さり勉強になりました」

「オクソール、そうなのか。良い交流になったのだね。それは良かった」

　父と辺境伯やオクソールが話している間も、俺はアスラールやリュカと一緒にじゃれついていた。

前世ではあまり体育会系とは縁がなかったから、楽しいんだよ。動けるっていいね！　なんせ5歳だからね！　レピオスが爺やの様な目をして見ている。爺になるのはまだまだ早い、頼むぜ。

「ああそうだ。リリ」

「はい、父さま」

　呼ばれて父のところに走って戻る。ちゃんとリュカも付いてくる。

「帝都を出るまで、オクソールの馬に乗せてもらいなさい」

え？　馬にか？　でも俺の馬車あるよ？

「父さま、馬にですか？　理由を聞いてもいいですか？」

俺は、首を傾げた。

「帝都民がね、リリを心配してくれているんだ。だから元気な姿を見せてあげなさい。ルー様を肩に乗せてね」

「父さま、かまいませんが。ルーはいつもいません」

ポンッとルーが現れた。

「リリ、いるよ！」

「久しぶりだね」

「なんでだよ！　いつもいるよ！」

「ふーーん」

ジトッとルーを見る。この精霊は本当にいい加減だ。ま、いいけど。父と兄が世話かけてるみたいだしな。

「じゃあ、出ようか」

「「はっ」」

「はい、父さま。て、あれ？　父さま、フィオン姉さまは？」

「ああ、張り切ってもう集合場所にいるよ。エイルが側に付いていてくれている」

「……あぁ……母さまが抑えてくれてるんだ」

「リリ、頼んだよ」

えぇー。俺嫌だなー。仕方ないなー。

「努力します」

皆で移動する。もう既に騎士団が整列している。

全部で4団ある騎士団の内、第1騎士団をフレイが、第2騎士団をクーファルが指揮している。

今回はクーファルの隊、第2騎士団と一緒だ。クーファルが第2騎士団の一番偉い人らしい。次が側近のソール・ルヴェイクだ。この2人は騎士団長よりも上なんだと。司令官みたいなもんなのかな？　俺はまだあんまり詳しくは知らない。

その騎士団にはそれぞれチームカラーっていうの？　団色？　みたいなのがある。

第1騎士団は、フレイの瞳の色と同じスカイブルー。

第2騎士団はクーファルの瞳の色で深い青緑、碧色《へきしょく》だ。他の団はまだ知らない。

こうして見ると、国の紋章が入った第2騎士団の碧色の旗を掲げ、碧色のラインの入った濃いグレーの団服とマント、碧色のスカーフを身に着け整然と並んでいると圧巻だ。

もう既に見慣れた顔ばかりだ。あぁ、カッコいいなー。

騎士団が整列している前に、場違いな集団がいた。あれは母と……フィオンだ。ドレス着てるよぉ。長旅なのに大丈夫か？　あぁッ！　目が合ってしまった！

「リリ！」

あぁー、来ちゃったよ。いや、別にね。嫌いじゃないんだ、好きだよ。姉だからね。本当に、何度も言うけど。ただね、面倒臭いんだよ。この人……

「フィオン姉さま、おはようございます」

「リリ！　私が守るからね！　大丈夫よ！」

おいおい、そのヒラヒラなドレスでどうやって守るんだよ。でもさ、気持ちはすっごく嬉しい。

本当に有難いよ。

「フィオン姉さま、ありがとうございます。でも、ボクも姉さまを守ります！」

「リリッ!!」

「フグッ……！」

ガシッと抱き締められちゃったよ。苦しい！　力強いからぁ！

「フィオン様、それ位で」

オクソールが止めてくれて良かった！　息が出来なかったよ。

「ああ、リリ！　ごめんなさい！」

「大丈夫です。姉さま。ケホッ」

母が俺の背中を撫でてくれる。

「リリ、無茶したら駄目よ」

「はい、母さま。分かってます。母さまもお身体に気をつけてください」

「リリ。貴方もね。元気で帰ってきてちょうだい」

「はい！　母さま！」

母にポフンッと抱きついた。母にはスリスリしてしまうな。やっぱ一番好き。

「おやおや。リリは母様には抱きついて、父様には何もなしかい？」

「父さま、いってまいります」

と、父にも抱きついておこう。

「ああ、リリ。行っておいで。いいかい、何かあったら直ぐにルー様に頼むんだよ?」

「はい、父さま。分かってます!」

「オクソール、頼んだよ」

「はい、陛下畏まりました」

「リリ!」

「「リリー!」」

「兄さま!!」

おぉー! 全員来ちゃったよ。

こうして見ると、顔面偏差値が超高いな!

「リリ、気をつけるんだぞ」

「はい、フレイ兄さま」

……と、抱きつく。

「リリ、帰って来たら手合わせしよう!」

「はい! お願いします。テュール兄さま」

……と、抱きつく。

「リリ、待ってるね。無茶しないでよ」

「はい、フォル兄さま」

……と、抱きつく。

「さあ、リリ。行こうか」

「はい、クーファル兄さま」

……以上だ。

第2章 辺境伯領へ

俺は父に言われた通り、オクソールの馬に乗せてもらって帝都の街を進んでいる。後ろからオクソールがしっかりと支えてくれている。

城から続いているメインストリートの両側に人勢の帝都民が集まってくれている。窓から見ている人達もいて、まるでパレードみたいになってしまっている。

その帝都民から声が掛かるんだ。

――リリアス殿下ー！

――なんてお可愛らしい！

――いってらっしゃいー！

――お気をつけてー！

――殿下ー！

――クーファル殿下カッコいい！

――クーファル殿下ー！　こっち向いて下さいー！

――キャー！

なんだこの帝都民の反応は？　俺の知らない間に、何が起こっていたんだ？

クーファルは分かる。イケメンだからな。兄弟の中で一番人気だしな。だがなんで俺までこんなに声援を送られているんだ？　分からん……が、しかし、笑顔で声に応える。とびっきりの営業スマイルを貼り付けてな。

「殿下が3歳の時に起こった事件を皆知っているんですよ」

「オク、そうなの？」

「はい」

――殿下を乗せているのは、上級騎士のオクソールだろ！

――スゲー、カッコいい！

――リリアス殿下ー！

――オクソール様ー！

「オクも凄い人気だね」

「……」

「ね、オク」

「……陛下には困ったものです」

「やっぱり父さまの仕業なんだ」

「……と、セティ殿です」

「そうだろうね……」

もう早く帝都を出たいぜ。小っ恥ずかしい。と、思いながら俺は、にこやかに手を振った。

帝都を過ぎ、平原が広がり始めた。空が広い。城も広いから圧迫感って言うの？　そんな感じは全くなかったんだ。寧《むし》ろ広くて移動が面倒なくらいだ。

だが、やはり外に出て何もない緑の平原を見ると全然違う。開放感が半端ない。

俺は城の外に出るのは2年ぶりだ。あの3歳の事件以来、城から一歩も出ていない。

地平線まで続く淡い青い空。夏の濃い青の空じゃもうないんだ。ふんわりと淡い白い雲が所々にある秋の空だ。頬に当たる風が丁度心地いい。疎《まば》らに木も生えている平原を俺はオクソールの馬に乗って進む。

「殿下、そろそろ宜しいかと」

「うん、オク。でも最初の休憩まで乗せて行ってよ」

「構いませんが、お疲れになりませんか？」

「うん、大丈夫。午後から馬車に乗ったらお昼寝するよ」

「では。このまま進みます」

「うん。こうして外に出る事がないから気持ちが良い」

「それは良かったたです」

「ルー？　どうしたの？」

俺の肩にいるルーが、さっきから全く喋らない。まるで鳥さんの人形みたいだよ？

いやいや、なんでもない事ないっしょ。明らかに元気がないでしょ？

「なんでもないよ」

「ルー？」

「……僕には何も声が掛からなかった……」

「……ん？　声？」

「僕にはなにも声援がなかったんだよ！」

「「…………」」

これは……拗《す》ねているのか……？　鳥さんなのに？　いや、精霊だった。

「僕は精霊なのに……リリに加護を与えた光の精霊だよ？　光の精霊！」

完璧に拗ねてるな……

「ルー。多分だけど……」

「リリ、なんだよ」

「皆、ルーの事が分からなかったんじゃないかな？」

「なんだって？」

「だってね、ルーが人前に出た時って、人間の姿だったでしょ？」

「……ああ」

「だから、まさか白い鳥さんがルーだとは思わなかったんじゃないかな？」

「あの皇帝め……！」

「……え？」

「ちゃんと僕の事も宣伝しておいてよー！　酷いよー！」

「ルーって……結構目立ちたがりだよね……」

ポンッとルーが消えた。こいつ、姿を見せないつもりらしい。

本当、精霊らしくないよな……ルーって……

「殿下ッ！　お昼ですぅッ！」

聞き慣れたシェフの声がする。

「勿論ですッ！　付いて来てくれたの!?」

「シェフ！　殿下のお食事は私が作りませんとぉッ！」

「シェフ、ありがとう！」

「殿下、先にクリーンを」

「うん。ニル分かった」

『クリーン』

心の中で詠唱する。シュルンッと全身綺麗になって行く。

クリーンは使用魔力量がほんの少しで微々たるものなので誰でも手軽に使える魔法だ。意識すると、手だけとかも可能。魔力の少ない人でも使える汎用性の高い魔法だ。また、魔力量次第では、家一軒丸ごとも可能。

2年前から父が衛生管理の一環として広めていて、今では帝都民全員が日常的に使用している。習慣になったんだ。お陰で食中毒の発生率がグンと低下した。素晴らしい。

馬車や馬が輪になって止まっている真ん中辺りに、組立式の簡易テーブルと椅子が出ている。ニルが椅子に座らせてくれる。

兵達は大きな簡易テーブルを並べた所に集まって、其々にもう食べ出している。

「殿下、大丈夫ですか？　お疲れではありませんか？」

「うん、ニル。大丈夫だよ。楽しかった」

「さ、殿下。外ですので大したものは出来ませんが、具沢山スープとホットサンドイッチですッ！」

「シェフありがとう」

「殿下、お飲み物は？」

「りんごジュースあるの？」

「はい、勿論ございます」

「じゃあ、りんごジュースおねがい」

「はい。畏まりました」

さて、早速食べよう。

「んー、おいしいー。シェフ、おいしいよ！」

「有難うございます！　殿下ッ！」

シェフのホットサンドも具沢山スープだって絶品だ。ホットサンドの厚めに切ったベーコンに、トロットロのチーズがベストマッチだ。トマトのスライスが入っているので、しつこくならない。

俺はモグモグと食べる。相変わらず、ほっぺを膨らませて。

「殿下、りんごジュースです」

「ニル、ありがとう」

「殿下、午後からは馬車にお乗りになられますか？」

「うん。お昼寝するよ」

「畏まりました。馬車の中をご用意致しますね」

「ニル、ありがとう」

ニルと交替でリュカがやってきた。

「あれ？　リュカもう食べたの？」

「はい、食べました。午後から殿下の馬車には、オクソール様と私が付きます」

「うん、おねがいね」

「馬は疲れませんでしたか？」

「うん、楽しかった」

「それは良かったです」

「シェフ、ごちそうさま。おいしかった」

「はい、殿下ッ！」

シェフが片付けて去って行った。

「ねえリュカ。シェフて馬車だよね？」

「いいえ、騎士団に交じって馬ですよ」

えぇー！　シェフ何やってんのー!?

「大丈夫なの!?　シェフだよ？」

「ハハハ……殿下。シェフは強いと言ったでしょう。騎士団の中に入っても強い方だと思いますよ。

俺も未だに負けます」

ええっ⁉　本当にッ⁉　ビックリ目になっちゃったよ。

「なんでシェフやってんの⁉」

「さあ？　趣味なんじゃないですか？」

趣味ってかッ！　そんな訳ないだろう？

「シェフは、殿下のお食事を作る事に生き甲斐を感じている様ですからね」

いいのかよー！　そんな強い人材にシェフやらしていていいのか⁉

「はぁ〜……分かんない！　シェフは本当に分かんない！」

「ハハハ、そうですね」

昼食後、俺は馬車に乗って即おやすみさ。熟睡しちゃったよ。馬車なのにさ。


そうして平和に、緑の丘陵と街を幾つか通り過ぎた。どこも街を出たら、澄み切った青空に一面の緑だ。所々に木立が見える。緑があるのは良い事だ。豊かさを感じるね。

馬車が進んでいる帝都と、辺境伯領を結んだ街道は帝国でもメインに使われている街道だ。途中の街には立派な宿屋もあるし、街道だってそこそこ整備されている。

因みに俺達が乗っている、帝国製長距離移動用の馬車は特別仕様だ。座席の背もたれをはずして座面にくっつけてフラットにできる様になっている。

ニルが座席の背もたれをはずして、マットやクッションを沢山敷き詰めてくれていたのでちゃんと横になって熟睡できた。

向かい合った両方の背もたれをはずして移動させれば、馬車の中が即席の簡易ベッドになる。大人でも横になれる。

異世界の馬車って、振動が酷いイメージがあるだろ？　そう思わないか？　でも、帝国の馬車はそんな事ないのさ。

なんでも初代が考案したのだそうだ。前世で言うスプリングに、タイヤのゴムの代わりに魔物の皮。

振動と摩擦を減らして、乗る人や引く馬にも優しい馬車だ。お陰で余裕で昼寝ができる。

街で宿泊したり、街道途中に設けてある休憩所で野営をしたりして、南下する旅程の半分を過ぎた。

今日もぐっすりお昼寝をして起きたところだ。

「ニル、りんごジュースちょうだい」

「はい、殿下」

ニルが、馬車の中の小さい扉を開けて準備してくれる。ここにも特別仕様がある。馬車の中にいくつかある小さい扉の1つを開けると、氷属性を付与してある箱がはめ込んである。魔力を流すと簡易の冷蔵庫だ。これも、帝国初代皇帝の考案だそうだ。

「ねえ、ニル。フィオン姉さまは大丈夫そうかな？」

りんごジュースを両手で貰いながら聞いてみる。

「はい、今の所は何も聞いてませんよ」

「そう。ニルも気をつけておいてね」

「承知しております」

出来れば、ご機嫌を損ねないままで辺境伯領に着いて欲しい。祈るよ。

ニルとのんびりと話をしながら街道を進んでいた時だった。

——ギャオォォォォーーーーッ!!

「ニルなに!? なんの鳴き声!?」

「殿下……多分ワイバーンではないかと。こんなところを飛んでいるなんて珍しいです。はぐれでしょうか?」

ニルと一緒に馬車の窓から外を見る。

いやいや、何で声だけでワイバーンだと分かるんだ!? ニルさん、あなたは何者?

何も遮るものがなく、どこまでも広がる抜けるような青い空。水色に澄んだ初秋の空が気が遠くなるほど高く晴れ渡り、静かな薄い雲が斜めに流れる。

そんな大空を悠々と、大きな翼を広げて我が物顔で飛んでいる。

その姿は前肢が翼手、後肢が二脚となっている四肢でドラゴンの下位種、ワイバーン。

凄い……!! 初めて見た! 飛んでるよ! 本当に異世界なんだ……今更だけど。

「ニル、あれどうするの? 大きいよ、大丈夫なの?」

「先頭には、サウエル辺境伯様の部隊がおられます。ご心配には及びません」

そう言われても気になるじゃん。馬車の窓から外を見ていた。ちょっと顔出したらダメかなぁ
……と、窓を開ける。

「殿下、あまり乗り出さない様になさって下さい」

「うん、ニル。気をつけるよ」

ニルが言った様に、前方の領主隊と辺境伯領魔術師団が何かしている。

あれ？　オクソールや騎士団は動かない。皆、平然としている。

なんで？　ワイバーンなのに？　いいのか？　平気なのか？

馬車がゆっくりと止まった。これは外に出て見るしかないっしょ！

俺は外に出ようと窓から目を離し、一瞬ドアを見た。

「殿下、ダメですよ」

「……はーい」

先に言われちゃったよ！　ニルは鋭いなぁ。仕方ないので、今度は馬車の窓から身体を乗り出し隊列の前方を見る。領主隊は何をしているんだろう？

アラウィンとアスラールが前に出ている。魔術師団が領主隊の後ろにいる。相変わらず、オクソールと騎士団は動かない。領主隊に任せた感じかな？

んー、もっと近くで見たい。

その間にもワイバーンは隊列の上を悠々と大きく旋回している。そしてワイバーンが前方へと移動した時だ。

――ギュイイィーーン!!

耳を劈《つんざ》く様な音がして、ワイバーン目掛けて風の刃が一直線に飛び、片翼を切り裂いた。

「……!!」

あれは……あれは、きっとアスラールだ！　剣に風属性を付与して斬撃を飛ばしたんだ！

なんであんな事出来るんだ!?　あー！　瞬間を見逃したよー！　斬撃を飛ばす瞬間をもっと近くで見たかった！　当のアスラールは平然としている。

――ギャオォォォーーー！

ワイバーンは、大きな声で鳴きながら地面に落ちてきた。ドゴーーン!!　と、腹に響く様な地響きだ。

同時に前方の辺境伯領主隊が一斉にワイバーン目掛けて攻撃し出した。

高くジャンプし大剣で斬りつける者。下から足を狙う者。翼の付け根を狙って斬りつける者。

後方からは、攻撃している隊員達に、多分ブーストやプロテクトをかけているのだろう魔術師団。

アレッ!?　アレレッ!?　ちょっと待てよ！　あの尻尾を切り落としているのシェフじゃね!?

ワイバーンの尻尾の方を見ると、シェフがロングソードで尻尾を切り落とした所だった。

えぇッ!?　シェフが一人で切り落としたのか!?

そしてシェフは、尻尾をガシッと抱えて引きずりながら走り出した。

シェフ何やってんだよ!?　尻尾を引きずって嬉しそうに走ってんじゃないよ！

はぁッ!?　離脱するのか!?　めっちゃ嬉しそうだ。超笑顔で走ってるよ。

何なんだ？　さっさとどっか行っちゃったよ。

ワイバーンまだ仕留めてないのに？　え？　もしかして尻尾が欲しかったの？

尻尾なんてどーすんだよ!?　意味分かんない!!

あッ！　アラウィンがいた！　大きくジャンプし、空中の何もない所でもう一段高くジャンプした！

なんだあれ!?　足場がないのになんであんな事出来るんだ!?

大剣を軽々と持ち上げ、大きく振り被りワイバーンの眉間目掛けて思いっきり斬りつけた。

そのまま自分が落下しながら、続け様にワイバーンの喉元を目掛けて大剣を横に振り切る。

今度はアスラールだ。アラウィンが傷を付けた、喉元を目掛けて風属性を付与したロングソードで斬りつけた！

――ギィャオォォォーーー！！！

断末魔の悲鳴をあげて、ワイバーンは倒れて動かなくなった。

「ニル！　ニル!!　凄いよ！」

「はい、殿下」

「もう外に出てもいい？」

「お待ち下さい！　殿下ご一緒しますので！」

ニルが言ってるけど、俺はそれよりも早く馬車のドアを開け飛び降りた。

「殿下！　お待ち下さい！」

ニルが叫んでる。でも大丈夫。ちゃんとリュカが横にいる。

「ハハハ！　殿下なら絶対に飛び出して来ると思いましたよ！」

「リュカ、だって見たいじゃん！」

「ハハハハハ！」

何嬉しそうに笑ってるんだよ！

「早く行きましょう！　殿下！」

「リュカ！　待って！」

お前も見たいんだろう!?　リュカと2人でダッシュだ！

隊列の前方にいる、アラウィンとアスラールを見つけた。

「アラ殿！　アスラ殿！」

俺は大声で呼びながら駆け寄る。

「殿下！」

「アスラ殿！　凄い！　凄いです!!　風でギュイーンて！　すっごくカッコいい!!」

俺は両手で剣を振る真似をする。

「アハハハ！　殿下、有難うございます！」

「殿下、私はどうでしたか？」

「もちろん！　アラ殿も凄いカッコいいです！　あんなに高く飛ぶなんて！」

「ハッハッハ！　そうですか！　カッコいいですか！」

「凄いです！　みんな！　みんな凄いです！　めっちゃカッコいいー!!」

俺は、領主隊の隊員達に向かって、大声で叫んでしまった。

――ハハハハ！

――殿下、有難うございますー！

――楽勝ですよー！

彼方此方《あちこち》から声が掛かる。俺は領主隊の隊員達に囲まれている。

隊員達が色んな話をしてくれる。

最初の風の斬撃はアスラールの得意技だとか。アラウィンの一撃は弱点を狙っているとか。空中でもう一段ジャンプするのも魔術師団との連携だとか。魔術師達が魔法で援助してくれるから攻撃力がアップするんだとか。

1人の隊員が肩車して、仕留めたワイバーンの間近まで行ってくれる。ワイバーンを手でバシバシ叩いてみる。

凄い！　だってリアルだぜ！　血の臭いも、ワイバーンのこのゴツゴツした感触も。全部、全部リアルだ！　ゲームじゃないんだ！　ま、俺はゲームしなかったけどな。

俺は肩車から、そのままアスラールに抱き上げられた。

「殿下！　怖くありませんでしたか？」

「怖くないよ！　ボクも一緒に戦いたかった！」

「殿下、大きくなったら一緒に狩りましょう！」

「うん！　絶対だよ！　絶対！　約束だよ！」

「殿下、領地に弟がいます。3人で狩りに出ましょう！　殿下が大きくなられるのが楽しみです！」

「うん！　アスラ殿、ボクもっと鍛練するよ！」

「ハハハハ！　殿下！　楽しみだ！」

「殿下は、魔物を見るのは初めてですか？」

「うん！　こんな大きなの初めて！」

「初めてで全く怖がられないとは！」

気付けばアラウィンが後ろにいた。

「アラ殿！　全然怖くないよ！　大きくなったら、ボクも絶対一緒に討伐しますッ！」

「ハッハッハ！　楽しみにしておきますよ！」

アスラールに抱き上げられたままの俺の頭を、アラウィンはガシガシと撫でる。

大きなガッシリした手。カチンカチンの豆が沢山ある手。この手で領民を守ってきたんだな。

俺はアラウィンの手を両手で掴んでジッと見た。

「殿下、どうされました？」

「アラ殿はこんなに豆がカチカチになる程、剣を握ってこられたんだ。アラ殿のこの大きな手で、沢山の領民を守ってこられたんだ！」

「殿下！　本当に殿下は……！」

見ていたアスラールも、俺の頭をガシガシと撫でた。

「殿下、それが辺境伯です。我々の役目です。殿下には殿下の役目があるのです」

俺には俺のか……今は守られているだけだけどな。

「今はまだ子供なのですから。そうして笑って元気でおられれば良いのです。ヤンチャな位が丁度良い。さ、殿下。戻りましょう。オクソール殿が心配そうに見てますよ」

アラウィンに言われて振り向けば、オクソールとリュカがいた。

「オク、リュカ、凄いね！」

ニカッと俺は笑った。アスラールからオクソールの腕へ渡された。俺、マジで早く大きくなりたいよ。

「アラ殿、アスラ殿、ありがとうー！」

オクソールに連れられながら、アスラールに大きく手を振った。

「殿下、シェフもいたのは分かりましたか？」

「うん、オク！　ビックリしたよ！　尻尾引きずりながら抱えていてさ、さっさとどっかに行っちゃった！」

「クククッ！」

「リュカも見てた？」

「はい、しっかり見ました。ウハウハしてましたね。めっちゃ嬉しそうでした」

「そうだよ！　シェフは何やってんの!?」

「きっとあの尻尾で、シチューでも作るんでしょう」

「オク、本当に？　それで嬉しそうだったの？」

「シェフは、リリが生まれる前は騎士団の副団長だったんだよ」

「クーファル兄さま！　本当ですか!?」

いつの間にかクーファルが側まで来ていた。副団長て、シェフ強い筈じゃん！

「趣味で料理をしていた様です」

「オクも知ってたの？　なんでシェフになっちゃったの？」

「殿下がお生まれになって、殿下付きの者達の募集が掛かった時に立候補されたのです」

「護衛じゃなくて、シェフに？」

「はい。シェフに。自称、戦うシェフなんだそうですよ」

「……訳わかんない」

「ブフフフッ！」

リュカ、もうお前はずっと笑ってな。無邪気だね。

「はい、私もあの時は驚きました。クフフッ……」

そうだ、オク。お前も笑い上戸だったな。普段ブスッとしてるから忘れてたよ。

「シェフはね、リリの事が大好きなんだよ」

えー、クーファルやめて。男じゃん。

「殿下、走って行かれるから心配しました！」

ニルとレピオスが走ってきた。

「ニル、ごめん。見たかったんだ」

「殿下、怖くありませんでしたか？」

レピオスは、オクソールに抱っこされた俺の横を歩く。

「うん！　ワイバーン触っちゃった！　凄かった！」

と、言いながらレピオスに手のひらを見せる。

「触ったのですか!?　男の子ですなー」

「当たり前だよ！　ボクは男の子！」

「クハハハッ……！」

「プハハハッ……！」

コラ、そこの師弟よ！　二人で笑うなよ！

「リリは可愛い男の子だね」

クーファルに頭撫でられちゃった。

「ねえ、オク。あのワイバーンどうするの？」

「領地まで持って行かれますよ」

「どうやって？　だって、すっごく大きいよ？」

「プフ……！」

リュカまた笑ってる！

「リリは自分でも作ったじゃないか。マジックバッグだよ」

クーファル……そうだった。すっかり忘れてたよ。


「殿下ッ、夕食をお持ちしましたぁッ！」

いつもの如く、シェフが食事を持ってきてくれた。流石に屋外ではワゴンは使わない。トレイにのせて持ってきてくれる。

「シェフ、ありがとう！」

「はいッ、今日はシチューです！」

「美味しそう！　いただきます！」

シチュー、例の尻尾が煮込まれていそうなブラウンシチューだ。トロットロだ。フーフーして大きな口を開けてパクッと食べる。ああ、噛まなくても口の中で肉が解《ほぐ》れていくよ。まろやかだ。よく、煮込まれている。こんなの屋外でよく作ったなぁ。

「んー、めっちゃ美味しい！　何これ！」

「でしょう！　でしょう!!　美味しいでしょうッ！」

シェフ、嬉しそうだな～！　ちょっとホカホカのパンにつけて食べてみよう。ん、マジで超ウマウマ。

「シェフ、昨日ワイバーンの尻尾引きずっていたよね……」

「……えッ!?」

「シェフ、尻尾を引きずってさっさとどこかに行っちゃったよね？」

「………！」

「シェフ、すっごく嬉しそうだったね！」

「まさか殿下に見られていたとはぁ！」

「えー、前に角兎《つのうさぎ》を狩ってるのも見たよー！」

「……お恥ずかしいッ！」

「なんで？　シェフ凄く強いんだね！　カッコいい！」

「殿下！　カ、カッコいいですか!?」

「うん！　戦うシェフ！　すっごくカッコいい！」

「あ、あ、有難うございますぅッ！」

「でも気をつけてね。怪我しない様にね。ボク、シェフ以外の料理はいやだよ？」

「はいッ！　殿下！」

「ごちそうさま！　シェフ美味しかった！」

「はい、殿下！　有難うございますッ！」

そしてシェフは満足気に去って行く。マジ、なんでシェフやってんだろ？

「りんごジュース飲まれますか？」

「うん、ニルちょうだい」

「殿下の周りって、濃い人が多いですね」

リュカがやってきた。俺はまだりんごジュースを飲むからね。

「リュカはもう食べたの？」

「はい、食べました。今日のシチュー美味しかったですね。おかわりしてしまいました」

「あれだよ、きっとワイバーンだよ」

「マジッすか!?　シェフすげー！」

「自覚ないみたいだけど、リュカも充分に濃いからね」

「何ですか？」

「リュカがボクの周りは濃い人が多い、て言ったじゃない」

「え？　俺はあの中だと、激薄ですよ？」

「……んー、そう？」

「はい！」

「そうかな？　何が濃いのか分からなくなってきた」

「アハハッ！　殿下、向こうで兵達が腕相撲のトーナメントをやってますよ。見に行きませんか？」

そんな事やってんのか？　楽しんでるなー！　移動だけだから体力が有り余っているのか？

「行く行く！　見たい！　ニル、ごちそうさま」

「じゃ、行きましょう。兵達に揉まれたりしたら危ないですから、抱っこしますよ」

と言って、リュカにヒョイと抱き上げられた。もう5歳なのに、抱っこって。

「早く大きくなりたいよ……」

「なんでですか？」

「抱き上げられると、3歳の頃から全然成長していない気がする」

「そんな事ないですよ。らりるれろが言える様になったじゃないですか」

「リュカ、本当ひどいね！」

俺は、リュカの首筋をコチョコチョとくすぐる。仕返しだぜ！

「アハハッ！　……ちょっ……マジやめて下さい！　ほら、殿下。見えてきましたよ」

リュカが指差す方に、兵達が集まって騒いでいる。盛り上がっているみたいだな。どれだけの兵が集まっているんだ？

「これ、もしかして全員参加なの？」

「はい。実は一昨日から予選をやってました」

「凄い、本気だね！」

「はい！　それはもう！」

「リュカはもう負けたのでしたか？」

「はい？　レピオス様なんで知ってるんですか？　てか、いつの間に？」

いつの間にかレピオスが横を歩いていた。俺も全然気が付かなかったよ。みんな娯楽がないから見に行くんだね。

「レピオス本当？　リュカ負けたの？」

「あー、俺は初日に負けました」

「リュカ、獣人なのに……」

「ですね」

レピオスが短い合いの手を入れる。

「はい、そうなんです」

「人より力が強い筈なのに……」

「全くです」

またレピオスが、いい頃合いで相槌を打つ。やっぱ師弟として息が合っているな。

「殿下、レピオス様、それ以上言わないで下さい！」

「で、リュカは誰に負けたの？」

「辺境伯の側近殿です」

「あー、そう。くじ運悪かったね」

「まあ、頑張って。フフフ……」

「次こそは!!」

次があるのかは知らないけどな。

「殿下、レピオス殿、見に来られましたか」

「はい、アスラ殿……えッ！　シェフ!?」

声を掛けてくれたアスラール越しにシェフの姿が目に入った。腕まくりをしてるよ。ノリノリだなッ！　腕相撲の土俵用にテーブルが置いてあり、そこにシェフはいたんだ。

なんだよ、昨日からシェフ祭りだ。大活躍じゃないか！

「殿下、シェフが勝ち抜いてるんです」

「本当にシェフですね」

レピオスが目を丸くして驚いているぜ。俺も驚いたよ。

「殿下、レピオス様、シェフ強いですよ。もう意味分かりませんよ。なんであんなに強いのにシェフやってんですかね？」

「ボクもそう思うよ。ね、レピオス」

「ええ、本当に」

「ああ、彼は殿下のシェフなのですか？」

「アスラ殿、そうです」

「彼、強いですねー！　昨日のワイバーンも1発で尻尾を斬り落としてましたからねー」

「……!!!」

なんだって!?　1発だって!?　リュカと2人でいや、レピオスと3人で驚いて固まってしまったよ。まさか1発で斬り落としていたとは思わなかった。

「アスラ殿、本当ですか？」

「ええ、殿下は見ておられなかったのですか？」

「ボクが見た時にはもう、斬り落としていて大きな尻尾を抱えて引きずって走ってました」

「アハハッ！　そうでしたね。とっても嬉しそうでしたね」

リュカもそう思うよな？　『ヒャッホゥ～～!!』て、声が聞こえてきそうな笑顔だったよな。

「その直前ですよ。一撃で尻尾を斬り落としてました。驚きましたよ。あれは斬撃を飛ばしてますね。見事でした。なのにその後、尻尾を引き摺《ず》って速攻で離脱して行くから思わず、尻尾だけかよ！　て言いたくなりましたよ」

「アハハハハ！　シェフ、何やってるんでしょうね！　面白すぎます！」

本当、訳分かんない。リュカ、お前シェフに負けてるよ？

「アスラ殿、トーナメントには出ないのですか？」

「ああ、殿下。私はさっき負けました」

えッ？　アスラールが負けたのか？　早くね？

「オクソール殿と当たってしまいました」

「あー、アスラ殿もくじ運の悪い」

「リリ、兄様も負けたよ」

おや、クーファル。お前もか。て、参加してたのかよ!?

「兄さまは誰と当たったんですか？」

「サウエル辺境伯だ」

「クーファル殿下もくじ運のお悪い……」

うん、レピオス。俺もそう思う。めちゃくちゃくじ運悪いよな。みんな残念だったね。

「兄さま、ガンバです」

「リリー！」

抱きつくな、抱きつくな！　すると対戦を見ていたリュカが言った。

「あ、オクソール様と騎士団長とシェフが残ってますね？　あと、辺境伯と、俺が負けた側近殿と、領主隊の……あれはたしか魔術師団長ではないですか!?」

「ええ。彼、魔術師なのに怪力なんですよ」

「世の中、意外な所に意外な人がいるもんなんんね」

リュカ……お前なに言ってんの？

帝都側から3人、辺境伯領側から3人。丁度3人ずつ勝ち残っているので、帝都vs辺境伯領みたいな組み合わせになってしまった。

騎士団長vs辺境伯側近は、辺境伯側近の勝利。騎士団長がアラウィンの側近に負けちゃった。

シェフvs辺境伯領魔術師団長は、なんとシェフの勝利。シェフは楽勝だったよ。まだまだ余力を残していそうだ。

オクソールvs辺境伯は、オクソールの勝利。一番良い対戦だと思ったんだけどね。ここは、オクソールの勝利だった。だが、オクソールとアラウィンの対戦はどちらが勝ってもおかしくない程、拮抗していた。

アラウィン曰く……

「歳には勝てませんな！　ワハハ！」

……だそうだ。

しかし、これで辺境伯親子は2人共オクソールに負けた事になる。これは悔しいだろう。オクソールは強いな。アラウィンだって年上だけど屈強な体つきをしている。

さて、3人残ったのでくじ引きで対戦相手を決めた。

シェフvs辺境伯側近。勝ち残った者とオクソールが対戦だ。

オクソールは、くじ運も良いんだ。運も実力のうち、て言うしな。

準決勝、シェフvs辺境伯側近。

「シェフー！　がんばってー！」

俺は大声でシェフを応援する。

「殿下ぁッ！　はいッ！　頑張りますッ!!」

2人が台をはさみ、肘をつき手を組む。

レフリー役の兵が自分の手を組んだ2人の手にのせる。2人共、真剣だ。

シーンとした。周りも真剣だ。

「Go!!」

——ダンッ！

「winner!!」

なんと！　一瞬で勝負がついた。瞬殺だった。本当にあっという間だったよ。

「シェーフーー!!」

俺は思わず大声で叫んだ！　シェフが勝ったんだ！

「リュカ！　下ろして！　下ろして！」

下ろしてもらった俺はシェフに駆け寄って抱きついた！　凄いじゃん！

「殿下ぁッ！　勝ちましたッ！」

「シェフ！　すごい！　すごい!!」

俺はシェフに抱き上げられ高く持ち上げられた。周りの見学していた兵達が沸いた！　『おぉぉおーーーッ!!』と、地響きがしそうな程の声だ。

「伊達に毎日毎食、殿下の食事を作っていませんからねッ！」

ん？　シェフ、それは関係あるのか？　ま、いいや。

だが、次の対戦相手が問題だ。オクソール。こいつは強いぞ！　何をやらしても強いんだ。

決勝戦だ。たかが腕相撲。なのにこの盛り上がり。しかも一昨日から予選をしていた位に大掛かりだ。ありえねー！

決勝、オクソールvsシェフ。

俺はどっちを応援したらいいんだ!?

「どっちもがんばれー！」

「殿下、なんですかそれは？　ハハハ」

そうだよ、レピオス。なんだよそれ!?　みたいな感じだ。だってどっちも俺付きだから仕方ないさ。どっちにも勝ってほしい。

「ククク……！」

リュカはまた笑っていたけどな。

俺は最前列で応援だ！　手に汗握るぜ！　まだ小さいからリュカやレピオスが壁になって守って

くれている。そんな事も気にならない位に俺は対戦に見入っていた。わくわくするよ。

オクソールとシェフが台をはさみ向かい合う。２人の間に火花が散るようだ。

肘をつき、手を組む。レフリー役の兵が、自分の手を組んだ２人の手にのせる。

シーンとした。空気がピリッとする。お遊びなのに……

「Ｇｏ!!」

前回同様、シェフが先に畳み込もうと一気に手に力を込める。

が、流石オクソール。ビクともしない。表情も変わらない。

オクソールも力を込めるが、シェフも動じない。どうなるんだ!?　どっちだ!?

そして、フッと短く息を吐く音が聞こえた直後、瞬間で勝負が決まる！

――ダンッ！

「ｗｉｎｎｅｒ!!」

オクソールの優勝だ！　そりゃそうだ。だが、シェフ良く頑張った！

「シェーフー！　オークー！」

俺は２人に走りより抱きついた。いや、飛び付いた！

「ハハハ、殿下！　勝ちました！」

「うん！　オクすごい！」

「殿下、負けてしまいましたーッ！」

「ううん！　シェフもすごいよ！」

２人に抱き上げられる俺。

「2人共、すごいよ！　おめでとー！　そして、みんなー！　よく頑張ったー！」

――ウォォーー！

――殿下ーー！

たかが腕相撲。されど腕相撲だ！

いやぁ～、盛り上がった！　面白かった！

だって、みんな鍛えられた兵だからレベルが高いんだよ！　そんな兵達に交じって勝ち上がったシェフと辺境伯領魔術師団長。よくやった！

俺達は、盛り上がりの中で暫く揉みくちゃになっていた。危ないからとオクソールに抱き上げられている。

優勝、オクソール。準優勝、シェフ。

なんか商品出るの？　て聞いたら、なんにもないらしい。なんにもないのに、よくこんなに盛り上がったな。これぞ、体育会系のノリ、てやつか？

「いやぁー、盛り上がりましたなー！」

「辺境伯様、残念でしたね」

やだ、オクソール。そんな嫌味な。お前が勝ったのにさ。

「ハッハッハ、負けましたな！」

「オクソール、優勝だな」

「オクソール殿、お強いですね」

「クーファル殿下、レピオス殿、ありがとうございます」

「しかし、殿下のシェフは本当に驚く事ばかりですよ！」

「アスラ殿、ボクも全然知りませんでした！」

オクソールの首に手を回して抱きつきながら俺は言う。

「彼は強いですな」

「辺境伯様、大穴でしたね」

「ああ、オクソール、あれは伏兵とでも言うか」

「シェフとは実は私が騎士団に入った頃にはよく一緒に鍛練していたのです。なにしろ、あの頃は一番強かったのです」

「なんと、騎士団で1番だったのか!?」

「ええ、誰も敵いませんでした」

そうなのか。全然知らなかったぞ……ムニャムニャ………

「……あ、オクソール様。殿下が寝てしまわれますね」

うん、目は開けていられなかったけどね完全には寝てないんだよ。一応みんなが話している内容も耳に入ってるんだ。きっと翌日起きたら覚えてないと思うけどさ。

まだ5歳だから直ぐに眠くなる。

「ああ、リュカ。こんな騒ぎの中で寝られるとは」

「しかしオクソール殿、こんなに、はしゃがれる殿下を見るのは久しぶりです」

「レピオス殿、そうですね」

「殿下は本当にお可愛らしい」

「父上、本当に」

「リリは私達の宝だ」

「だがクーファル殿下、時々ふとした時にとても大人びた表情をされる事がありますな」

「そうなんだ、辺境伯。3歳の時のあの事件からだな」

「クーファル殿下、そうですね。あれには参りました」

「ええ、レピオス殿。見ていられませんでしたね」

「クーファル殿下、レピオス殿、オクソール殿……」

「本当に、あの時の殿下は見ていられませんでした。小さな拳をギュッと握りしめながら大粒の涙をポロポロ流して泣かれるお顔は忘れられません」

「リュカ……君もいたのか？」

「はい。アスラール様。私はあの事件の時に、殿下に命を助けていただきましたから」

「君は、もしかして……あの事件で攫《さら》われた獣人なのか？」

「辺境伯様、そうです。私はあの事件の時の狼獣人です。瀕死だった私の命だけでなく、捕らわれていた村人も殿下に助けていただきました。ですから……本当は殿下の為なら私の命など惜しくはないのです。しかし、それでは殿下はご自分を責められます。ですから私は強くなりたい」

「……リュカ、先に馬車へ行ってニル殿に殿下が寝られた事を伝えてきてくれ。馬車の中を用意してもらってくれ」

「はい、オクソール様。では」

リュカが、皆にペコッと頭を下げて馬車へと走って行った。

オクソールが話を続ける。

「あの時、殿下はいつもお1人で淡々と食事をされていました。事件直後は、食べられない状態が続きました。あのシェフは心配し毎日毎食、殿下の部屋の前で待機して様子を窺っていたのです。ある日偶然その事を殿下がお知りになって……それからシェフは、殿下のお部屋に食事を持って入る様になり、殿下はシェフと会話をしながら食べられる様になったのです。その時殿下が……シェフがいてくれるから、1人の食事も寂しくないと仰ったそうなのです。僅か3歳です。その時私達は、どれだけ殿下に我慢をさせていたのかと、邸にいた全ての使用人が後悔しました。お命をお守りするだけでは駄目だ。お心もお守りしなければと思ったのです。殿下は普通にされているのです。寂しい顔もされない。我儘《わがまま》も言われない。私達は気付けなかった。3歳の殿下が、どれだけ寂しい悲しい思いをされていたのか。1人我慢されていた事に気付けなかった。それにいち早く気付いたのが、あのシェフです。もう二度と殿下に、あの様な思いをさせてはならないと皆思っています」

そして、クーファルが続ける。

「私も一度、リリが泣いていると聞いて駆けつけた時にしがみ付いて泣かれたよ。リリに手を出した第3皇女も妹だ。兄妹だが……あの時は、許せないと思ってしまった。いくら第1側妃が囲い込んでいたのだとしても、兄である私がもし第3皇女の心に気付いていたらと後悔もした。結局、リリに背負わせてしまった」

「ええ、ボクは城に籠ると。死んだ事にしてくれていいと。そう言いながら泣いておられました」

「そのような事を……レピオス殿、心が締めつけられますな。あの事件を陛下から伺った時は……正直、犯人達は全員極刑だと思っていました。が、皇女殿下お二方は免れた。それもリリアス殿下のご意志だと聞きましたが？」

「はい、辺境伯様。陛下にしがみ付いて泣きながら嘆願されました。周りの大人に恵まれなかったのだ、子供の未来を奪ってはいけないと」

「オクソール殿、3歳の幼児がですか……？　そう仰られたのですか？」

「はい、アスラール殿。目の前で陛下に泣きながら訴えておられる殿下を、私は見ている事しかできませんでした」

「何という……！」

「父上……？」

「先にそれを知っていれば、オージンを怒鳴りつけてやったものを……！　ああ、申し訳ない。私は陛下と同級で、つい学生の頃の様な呼び方をしてしまう」

「いや、今は私達だけだ」

「クーファル殿下、忝い。もしまた殿下を悲しませる様な事があれば、私が殿下を引き取ると言ってやれば良かった。あいつは昔から事が深刻になるまで呑気にしている所があるから」

「そうですね……父は呑気なところがありますから。しかしリリは、あの事件以来城を出る事に躊躇するようになった。また1人になる、自分が動くと迷惑を掛けると思ってしまうらしい。しかし領主隊の皆のお陰で、賑やかに楽しくしている様だ。有難い事だ」

「私もそう思います。お二人には感謝致します」

「殿下、レピオス殿、とんでもない事です。殿下はあっという間に領主隊にも馴染まれた。皆、殿下の事は可愛いと思っております。私も小さい弟が出来た様で、殿下だと忘れてしまう時があります」

「クーファル殿下、オクソール殿、レピオス殿、アスラール。お守りせねばな」

「「「はい」」」

何か昔の話をしているのかなぁ？　とはウトウトしながら思っていたけど、後半俺は爆睡だった。目が覚めて、馬車の中にいたからビックリした位だ。

馬車はまだまだ進む。先はまだ長い……のか？

帝都から辺境伯領まで馬車で約20日。ゆっくりのんびり行ったらね。

辺境伯の領主隊はこの距離を、馬でたった14日で走り抜けるらしい。

何事もなく辺境伯領に到着したい。


「ふんふふん、ふ〜ふふん♪」

「リリ殿下、ご機嫌ですね？」

「うん！　もう馬車は退屈だったんだ〜！」

そう、俺はオクソールの馬に乗せてもらっている。しかも片手に、昼休憩の時に拾ったちょっとかっちょいい小枝を持っている！　俺は超ご機嫌だ。

フィオンも今のところ問題ない様だし。外の空気はいいね〜！

「ねえ、オク。ここらへんも魔物が出るの？」

「出るとしても、スライムや角兎位です。低ランクの冒険者でも楽勝でしょう。民間人でも倒せる程度ですよ」

スライムかぁ、見てみたい！　冒険者もいるのか。

そうだ、良い機会だから聞いてみよう。

「オクはさ、なんで護衛に付いてくれる事になったの？」

「そうですね……お話ししても大丈夫でしょうか？」

なんだ？　話したら駄目なのか？

「なに？　聞きたい」

「殿下が3歳の時の事件の際に、少しだけ触れたのですが」

「ああ、ボクが小さい頃から狙われてた、て話？」

「はい。リリアス殿下が、まだ2歳になられてすぐの頃です。陛下とお母上のエイル様と一緒に、教会へお出掛けされた時に襲撃されたのです」

オクソールの話では、俺が2歳の時に両親と一緒に教会へ出かけていた帰りを狙って襲撃されたらしい。護衛の1人が手引きをしていたらしい。馬鹿な奴はどこにでもいるもんだ。だが、現場は敵味方入り乱れて交戦していた。その騒ぎに乗じて手引きをした者は殺されたらしい。口封じだね。

その時に、オクソールも護衛についていた。さっきも言ったがその時俺は2歳だ。

「普通だと泣き叫んでもおかしくない。なのに、殿下は……」

「なに？　ボク寝てたとか？」

「いえ、そうではなく。エイル様の前に出て、両手を広げて守ろうとされたのです」

「えー、ボク全然覚えてないよ」

「まあ、2歳ですから」

オクソールは話を続ける。

その時俺は母の前に出て守ろうとしたらしい。勿論、すぐに母に抱き寄せられた。オクソールはそれを見て、俺達の前に立ち塞がり襲撃者を斬り倒した。襲撃してきた者達を、全て捕らえて騒ぎがおさまった時に、俺が言ったそうだ。オクソールに向かってニコッと笑って、ありがとう。と。

「その後すぐに、殿下の専属護衛のお話をいただきました。私は迷わずお受けしました。断る事など全く考えませんでした。私はこの小さな皇子殿下を、お守りしようと思ったのです」

なんだよ、俺そんな事する幼児だったのか。全然覚えてないぞ。前世を思い出す前だし、もしかしたら中身は俺じゃないのかも。いや、そんな事もないか。思い出してないだけで、やっぱ俺か。

「そっか。オクありがとう」

「殿下?」

「ボクは覚えてないけど、何度もオクに命を助けてもらったんだね」

「殿下……殿下のせいではありません」

「分かってるよ、大丈夫。そんな馬鹿な事をする奴が悪いんだ、て今はちゃんと分かっているよ。ボクも少しだけ大人になったんだ」

「大人にですか？」

「そう。5歳だからね！」

「ハッハッハ、そうですね。ら行も言える様になりましたしね」

「あー、オク本当ひどいよ？」

「ハッハッハ！　しかし、あれはあれでとてもお可愛らしかったのですが」

「やめて」

「殿下は、まだまだ大きくなられませんと。元気で大きく」

「うん！　クーファル兄さまに言われたしね。ボク達にはみんなの笑顔を守る責任がある、て。ボクはちゃんと元気に大きくなって、みんなの笑顔を守りたいと思うよ」

「殿下……あの大樹の下でのお話を、覚えておられるのですね」

「うん。覚えてる。ちゃんと、覚えている。ボクも強くならなきゃ」

「殿下。お一人で全て抱えられる事はありません。ご兄弟がおられます。私達もおります。頼って下さって良いのです。そのために私達はいるのです。遠慮なく頼ってください」

「オク、ありがとう！　ボク、城から出るのは少し怖かったけど、来てよかった。みんなと一緒に食べて、笑って、楽しいよ！　アラ殿とアスラ殿も大好きだ！」

「それは良かったです。アスラール殿の弟君も気持ちの良い方です。きっとすぐに仲良くなれますよ」

「うん！　3人で討伐に出るって約束したんだ！　ボクが大きくなってからだけどね」

「お三方でですか？　それは私も仲間に入れてください」

「うん！　オクも一緒に行こう！　リュカも連れて行こう！　あ、シェフもだ！」

「シェフもですか！　ハッハッハ！　では、ニル殿もお連れしないと拗ねますね」

「えー、でもニルは女の子だよ？」

「大丈夫ですよ。ニル殿もお強いですから」

やっぱり強いんだ。ん？　拗ねると言えば……

ルー全然出てこないな。まだ拗ねているのか？　道中全然出てこなかったぞ。

そして俺は、次の休憩から馬車に戻りお昼寝タイムだ。まだ5歳児だからね。


「……んん……」

「殿下、お目覚めですか？」

俺は昼寝から目が覚めて、周りを見る。まあ、まだ馬車の中だ。

「……うん。ニル、今どこらへん？」

「そうですね、あと1時間程で夕食でしょうか。順調ですよ」

「そう。ニル、りんごジュースちょうだい」

「はい、殿下」

「ねえニル。ボク、夕食は兄さま達と食べるね」

敷き詰めたマットやクッションにペタンと座って、りんごジュースをもらいながら答える。

「分かりました。殿下、一気飲みは駄目ですよ」

「はーい。ねえ、ニル。ボクずっと思っていたんだけど、なんで姉さまはあんなにボクの事を思って下さるんだろう？　こんなに遠くの辺境伯領にまで付いて来て下さるでしょう？　何か切っ掛けがあったのかなぁ？」

「はい、ありましたよ」

なんだって？　あったのか？

「ニル、原因を知っているの？」

「はい」

また出たよ。ニルの天然がこんなところで出たよ。

「殿下？」

「ニルて、本当そういうとこあるよね」

「え？　殿下？　またですか？」

「うん、まただね。ニル、原因を教えて」

「原因と申しますか……多分なのですが……」

はいはい。多分とか言って、絶対にそんな事ないぜ？

「殿下がまだ1歳半位でしょうか？　2歳にはなっておられなかったと思います」

どうせきっとまた狙われたとかだろ？　そんな頃から狙われてんの？　俺、ちょっとヘコんじゃうよ？　ニルが言うには……

フィオンの目の前で攫われかけたのだそうだ。だが大した事はなく、フィオンと侍女の機転で回避する事ができた。その時にフィオンに抱かれた俺は、ねーさま、ねーさまと呼びながらフィオンの顔をペタペタと小さな手で触って確認していたらしい。

「ねーさま、いたいいたいない？」

そしてフィオンに怪我がないと分かった俺は、ニコッと笑ってギュッと抱きついて言ったのだそうだ。

「ニル、何を？」

「ねーさま、ありがとう。と……」

ん？　普通じゃね？　当たり前じゃね？

「それで？」

「それだけです」

んん？　それだけ？？？　『ねーさま、ありがとう』だけ？　あれ？　オクソールも、そんな感じの事言ってなかったか？

『私に向かってニコッと笑って、ありがとう。と』オクが言っていた気がする……

「あれ？　どこが原因なの？」

「ニコッと笑って、『ねーさま、ありがとう』です。その笑顔と言葉にやられたそうですよ」

それ、誰情報だよ！

「ニル、それ誰がいってたの？　誰からの情報なの？」

「フィオン様の侍女です」

「ニルって、姉さまの侍女と交流があるんだ？」

「はい、ありますよ。姉ですから」

はい、またダよ！　本当にこの子は！　なんでそういう事を話してくれないかなぁ。寂しいじゃん。

「ニル……まただね」

ジトッとニルを見る。

「え？　殿下？　あれ？」

「ボク、ニルに姉さまがいるの、全然知らなかったよ」

「はぁ、まあ関係ないですし……」

はい、またまただよ。またまた天然だよ。関係ない事ないじゃん。

「もう他にない？」

「えっと……何がでしょう？」

「ニルの兄妹が誰かに付いてるとかだよ」

「はい、もう兄妹はおりません。母は仕えておりませんし」

「……ハァ……」

まあ、いっか……いや、まてよ……

「ねえ、ニル。その側近とか侍女とかって、どうやって決められるの？」

「はい。殿下はまだご存じなかったですね」

ニルの説明だと……

側近や侍従、侍女の中でも、皇族近くに付く者はその専門の教育を受けた者の中から選ばれる。

そしてその専門の家系がある。ニルの家もそうだ。後はフレイ、クーファルの側近もそうなんだ。

あの二人も兄弟だって。全然知らなかった。

そしてその教育は代々受け継がれる。但し、その家系の者は、政治に口を挟む事は禁じられている。

あくまでも皇族に付き従う、世話をする、守る事が役目だ。万が一にでも、側近等近くに付く者が、不正を働かないようにするためなのだそうだ。

いくつかあるその様な専門の家系から、年齢や性格等を考慮して選ばれる。

初代からずっと受け継がれてきた事なんだって。ニルの家は、今代では偶々《たまたま》姉妹だったから側近にはなっていないが、もしも男兄弟がいれば誰かの側近になっていたらしい。

「へえ〜、知らなかった。じゃあボクにも大きくなったら側近がつくの？」

「はい、そうです」

ふーん。側近かぁ……。

「側近がついたらニルとリュカはどうなるの？」

「仕事内容が違いますので、そのままですよ」

「そっか、良かった」

馬車の外を窓から見ると景色が変わってきていた。木々や緑が多くなってきていた。

もう辺境伯領が近いらしい。休憩する度に林が近くなってきている。て、事はこの林を抜けるとノール河か？

ノール河。帝国の東の端だ。河と言っても、対岸が見えない程の河幅で流れも急だ。

ノール河に沿って森が広がっていて、北の山脈寄りでは珍しい薬の材料になる薬草も採れるらしい。

河幅が広いだけでなく、流れが急で深さもかなりあるらしいので対岸に渡るための橋はない。

ノール河の向こうは他国領だが、沿岸は湿地帯が広がっているらしくて魔物の生息地だ。だからわざわざ対岸に渡ろうとする者はいない。広くて深いノール河があるから魔物も渡ってはこない。

ただ、海に流れ込む手前の数キロは浅くなっている為、魔物が渡ってやってくる。それで辺境伯領には魔物が出るんだそうだ。

辺境伯領は帝国の南端一帯だ。海があり港もある。広大な領地なので、辺境伯の血縁者一族が協力して治めている。

アラウィン・サウエル辺境伯は、その広大な領地の東端。ノール河沿いの、魔物がよく出る危険な地域を治めている。そこに領都があり邸を構えている。

帝国初代皇帝が考案した魔物避けや、防御壁が領都を守っているので街の中は安全だそうだ。

この様な環境の為、辺境伯の領主隊は皆屈強だ。対人ではなく、対魔物なので戦い方も違う。武器も違う。

辺境伯がこの地を守ってくれているから、帝国の中には魔物が少ないという事だ。

シェフが、喜び勇んで狩りに行く程度の魔物しか出ない。有難い事だ。正に帝国の要だ。

「殿下ッ！　夕食ですよぉッ！」

「シェフ、ありがとう！　いただきまーす！」

食べながら俺は周りを見回していた。やっぱ林がすぐ近くにある。

「殿下、どうしました？」

「この林の向こうは河なの？」

「まあ、そうなんですが。すぐ河と言う訳ではありません。殿下が、林と言われた所は森の外れになります。入るとどんどん森が深くなっていって、その森を出たら河です」

「そうなんだ。じゃあ、魔物も出るの？」

「今はまだ出ませんよ」

「どこから出るの？」

「辺境伯領に入ってからです」

「そうなの？」

「はい。魔物が出る地域は、辺境伯領になります」

「オク。それってね、魔物が出るところは辺境伯おねがいね、て事なの？」

「そうなります」

帝国の一番厄介な魔物の問題を辺境伯に丸投げしてる、て事なのか？

「殿下、気になさる事はないのですよ」

いつの間にか、アラウィンが側にいた。

「アラ殿。聞いてらしたのですか？」

「はい、殿下。それを承知で、我々は代々守っております。それに魔物は確かに危険ですが、恩恵もあります」

「え、おんけい？」

「はい、肉が食べられる魔物も沢山いますし、皮や牙、森自体も色々と利用できます」

「そうなんだ」

「殿下は蜂蜜がお好きですか？」

「うん！　甘くておいしい。パンケーキには欠かせないです！」

「殿下は薬湯にも蜂蜜ですね」

「ハハハ、薬湯にパンケーキですか！　レピオス殿は薬湯にも蜂蜜を？」

「はい、殿下は苦いと仰るので」

「成る程、レピオス殿が入れて差し上げると」

「はい」

「魔物が集める蜂蜜があるのですよ。コクがありまったりと甘くて絶品ですよ」

「おおー!!　食べてみたい！」

「殿下、領地に着いたら色々ご案内致しましょう」

「アラ殿、ありがとうございます！　是非おねがいします！」

「殿下は蜂蜜が楽しみですね？」

「アラ殿！　もちろん、蜂蜜もですがお話を聞いていると楽しみで早く着いてほしいです！」

「楽しみにして頂けるとは、嬉しい事です」


次の日、午前中はクーファルの馬に乗せてもらった。午後だと、どうしても眠くなる。５歳児だからね。お昼寝は大事。だから午前中、昼食まで馬に乗せてもらう。

全然関係ない事なんだけど、クーファルはキラキラとした黄金色した長い髪を横に持って来て細いリボンで結んでいる。その髪がさぁ、良い香りがするんだよ。男なのに良い匂いがするなんてどうなんだ？　まあ、汗臭いよりはいいけど。冷静で頭も良くて、剣も使える。クーファルは万能だ。その上、碧の瞳が優しそうでお顔も良い。羨ましい。兄弟で一番モテるのもよく分かる。

またその次の日は、アスラールだ。アスラールはアラウィンほどマッチョじゃないんだ。だけど、馬に乗せてもらうとよく分かる。俺の背中に逞しい筋肉が当たるんだよ。細マッチョだな。これも羨ましい。モテるだろうに、なんでまだ独身なんだろう？

そして、その次の日。俺はアラウィン・サウエル辺境伯の馬に乗せてもらっていた。安心感が半端ないよ。屈強な身体に落ち着いた雰囲気。また、声までイケボってズルくないか？　今まで辺境の地を治めてきた自信がにじみ出ているといった感じか。こんな大人になりたいね。またまた羨ましい。

「殿下、今日はもう直ぐ領地に入ります。ほら、前方に防御壁も見えてきたでしょう。あの内側が領地です」

アラウィンに言われて前を見る。立派な防御壁が見えてきた。

防御壁には外側に突出した半円の側防塔が設置されていて、監視が出来る様になっているのだろう。塔の上には投石機らしきものがある。こんなに攻撃魔法があるのに、投石機てなんか違和感だ。それとも、石のかわりに違うものを飛ばすのかな？

防御壁には大きな扉があって、馬車や馬はそこから。人はすぐ横の小さな扉から入るようになっているのだろう。この扉も石造りか？

「アラ殿、石造りですか？」

「いえ、少し違います。白っぽいでしょう？」

アラウィンに言われてよく見ると……確かに少し白っぽい。まるでセメントみたいだ。

「もしかして……何か混ぜていますか？」

「殿下、よくお分かりに。そうです。領地で採れる粘土質の土に、石灰石や珪石《けいせき》等を細かく粉砕した物と、あとは魔物が嫌う木の樹液ですね。それらを混ぜた物を使っています。中には何本も鉄製の芯が通っているので頑丈です」

それってまるで鉄筋コンクリートじゃないか。発明した奴は天才だ。

「初代皇帝の考案ですよ」

また初代だ。初代皇帝は凄いな。この帝国で素晴らしいと思う事は全て初代皇帝の案だ。天才なんてもんじゃないぞ。現代日本に通じる事が幾つもあった。この世界でそれを考え発明するなんて、どんな頭をしているんだ。

「凄い……とても頑丈ですね」

「はい、多少の魔物では壊せません」

そんな話を聞いているうちに、隊列の先頭が止まった。防御壁にある門に差し掛かったのだろう。

「領地に入ってから、領都まで少しありますので、昼位には邸に到着ですね。殿下は馬車に戻られますか？」

「どうしてですか？　ボクが、アラ殿の馬に乗っているとダメですか？」

「いえ、私は全然構いませんよ。殿下が宜しければ、このまま邸までお乗せしましょう」

「はい！　じゃあおねがいします！」

馬の方が周りも良く見えるんだよ。見てみたいんだ。この世界の色んな物を見てみたい。

「動き出しましたね。ここら辺はノール河に近い地域となります。領民の住居より畑が中心です。さ、入りますよ」

馬が防御壁の大きな扉のある入り口をくぐった。内側から見ると防御壁の厚みもよく分かる。こんな防御壁、どうやって作ったんだろう？　その分厚い防御壁を抜けると直ぐに、アラウィンの言った通り畑が広がっている。

「アラ殿、所々に立っているあの柱の様な物は何ですか？」

畑が広がる先の海の方と、ノール河寄り、そして防御壁に沿って等間隔位に5メートル程の電柱の様な柱が立っている。それも防御壁と同じ様に少し白っぽい。

「あれは先程の防御壁と同じ材料に、魔物の嫌う木の樹皮と樹液両方を混ぜて作った魔物避けです。高さがあるのは飛ぶ魔物もいる為です。防御壁よりも、かなり魔物避けの効果が高くなります。馬車につけておくと魔物は寄ってきません。船の底につけておくと、海の魔物が寄ってこないので安全に漁ができますし、航海も可能です」

「もしかして、それも初代皇帝ですか？」

「そうです。初代皇帝は凄いでしょう？　殿下のご祖先様です」

そう言われても全然知らないからな。何百年も昔の人だ。肖像画さえ残っていない。顔も知らないし他人と同じだ。

「農水路もあるのですね」

「ええ。ノール河の小さな支流があります。そこから引いています。ノール河沿いの森には、腐葉土や腐植土があります。それを利用して、色々混ぜた物を作り畑に利用しています」

「豊かな土地なんだ」

澄み渡り雲一つない青い空の下、遠くに陽が当たってキラキラ光る海が見える。微かに潮の匂いがする。港があり、船が並んでいる。手前の方に建物が並んでいるのは、塩でも作っているのか？

「塩……？」

「驚きました、本当に殿下は素晴らしい！　そうです。手前の建物で海水から塩を作っています。それと魚を干しています」

干物だと!?　日本じゃないか！　異世界侮るなかれ！

「うわ！　食べてみたい！」

「殿下は、干した魚を食べた事はありませんか？」

「はい、お魚自体が少ないです」

「そうですか、ではこちらに滞在されている間にお出ししましょう。私は釣りもしますので、張り切って釣ってきましょう！」

「釣り！　ボクもやってみたいです！」

「ハッハッハ！　では殿下、ご一緒しましょう！」

「やった！　絶対ですよ！　約束です！」

「はい、殿下」

「帝都より暖かい。風が違いますね。潮の匂いがします。気持ちいい！」

「そうですか？　殿下、もうすぐ領都ですよ」

もうそんなに来たのか。アラウィンの話を聞いていると楽しい。ずっと城に籠っていたからな。

新しい世界を見るのも楽しい。

前方にチラホラと住居らしき建物が見えてきた。

第3章 領地見学

白っぽい壁に赤茶色の屋根。街の中は、道も白っぽく舗装されている。白っぽいのは、きっとさっきの魔物避けと同じ様な材料で出来ているのだろう。

馬車が余裕ですれ違える程の広い道が奥へと続いている。領主邸まで続いている様だ。

「お屋根や壁もみんな同じ色なんですね」

「はい、どうしてかお分かりになりますか？」

「えっと……海ですか？　潮風が？」

「そうです。潮風が建物の劣化を早くします。それで、森の中に、葉や茎から粘りのある液体が採れる大きな植物があります。その液体を塗ると防げるので、屋根には塗ってあります。壁はその液体と、魔物避けを混ぜた材料で作っています。その為、みな同じ色なのです」

「そっか……森には魔物もいるけど、利用できるものも沢山あるんだ。だから、危険だけど恩恵もある」

「そうです。覚えておられましたか」

街の中を行くと領民達が道の両側に出て来ていた。

——アスラさまー！

――お帰りなさいー！

――領主様の馬にいらっしゃるのが皇子殿下かしら？

――まあ、なんてお可愛らしい！

――あれは、クーファル殿下！

――キャー！　殿下！

――カッコいいー！

沿道に領民達が集まってきて声を掛けてくる。どこに行ってもクーファルは凄い人気だ。イケメンだからな。

俺は『可愛い』だ。クーファルは『カッコいい』だ。

まあ、5歳だし。ちびっ子だし。仕方ないさ。前世でも『カッコいい』なんて言われたことないさ。

「ハハハ、クーファル殿下はどの街でも大人気ですな」

「そうですねぇ……本当に」

「おや、殿下？」

「フレイ兄さまも、クーファル兄さまもカッコ良すぎて」

「殿下も大変お可愛らしいですよ？」

「アラ殿、それです。そこがちがいます」

俺は、小さい短い人差し指を立てて横に振った。だって俺はまだちびっ子だけど男なんだよ。

「ボクはまだ『可愛い』です。大きくなったら、兄さまみたいに『カッコいい』と言われたいです」

「ハハハ、さようですか！　可愛いよりカッコいいですか」

「だってアラ殿、ボクは男の子です！」

「そうですな！　ハハハ！」

清潔感のある街並み。領民の服装も、皆身綺麗だ。あっちは商業地区か？　店の前には沢山の商品が並べられているのが、遠目にも分かる。活気もある。

「良い街ですね。活気もある」

「ありがとうございます」

そうして俺達は、やっと領主邸に到着した。

街より高台に邸は建っていた。領主邸の門邸を過ぎると前庭が広がる。

馬車止めが作られてあり、何台も余裕で止められる位広い。

帝都によくある貴族の邸とは違って、だだっ広い。しかも態々《わざわざ》水場が設置されている。

「これは……もしかして……」

「殿下、なんです？」

「もしもの時に、領民をここに避難させるためですか？」

「ハッハッハ！　殿下は何でもお分かりになる！　素晴らしい、その通りです！」

そうか……！　防御壁や魔物避け、塩害対策や建材に領主邸まで全て領民ファーストなんだ。

「海が近いので津波が、魔物が出る地域も近いのでスタンピードが。もしもの時は領主邸に避難すればなんとかなると、思ってほしいのです。実際にこの邸に避難さえしてくれれば、なんとかなります。その為です。さあ、殿下。着きましたよ」

そう言ってアラウィンは、俺を馬から下ろしてくれた。そのまま手を繋がれて邸まで歩く。

邸の前には、夫人らしき女性と次男らしき青年が待っていた。

アラウィンに手を引かれ、クーファルやフィオン、そしてアスラールと一緒に歩く。後ろから側近達やニル、レピオスとリュカ達が続く。邸の前で迎えに出ていた人達が頭を下げている。

「旦那様、お帰りなさいませ」

「父上、お帰りなさい。ご無事で何よりです」

「ああ。ただ今戻った。殿下方、ご紹介致しましょう。妻のアリンナ、次男のアルコースです。態々来て下さった、クーファル第2皇子殿下、フィオン第1皇女殿下とリリアス第5皇子殿下だ」

「クーファルです。世話になるね」

「フィオンです。お初にお目に掛かります」

「リリアスです！　よろしくおねがいします！」

「まあ！　妻のアリンナです。ようこそお越しくださいました」

「アルコースです。お目に掛かれて光栄です。宜しくお願いします。フィオン様、お久しぶりです」

「ええ、本当に。お元気そうで何よりですわ」

「さあ、どうぞお入り下さい。お疲れでございましょう！　あなた、私が殿下をお連れしますわ！」

「いや、私がこのまま……」

「さあ、リリアス殿下！　お手をどうぞ！」

「……あ、ありがとうございます」

アラウィンから問答無用で俺の手をとって夫人は邸の中に入って行く。

なんか、このグイグイくる感じ……フィオンに似てないか？　やめてくれよ？

俺の手をひいているアリンナ・サウエル辺境伯夫人は、アッシュシルバーで少し癖のある髪を上品に結い上げ瑠璃色の瞳がキラキラして快活さが見える。アスラールの瑠璃色の瞳は夫人似の様だ。

辺境伯次男のアルコース・サウエルは夫人似のアッシュシルバーの緩い癖っ毛を短くカットしている。蒼色の瞳はアラウィン似だ。さっきの挨拶だと、フィオンとは面識があるらしい。

そして俺は、アリンナ夫人に手を引かれ、邸の応接室に入り座る。

「リリアス殿下、お飲み物は何がお好きですか？」

「母上、殿下はりんごジュースがお好きですよ」

「アスラール、私は殿下にお聞きしているのに。殿下、りんごジュースがよろしいですか？　オレンジや葡萄《ぶどう》もございますよ？」

「ありがとうございます。りんごジュースでおねがいします」

「はい、畏まりました」

夫人はメイドに目配せする。

「クーファル殿下、フィオン皇女殿下、お好きなものを仰って下さい」

「私達は紅茶で。フィオンいいね？」

「はい、お兄様」

「遠慮なさらないで下さいませね。何かお茶菓子もお出ししましょう」

俺の後ろにオクソールとリュカ、レピオスとニルが控えている。

ニルを見る……大丈夫か？　ニルが少し頷いた。

フィオンの侍女を見る。少し頷きながら周りには分からない程度に微笑んだ。

良かった。フィオンは大丈夫そうだ。それを見ていたクーファルが苦笑いだ。

一息ついたところで、領地に残っていた次男のアルコースが現在の状況を説明してくれた。やはりかぶれる者は後をたたないらしい。

「レピオス、やっぱり見たいね」

俺は後ろのレピオスに声をかけた。

「はい、殿下」

「レピオス殿、実際の症状をですか？」

「はい、サウエル辺境伯様。一言でかぶれと申しましても、患部を見てみないと何とも」

「ああ、こちらは今回色々な軟膏や道具を作って下さった、皇宮医師のレピオス殿だ」

「レピオス・コローニと申します。私はリリアス殿下が考案された物を、お作りしただけです」

「いえ、レピオスはボクの師匠です」

「殿下、師匠はお止め下さいと」

「どうして？　本当の事だよ？」

「まあ！　お師匠様ですのね。素晴らしいですわ」

「いえ、リリアス殿下の師匠など、とんでもございません」

「レピオス殿。宜しいではないですか。お疲れでなければ昼食の後に見られますか？」

「はい。サウエル辺境伯様、お願いします。殿下、私が見て参ります。後ほどご報告致します」

「レピオス、任せてもいい？」

「はい、勿論ですよ」

「じゃあおねがい」

「レピオス様、私もご一緒します」

「ああ、リュカ。有難う」

うん、俺はきっと昼飯を食べたら寝てしまうからな。レピオス、頼んだよ。


昼食の為に食堂にいる。全員一緒だ。辺境伯夫人や次男もいる。まさかここではシェフは来ないよな？　まさかな？

「リリ、甘いな」

「クーファル兄さま？」

「殿下ぁッ！　お待たせしましたぁッ！　お食事です！」

来たよ……いつも通り元気にやってきたよ。ワゴンを押してシェフが！

「シェフ、え？　ここでも？　いいの？」

「殿下、何を仰っておられるのでしょう？」

「クフフ……」

クーファル笑ってないで助けてくれよ。

「シェフ、だって此処の料理人がいらっしゃるでしょう？」

「はいッ！　しかぁしぃッ！　私は殿下のシェフですのでッ！」

「そう。そうだけど……」

あー、もういいや……ちょっと面倒になってしまった。

「リリアス殿下、お気になさらず。大丈夫です」

「アラ殿、すみません」

「いえ、本当に。大丈夫です。予想しておりましたから」

本当に申し訳ないね。本人は分かっていないみたいだけど。だから念のために一言言っておこう。

「シェフ、こちらの皆さんに迷惑かけないでね。仲良くしてね」

「はいッ！　勿論です！　さ、殿下。お召し上がり下さい！　皆様メニューは一緒ですよ」

俺以外はメイドが並べて行く。まあ、シェフは大人だし。大丈夫だよね。

「リリ、頂こう。フィオンも」

「はい、兄さま」

「はい。美味しそうですわ」

「フィオン様もお疲れでしょう。昼食を食べられたら、ゆっくりなさって下さい」

「辺境伯殿、お気遣い有難うございます」

「リリはちゃんとお昼寝するんだよ」

「はい、兄さま。これ、とってもおいしいです。シェフ、今日もおいしいよ！」

「殿下、有難うございますッ！　こちらは食料も豊富で作りがいがありますッ！」

「おや、そうですか？」

「はいッ！　サウエル辺境伯様、勉強させて頂きますッ！」

シェフが、辺境伯と夫人に向かって頭を下げた。大人じゃん。大丈夫そうだ。

「まあ！　嬉しい事を仰るのね。リリアス殿下に付かれているのかしら？」

「はいッ！　奥方様。お生まれになられた頃から、お食事のご用意をさせて頂いておりますッ！」

「それは、素晴らしいですわ！　リリアス殿下は、皆から大切にされてらっしゃるのね」

「はい、ありがたいです」

「本当にリリアス殿下はお可愛らしい」

「ありがとうございます」

「リリアスは、私達の宝だな」

「お兄様のおっしゃる通りですわ」

「クーファル兄さまも、フィオン姉さまも、やめてください。はずかしいです！」

「まあ！　ホホホ」

「アリンナ、リリアス殿下はお可愛らしいだけではないぞ。大変ご聡明でいらっしゃる」

頼む、皆やめてくれー。俺は普通だよ！

「ボクは普通の５歳児です」

「「「……ハッハッハ」」」

なんで笑うんだよ！　フィオンも、生暖かい目で見つめるのはやめてくれ。

やっと俺にと用意された部屋に通してもらって、ニルと2人だ。ほっとするわ。

「はぁ……心が疲れたよ」

「お心が？　そうなのですか？　殿下、お着替えを」

「うん、ニル」

ニルの通常運転に救われる。と、着替えるといっても俺はボーッとただ突っ立っている。

ニルがテキパキと全部着替えさせてくれる。オートモードだよ。満腹になったら、もうかなり眠い。限界だ……

秒で寝たよ。爆睡だ。5歳児はまだお昼寝が大事。超大事。


「……ニル……」

「お目覚めですか？」

「……うん。お喉かわいた……」

「りんごジュースご用意しますか？」

「うん……おねがい」

もそもそとベッドから下り、ヨイショとソファーに座る。直ぐにりんごジュースが出てきた。ニルは出来る侍女だ。それにしても、熟睡したよ。スッキリだ。

「……ニル、ありがと」

出されたりんごジュースを、俺はコクコクコクと半分位飲む。全部一気に飲んでしまったらニルに叱られるんだ。

それにしても、やっぱ帝都より暖かいなぁ。良い気候だ。

「ふぅ……おいしかった」

「殿下、レピオス様がお戻りになっていますよ。お呼びしますか？」

「うん」

「はい、お待ち下さい」

ニルがドアの外に声をかけた。誰だ？　リュカか？

「ニル、リュカがいるの？」

「いえ、こちらのメイドが付いてくれています」

「そうなの。なんか悪いね」

「気になさらなくても大丈夫ですよ」

「うん、わかった」

しばらく待つとレピオスがやってきた。

「失礼致します。殿下、ご報告を」

「うん、レピオス。ありがとう。どうだった？」

「リリ、私もいいかな？」

「兄さま、勿論です」

クーファルもソールと一緒にやってきた。

「よく寝たかい？」

「はい、兄さま。爆睡です」

「そうか、爆睡か。ハハハ。ベッドは久しぶりだからね。疲れもたまっていただろう」

「しっかり寝たから元気です」

「では、早速ですが。症状の出ていた、数名の領主隊の方を診させて頂きました。それで、殿下。こちらを……」

レピオスが、前世のシャーレの小型版の様なガラスの容器を出した。俺はそれを手に取ってじっと見た。

中には、黒褐色に橙色の模様の細かい毛。

「……レピオス、やっぱりだね」

「はい、殿下」

「リリ、原因が何なのか確定できたのかな？」

「クーファル兄さま、見てください」

俺はガラス容器をクーファルに手渡した。クーファルもそれをジッと見ている。特徴的な色だ。クーファルも分かるだろう。

「あぁ、なるほど。これが原因か」

「確定ではありませんが、決まりと思って宜しいかと。リリアス殿下の予想通りでしたので、対処方は仰っていた方法で進めて良いでしょう」

「そう。でも問題は元だね」

「はい、殿下。現場に行かないとこればっかりは……」

「……うん」

「じゃあ、リリ。行くかい？」

「はい、兄さま」

元々現場に行くつもりだったんだ。でないと確実な事は分からない。だが、先ずは報告だな。


「レピオス殿、もう解明できたのですか？」

「アスラール殿、全てではないのですがご報告を」

俺達は、また最初に通された応接室にいる。クーファル、レピオス、オクソール、リュカそれに、クーファルの側近のソール、第2騎士団団長と副団長も一緒だ。

辺境伯側はアラウィン、アスラール、アルコース、側近らしき人達、そして領主隊隊長に副隊長。

皆同じ情報を共有していて欲しいので、集まってもらった。レピオスが報告を始める。

「まず、領主隊の方々を診させて頂きました。症状から推測しますと、恐らくトゲドクゲだろうと思われます」

「トゲドクゲ……あの黒褐色に橙色の縞模様の毛虫ですか……」

トゲドクゲ。そういう名前の所謂《いわゆる》毛虫だ。毒々しい毛の色が特徴だ。帝国なら辺境伯領だけでなく、全土に生息する珍しくもない毛虫だ。だが、このトゲドクゲには毒がある。トゲドクゲ自体には攻撃力もなく弱い毛虫だから自衛の為なのだろう。

しかし、この毒が曲者だ。抜けた毛に触れただけでも症状がでるんだ。その症状が今回隊員やその家族にでている症状と合致する。

「刺されたとき又は、触れた時に痛みはほとんどなく、症状が出てから気づくというケースもございます。また、一度刺されると体内に抗体ができ、二度目はさらに激しい症状を引き起こします。恐らくトゲドクゲで間違いないかと」

うん、レピオスの言う通りだ。ちゃんと誰にでも分かるように説明してくれている。任せて安心、レピオスだ。

「では、森に入っていない者にも症状が出ているのは？」

「はい、サウエル辺境伯様。以前に陛下の執務室で、お話しした事を覚えておられますでしょうか？」

「どの話でしょう？」

「リリアス殿下が、対処法を説明された時に、着ていた物をよく叩いてから家に入るようにと」

「ああ、はい。覚えております。と、言う事は。隊員達の服が原因ですか？」

「その様です。私が診させて頂いた方々の中にも毛が付着している方がおられました。こちらを……隊員の方々の隊服に付着しておりました」

そう言って、レピオスはさっきのシャーレの様なガラス容器を出す。辺境伯側で回し見てもらう。

よくこの世界にシャーレ擬きがあったよ。きっとこれも初代皇帝の発明だとか言うんだろうな。初代皇帝、凄すぎる。天才かよ。

「確かに……この毛の色はそうだな」

アスラールやアルコースも興味深げに見ている。

「しかし、父上、兄上。何故急に今なのでしょう？　トゲドクゲは今迄も生息しておりました。特別珍しい毛虫ではありません」

「アルコース様、そこです」

「……はあ」

「レピオス殿、分かる様に説明して下さい」

「はい。アスラール様、勿論です。アルコース様が仰った様に、今迄も普通に目にしていた毛虫が、何故今急にと言う事です」

そして、レピオスは丁寧に一から説明していった。本当、レピオスは優秀だ。

まず、このトゲドクゲの天敵は、鳥、カマキリ、スズメバチなどが挙げられる。トゲドクゲに限らず、毛虫はこうした天敵から身を守るために葉の裏などに卵を産みつける。トゲドクゲは特に水場近くの森林などに産卵するんだ。

今、急にこのトゲドクゲの被害者が出た原因は、恐らく例年よりも多い数の卵が孵化し、トゲドクゲの数が増えたのではないかと思われる。

そこで、何故例年より多い数の卵が孵化したのかと言う事だ。

うまく天敵から卵を守ることができたのか。あるいは、なんらかの理由で天敵の数が減少した時などに、大量に孵化できたのだろうか。

「……父上、天敵……もしかしてグリーンマンティスでしょうか？」

グリーンマンティス、森に生息するカマキリの魔物だ。前世のカマキリと同じ姿をしているが大きさが違う。１メートル程の大きさがあり手に大きな鋭い鎌がある。こいつも魔物だ。

「アスラールそう言えば今年は見ないな」

アスラールの予測を踏まえて、レピオスが話を進める。

「では、そのグリーンマンティスだと仮定致しましょう。何故、今年は見ないのかです」

「グリーンマンティスが、天敵にやられたからですか？」

「アスラール様、そうですね。若《も》しくは、グリーンマンティスは孵化しなかった。数が少なかった。でしょうか。では、グリーンマンティスの天敵は？　と、言う事になります」

「……トード！　父上、トードに決まりです！　今年は多いと隊員達が話していました！　グリーンマンティスはトードの好物です。トードは皮に耐水性があるので、防具や雨具に良いと。ただでさえ大きいのに、今年はより大型が多いので肉も美味いと言ってました！」

トード、巨大なヒキガエルだ。１メートルを超える程の大きさがある。俺は苦手。と、いうかまだ実物を見た事がない。だって１メートルを超えるヒキガエルだぞ。あまり見たくない。しかも肉を食べるんだ。淡泊な鶏肉のようで美味いらしい。

「アルコース、そうなのか？　隊長？」

「はい、確かに今年は大型で数も多いです」

「ではまたトードだと仮定しましょう。何故トードが例年より多いのか？　です」

「……レピオス殿、思いつきません」

「アルコース、そうだな。トードの天敵となると数が多すぎるな」

「はい、兄上。それに他の魔物で特に多いと言う印象はありませんね」

「アルコース、確かに」

「ですので、グリーンマンティスが生息していそうな場所、トードが生息していそうな場所を、実際に回って確かめてみる必要があります」

「成る程……レピオス殿流石ですな」

「サウエル辺境伯様、とんでもございません」

「父上、こんな連鎖の様な考え方は、思いつきませんでした」

「ああ。アスラールそうだな。どうしても、これだと思える様な1つの原因を探してしまっていたな」

「父上、しかも討伐へ出ていない者にも症状が出ていたのです。普通に病を想像してしまいます」

「アルコースの言う通りだ。いや、本当に盲点でした。それであの道具なのですな？」

「左様でございます。リリアス殿下がお話をお聞きになって考案されました」

「レピオス殿、リリアス殿下ですか？　レピオス殿ではなくて？」

おや、次男のアルコースだっけ？　レピオスでなくてごめんね。ちびっ子の俺なんだよ。

「アルコース、リリアス殿下はとてもご聡明だ」

エヘヘ。照れちゃうなー。

「辺境伯様、現地に行ってみたいのですが？」

「レピオス殿。それは構わないのですが、先に道具を揃えたいと思います」

「はい。勿論です。では、リリアス殿下」

「リュカ、道具をお見せして」

「はい、殿下」

リュカが例の道具一式を並べて出した。

「これは……？」

「アスラール、リリアス殿下が考案して下さった道具だ。帝都で見せて頂いたが、とても有用な物だ」

「父上、そうなのですか？」

「ああ。領地でも作るつもりだ。レピオス殿、説明を頼む」

「はい、辺境伯様」

またレピオスは1つずつ説明した。レピオス、説明は3回目だな。有難う。助かるよ。

「どれも特別な材料を使っている訳ではありません。簡単に手に入る物ばかりです。リリアス殿下が、内容をまとめて記して下さっております。まず、必要な数を作りましょう」

「ああ、薬師を手配しよう」

「辺境伯様、お願い致します」

と、言う事で早速明日から取り掛かる事になった。

「レピオス、何日位かかりそう？」

「殿下、そうですね。2～3日ではないでしょうか？　手袋と顔を覆う物に、時間が掛かると思われます」

あー、そうだよねー。この世界はまだ手縫いだからねー。チクチク一針ずつ縫うんだ。

「クーファル殿下、リリアス殿下。その間に領内をご案内致しましょう」

おっ！　マジか！　それは嬉しい！　見てみたかったんだ。

「アラ殿、本当ですか！」

「リリ、行きたくて仕方ないんだろう？」

「はい、兄さま。実はそうです！」

「リリアス殿下、ご希望はございますかな？」

「全部！　全部見てみたいです！」

そうだよ。馬から見ただけでも興味深い場所が幾つもあったんだ。色々見てみたい。何より、初めての城の外の世界だ。興味津々だよ。誰だよ、ＰＴＳＤなんて言っていたのはさ。俺だけど。

「ハハハ、全部ですか！」

「では、明日から少しずつご案内致しましょう」

「はい！　ありがとうございます！」

「では殿下。今日はこれからゆっくりなさいますか？　宜しければ、裏庭でもお散歩しませんか？」

「アラ殿、裏庭ですか！　お散歩します！」

「はい、では参りましょう。クーファル殿下、宜しいですかな？」

「勿論だ。私もご一緒させてもらっても構わないかな？」

「はい、是非。邸の裏庭は少し変わっているのですよ」

「そうなのか？　それは楽しみだ。リリ、行くかい？」

「はい、兄さま！」

で、俺は裏庭に出て来ている。

「うわぁーー！　ひろぉーーい!!」

アラウィンに案内されて裏庭に出た俺の第一声だ。

邸の裏に出たら、本当に広かった。庭じゃないぜ。広場だよ。

養鶏場みたいな小屋がある。牛舎みたいな小屋もある。厩もあるな。柵があるから、放牧できる様になっているのかな？

俺は両手をいっぱいに広げ深呼吸した。大自然て感じだ。ああ、城とは空気が違うよ。

「リリ、嬉しそうだね」

「はい、兄さま！　帝都とは全然違います！　気持ちいいです！　それに今の季節なのにまだ暖かいですね！」

そう、帝都なら今はもう紅葉の季節で肌寒い日もある。

「帝都よりは大分暖かいでしょう。殿下、向こうに5本の樹が並んでいるのが分かりますかな？」

5本の木……？　広い裏庭のずっと奥の方、アラウィンが指差す方を見る。

「あぁ、はい。見えます」

裏庭の一番奥かな？　等間隔に並んでいる5本の樹が見える。どれも立派な木だ。あの木がどうしたんだ？

「2年前、あの樹に突然花が咲き出し満開になったのです」

2年前……て、あれか？　俺が原因か？　と、クーファルを見る。

「リリ、そうだよ。あの時だ」

そうなのか……でも、かなり距離があるぞ？

「あの樹も、光の樹と言われております」

あー、そうなのか……俺が花を咲かせたからか？

「兄さま、ボクが咲かせた……？」

「そうだよ。あの時、ここの光の樹も花を咲かせたそうだ」

信じられない。だって、あの光の樹は帝都からまだ北にある。ここまで本当にかなりの距離があるんだ。なんて摩訶不思議な現象なんだ。

「アラ殿、近くに行ってみてもいいですか？」

「勿論です。殿下、参りましょう」

アラウィンと、アラウィンの側近とクーファル。後ろにソール、オクと、リュカもいる。

クーファルと手を繋いで、５本並ぶ樹まで歩く。

ん？　樹の近くに誰かいるぞ。あれは……辺境伯夫人とフィオンか？　それと侍女が２人。

「兄さま、あれは姉さまじゃないですか？」

「本当だね。静かだと思ったら、夫人が相手をして下さっていたんだね」

「はい、申し訳ないですね」

「家族以外には、ちゃんと弁《わきま》えているから大丈夫だろう。多分……」

おいおい、最後の多分が怖いよ。クーファル、目を逸らすんじゃないよ。

向こうも気付いたのか、こっちを見ている。

「姉さま、此処にいらしたのですか？」

「リリ、あなたも樹を見に？」

「はい。姉さまもですか？」

「ええ。夫人が案内して下さったの」

「姉さま、お天気も良くて、広くて気持ちいいですね」

「まあ、リリ。そうね……リリ、この樹も花が咲いたのですって」

「はい、姉さま。聞きました」

「繋がっているのね。聖なる樹なんだわ」

フィオンや夫人達が樹を見上げる。

「アラ殿、触ってみてもいいですか？」

「はい、構いませんよ」

俺は、１人樹に近寄り幹を触ってみる。

……お？　この感じは……

「ルー！　いるんでしょ？」

「やあリリ。バレたか？」

「うん、わかっちゃった」

ポンッと鳥の姿のルーが現れた。加護を授かっているからだろうか。ルーの気配が分かるんだよな。

「ルー、どこにいたの？　心配したよ」

「だからさ、僕はリリのそばにいると言ってるだろ？」

そう言いながら、俺の肩に止まる。

「だって道中ずっといなかったじゃない？」

「姿を見せてないだけさ」

「うっそだぁー」

「おいおい、それは無いだろう」

「……リリ、ルー様を紹介してくれるかな？」

「あ、兄さま……！」

と、言われて振り返ってみると、アラウィンと辺境伯夫人が頭を下げていた。

「あ、ルー。おねがい」

「ああ、そうだな。辺境伯、それに辺境伯夫人かな？　止めてくれないかな。堅苦しいのは嫌なんだ。頭をあげてよね。普通にして」

「ルー様、城での会議では大変失礼致しました」

「私は妻のアリンナです。お目に掛かれて光栄です」

夫人が綺麗なカーテシーでルーに挨拶をした。

「あの会議で言っていた樹はこれだよね？」

「はい、ルー様。あの時にお話ししておりました、光の樹です」

「なるほどね」

「それよりルーはずっと此処にいたの？」

「リリが今この樹に触れただろ？　だから来たんだよ」

「やっぱり……いなかったんじゃない」

ジトッとルーを見る。

「まあまあ。それよりさ、この樹は初代が植えたものだからね。大事にしなよ」

なんだよ。いきなり凄い情報をブッ込んでくるな。しかもちょっと自慢気だよね。

「初代皇帝がですか!?」

そりゃ、アラウィンが驚くよ。て、みんな驚いてるよ。

「あれ？　皆知らなかった？　クーファルも？」

「はい。ルー様。知りませんでした。初代が残した文献は、全て読んだつもりだったのですが。どこにもそんな事は……」

「そうか？　でも本当だよ。初代皇帝と、初代辺境伯がお互いの絆の証に植えたんだ」

「お互いの絆……！」

アラウィン、感無量か……？　無理もない。初代皇帝と初代辺境伯の絆だと言われればね。

ルーは続ける。こんな時は少しだけ精霊らしいなと思う。

建国当時は今よりずっと魔物が多かったそうなんだ。だから初代皇帝はこの地を辺境伯1人に背負わせる事に戸惑いがあったそうだ。

「しかし、初代辺境伯は『任せろ！　守ってみせる！』てな。『だから皇帝は、帝都で帝国民の為に頑張れ！』て。その2人の絆の証だ。以前も話したが『初代が植えたら、たちまち大樹になって花を咲かせた』て、伝説があったろ？　あれはこっちの樹にも起こった事だ」

ええー！　本当なのか！　なんだよそれ！

「でも、たちまち大樹になって花を咲かせた、ていうのはこっちは違うよ。もう成木だった樹を、森から持ってきてこっちに植え替えただけだ。花を咲かせたのは本当だけどね。この樹が2人の思い出の樹なんだ」

「そうだったのですか……初代辺境伯は私共の祖先ですが、その様な事はなにも残っておりません」

「辺境伯、2人にとっては公に残す事でもなかったんだろう。私的な思い出だからな」

「ルー様。もしご存じなら、その思い出を教えて頂けませんか？」

「ああ、構わないよ」

軽いな。ルー、自慢気だな。

「さっきも言ったけど、あの当時は今より森が広かったんだ。そして魔物も多かった。帝国として纏まってはきたものの、魔物の被害が絶えなかった。だから初代皇帝が辺境伯と一緒に、魔物討伐に乗り出したんだ。魔物は、澱みがあると活性化されて多くなるのは知っているか？」

「はい。昔は辺境伯領内のノール河沿岸に、大きな澱みが幾つもあったと、文献に残っております」

「クーファル、よく勉強しているな。その通りだ」

そして、ルーは話を続ける。

魔物同士がやり合って、勝った方が負かした魔物を食べる。その死体を放っておくと、それが澱みになる。

初代皇帝と辺境伯は帝国内の澱みを浄化し、魔物を討伐する事から始めた。広範囲の光属性魔法でだ。それが、帝国が『光の帝国』だと言われる由縁の1つなんだそうだ。

当時、辺境伯領の森の中で、澱みを囲む様に立っていた樹がこの5本の樹だ。森の中には魔物が嫌がる樹液や樹皮の木がある。それと同じだった。この5本の樹があるから、魔物が澱みから出て来る事ができなかった。もしこの5本の樹がなかったら、辺境伯領は魔物に食い潰されていたかも知れない。そんな場所だった。

そして初代皇帝が、澱みを浄化して消した。初代辺境伯が、出て来ようとする魔物を討伐した。そうやって辺境伯領を守ったんだ。その2人の思い出。記念だ。魔物避けが出来たのもこの樹がヒントだそうだ。

なんで魔物は嫌がるんだ？　出て来なかったんだ？　て、とこから考え調べたんだ。そうして、帝国内全ての澱みを消して、2人も歳をとって落ち着いた時に思いついたらしい。お互い、いい歳になって、どちらかが先に逝っても2人の絆は変わらないと。そんな思いが込められている。

「だが、そんな事を言い伝えなくても、代々皇帝と辺境伯は同志だろ？　友達だろ？　それも縁だな。それで良い」

おおー、良い話じゃないか。ルーも偶《たま》には良い話をするんだな。

「その初代皇帝の魔力を継いでるのが、リリ。君だ」

は？　なんでいきなりそんな話になる？

「リリ……！」

ほら、来た。フィオンだよ。

ガバッと抱き締められたよ。絶対に来ると思ったんだ。

「グフッ……！　姉さま、苦じいでずぅ……」

「あら。リリ、ごめんなさい。つい……」

つい、じゃないよ。俺、死んじゃうよ？　そのうち君の腕の中で、窒息死しちゃうからね。

「リリ、君は全然分かってないけどな、花を咲かせたのは初代皇帝とリリだけだからね。光の精霊の加護を授かったのもね」

「ルー、そうなの？　じゃあ、初代皇帝も加護を受けてたの？」

「そうだよ。凄いだろ？　良い話だろ？」

「うん。ちょっとルーを見直した」

「ちょっとかよ！」

「エヘヘッ」

ルーが俺の周りをパタパタと飛んだ。

「良い領地だ。良い領地にする為、初代達が頑張ったんだ。誇りだと思わないかい？」

と、アラウィンの肩に止まった。

「はい。本当に。我々の誇りです。守り続けていきますよ。ルー様」

「ああ、頼むよ」

「私からも、宜しく頼むよ」

「ルー様、クーファル殿下。勿論ですよ。お任せ下さい」

「殿下ーッ！　夕食のお時間ですよぉーッ!!」

場の空気を、木っ端微塵に壊すシェフの声……

「リリ、呼んでるよ。ククク ッ」

「兄さま、笑わないで下さい。ボクにはどうしようもありません」

「ハハハ。さ、行こうか。夕食だ」

「はい、兄さま。フィオン姉さま、行きましょう。アラ殿、夫人、行きましょう！」

「ええ、リリ」

俺はクーファルとフィオンに挟まれて2人と手を繋いで歩く。ちょっとスキップしちゃおうか。アラウィンと辺境伯夫人、ソール、オクソールにリュカ、皆で邸に戻る。

ルーがクーファルの肩にとまった。

「ルー様、素晴らしい話を有難うございます」

「うん、後はクーファルに任せるよ。公表するも良し、皇帝一家と辺境伯一家だけの話にするも良しだ」

「はい。有難うございます。私達の代では、フレイ兄上とアスラール殿が同級です。本人達曰く盟友だそうです。それで今回も、アスラール殿が辺境伯に同行して帝都に来られていたそうです」

「そうか、本当に縁て不思議だな。いつの代でも、皇帝一家と辺境伯一家は繋がっている。良い事だ。きっと初代2人も嬉しいだろうね」

「はい。本当に」

「私は学年が違いましたが、アルコース殿に良くして頂きましたわ」

「姉さま、そうなんですか?」

「ええ。私の方が1つ下なの。でも、生徒会でご一緒だったのよ」

「ああ、フィオン。そうだったね。卒業式を思い出したよ。ククク……」

「お兄様、思い出さないで下さい！」

「アハハハ！」

「なんですか？　兄さま。教えて下さい」

「リリ、アルコース殿が答辞で、フィオンが送辞を読んだのだけどね、フィオンが泣き出してしまってね。アハハハ……」

「お兄様、やめて下さい！」

「フィオン、あれはあれで良かったよ？　もらい泣きしている者がいた位だからね」

「でも、やめて下さい。恥ずかしいですわ」

「おー、青春だねー」

「もう、ルー様まで！」

おいおい、フィオンの耳まで真っ赤だよ。もしかしてアルコースに会いたかったのか？　いいねー。こんなフィオンは可愛い。ずっとこうだと良いのにね。

「シェフー！　お待たせー！」

「殿下ぁッ！　ご用意できていますよ！　皆様もどうぞッ！」

シェフはブレないね。夕食もとても美味しく食べた。

お昼寝もしっかりしたのに、俺はぐっすりと眠れた。

俺とレピオスは、早速邸の薬師に作り方を教える為に調薬室まで来ている。

「殿下、作り方と材料ですが」

「うん、レピオス。書いてまとめてきたよ」

そう言って1枚の茶色っぽい紙を見せる。

何故、茶色っぽい紙なのか……白い紙はまだまだ高価なんだよ。まあ、紙があるだけマシさ。

手袋と被り物（?）はオクソールとリュカが手配してくれている。

城ほど人数はいないが、初代同士の仲が良かったせいか城の医療体制とそう変わらない。魔物討伐がある分、怪我も多いのだろう。ポーションの瓶が沢山並んでいる。

「……初めまして、ケイア・カーオンと申します。……拝見致します」

俺とレピオスが教える相手、辺境伯お抱え薬師だ。何人かいる薬師を纏める立場の人らしい。

ケイア・カーオン。なんと女性だ。グレーの瞳に、茶色のロングヘアーを後ろで無造作にゆったりと1つに結んでいる。前世だとアラフォーと言われる位の歳かな?

この世界でも女性が活躍しているのは、嬉しい事だね。

「材料はこれだけなのですか?」

「はい、そうです」

「……レピオス様、素晴らしいです……目から鱗です」

「いえ、考案者は私ではありません。殿下ですよ」

「……そんなご謙遜を」

信じられないか？　まあ、いいけどね。俺、まだ5歳だし。まさかこんなちびっ子の俺が考えたとは思わないよね。

「いえ、本当に。それは殿下が書かれたものです」

「そんな……子供に分かる訳……」

あぁん？　子供て言ったか？　まあ、子供だけど。口に出したら駄目だろう？

ケイアは、俺が渡したメモと俺を交互に見てる。ま、信じてくれなくてもいいさ。それより、早く作ろう。ちゃっちゃと進めよう。

「ケイアだっけ？　材料はあるかな？」

進まなくて、焦れったくなった俺はケイアに聞いた。

「……失礼しました」

だからさ、早く作ろうよ。まだ見比べてるよ。動こうな。

「ケイア殿、作りましょう。数を作りたいので」

そうそう、レピオスの言う通りだ。さっさと動こうね。なんせ俺はこの後、領地を案内してもらうんだ。早く終わりたいんだよ。

「……あ、はい。レピオス様、すみません。薬草庫から持ってきます」

と、言ってケイアは指示を出す。

「ねえ、ハーブを持ってきてちょうだい。ティーツリーとラヴァンドラ。ユーカリプタス、ペラルゴニウム、ユージノールね。お願い」

うん、そうそう。パキパキやろうね。

「蒸留釜はどこかな？」

「……」

だからさ、返事してね。頼むよ。

「ケイア殿！」

「……あ、はい！　レピオス様、すみません。彼方の部屋にあります」

ケイアは隣の部屋を指さした。

「じゃあ、あちらに行きましょう。殿下」

「うん。レピオス」

「あ、あの！　本当にこれをリリアス殿下が？」

なんだよ、おかしいか？　しつこいな。

「殿下……」

「うん、レピオスいいよ。気にしない」

「だって、信じられません……子供がこんな……」

まだ言ってるよ。別に誰が考えたとしても良いじゃん。それよりちゃんと仕事しようぜ。

「ああ、良いよ。信じなくてもかまわない。誰が考えたかじゃなくて、大切なのは効果だからね。さ、行こう。さっさと作ろう」

俺は部屋を移動する……が、レピオスが珍しく怒ってる？　ちょっと怖い雰囲気だよ。レピオスが怒るなんて珍しい。

「ケイア殿、殿下に対してなんて無礼な！　こんな嘘を言う訳がないでしょう？　もし私が考案したものだとしても、それを偽って殿下に何の得がありますか？　よくお考えなさい。皇子殿下に対して、その様な態度をとるならこの仕事から今すぐ外れなさい」

「も、申し訳ありません……」

あぁ、叱られて平伏しちゃったよ。もういいから、さっさと作ろうぜ。

「水蒸気蒸留法は知ってるよね？　それで其々抽出しといてくれる？　それからだね」

「分かりました」

「ああ、お水も精製しておいてね」

「はい」

「じゃあ、おねがい」

「……はい」

なんだかなぁ……やり難いな。俺とレピオスは部屋を出る。

成分をまず抽出しないと何もできないし。て、言うか会話にならないし。淡々と進めよう。その内慣れるだろう。

女性が活躍してるのは、嬉しいんだけどな。しかしなぁ、あれはどうなんだろう。

「殿下、申し訳ありません」

「え？　なんでレピオスが謝るの？」

「ですが、失礼を」

「気にしない。普通は信じられないんだろうね。だってボクまだ5歳だもん。作れたら良いから気にしないよ。その内慣れてくれるよ。それにボクは女性が活躍しているのは、嬉しいしね」

「殿下、すみません」

いいの、いいの。そんな事どうでもいいんだよ、俺は。

「だから、気にしないって。それよりレピオス。裏庭に行きたくない？」

「裏庭ですか？　昨日、行かれてませんでしたか？」

「うん、行ったんだけどね。全部見られなかったの」

「そうでしたか。そんなに広いのですか？」

「うん！　スッゴイ広いよ！　ビックリした！」

「おや、そうですか。行きますか？」

「うん！　行く！」

早く行こうぜ、ワクワクするよ。

「殿下、お供します！」

「リュカ、早く行こう！」

リュカの手を引っ張って裏庭へ急ぐ。

「殿下、そんなに見たいのがあったんですか？」

「違うよ、リュカ。昨日は結局あの5本の樹しか見られなかったでしょ？　だから他も見たいんだ」

「どこから見ますか？　俺、案内しますよ」

「え？　リュカがなんで？　案内できる程もう知ってるの？」

「殿下、当たり前じゃないですか！　昨日のうちに、オクソール様と全て回ってチェックしましたからね」

「リュカ、見直しちゃった！」

リュカ偉いじゃん！　そっか、ヒマ友ってだけじゃないもんな。従者兼護衛だもんな。

「え？　殿下は俺をどう思ってらしたんですか？　スゲー嫌な感じなんですけど？」

「クフフ……」

「あ、レピオス様。その笑いは何ですか？　俺、これでも殿下の従者兼護衛ですよ！」

そうだった。すっかり忘れてたな。


「何これ!?　めっちゃ大っきい！」

俺達は鶏舎に来ている。そう、鶏舎だ。なのに中で飼われている鶏擬きは何だ？　超大きい！

2種類飼われていて、大きい方は1メートル位はある。そんな大きな鶏さんが何羽も鶏舎の中で放し飼いにされている。びっくりだよ。

「殿下、ホロホロヤケイとレグコッコです。知らないんですか？」

知らないよ！　なんだよそれ？　鶏のでっかいのがそう言う名前なのか？

「全然知らない！」

「茶色で大きい方がホロホロヤケイで、肉が美味いです。白くて一回り小さいのが、レグコッコで、卵が美味いです。飼っているんですね。凄く珍しいです。なんせ、両方とも魔物ですから」

「そーなの!?　魔物なの!?　シェフが卵が新鮮だって喜んでたけど、もしかしてこの卵なの？」

「はい殿下。きっとそうですね。卵、濃厚で美味しかったでしょう？」

「うん。めっちゃ美味しかった……」

「これはまた、立派ですね！」

「ね！　レピオス凄いよね！　城でも飼えばいいのに！」

「殿下、それは無茶ですよ。こいつら魔物ですから」

そうだけどさ、でも実際に飼ってるじゃん。目の前にいっぱいいるじゃん。

「だめ？」

「はい、殿下。民間人にはキツイですよ？」

「えっ!?　そうなの!?　強いの!?」

「強いと言うか……こんな魔物を見る事さえありませんから。普通に飛び蹴りして来ますし。辺境伯領ならではだと思いますよ？」

飛び蹴りだって。凄いな、辺境伯領！　もしかして、料理人も強いのか!?　俺は初めて見たよ！

「おや、殿下。こんな所でどうされました？」

「シェフ！　シェフこそ何やってんの!?　危ないよ！」

シェフがヒョッコリと鶏舎の中から顔を出した。普通は危険な魔物なんだろう？　なのにシェフは然《さ》も当たり前の様に顔を出した。手には大きな卵が入ったカゴを持っている。まさか……

「シェフ、卵とってたの？」

「はい、そうですよ。殿下はどうされました？」

出たよ。やっぱシェフ無敵だよ！

「見に来たの。シェフ、それ魔物だよ？　大丈夫なの？」

「ああ、この程度の魔物は大した事ないですよ。ちょっと威圧を放てば一発です。もし向かってきても、蹴りを入れたらいいだけですから」

「……ひょえぇ〜!!」

「ブハハッ!!」

「オヤツに美味しいプリンを作りますからねッ！　楽しみにしていて下さい！　ではッ！」

行っちゃったよ。シェフ、走り去って行ったよ。

「なんなの？　シェフは無敵なの？」

「本当にシェフは分かりませんね〜。クフフ」

レピオスまで笑ってる。リュカはとっくに腹を抱えて笑っているけどな。

「リュカ、行こう」

「はい、殿下。向こうも見てみますか？　アハハハッ！」

「リュカ、本当に笑いすぎ」

「だって殿下、シェフ最高ですよね!?」

「なんかもう、気持ちが疲れちゃった」

「ブハハッ！」

「殿下、こんな所にいらしたのですか？」

アスラールが邸の方からやってきた。どうした？　何かあったのか？

「アスラ殿、見てまわってました」

「変わったものはありましたか？　特に何もないでしょう？」

「えっ⁉」

「アスラ殿、あれ魔物ですよね？」

「はい？」

と、俺は鶏舎を指差す。

「ああ、そうですね。でも大した事ありませんよ？　ほら、殿下のシェフも平気ですから」

「グフフフ……！」

リュカ、笑い過ぎだ。本当にこの子は、オクに似てきたよ。

「ボクは初めて見ましたよ？」

「ああ、帝都にはいませんからね。殿下、あちらにもいますよ」

アスラールの指差す方を見ると立派な牛舎がある。あそこにも魔物がいるのか？

「アスラ殿、見てみたいです！」

「そうですか？　別段、珍しくはないのですが。行きますか？」

「はい！」

今度は牛舎に来ている。

「めちゃ大っきい‼」

そうこっちも超大きい！　大きい方は2メートルあるかな？　凄いな！　これって牛舎っていうのか？　絶対に牛さんじゃないよな。

「赤褐色と黒褐色の大きい方がオータウロスと言って肉が美味いです。白と黒のブチの少し小さい方がミルタウロスと言ってミルク用ですね。昨日、シェフが嬉しそうに搾ってましたよ」

「……はあ～！　凄い!!」

「そうか、どちらも帝都にはいませんね」

「いませんよ！　凄いです！　もう何もかも!!」

「ハハハ、殿下。有難うございます。私達にとっては普通なのですよ」

「はぁ～！　凄いッ！」

「おや？　あれはケイアですね。あんなに急いでどうしたんでしょう？」

アスラールが見ている方、邸の方を見ると確かにさっきの薬師が慌ててやってくる。

どうしたんだ？　精製できないとか？　まさかな？

「ハァ、ハァ、ア、アスラール様！」

「どうした、ケイア。何をそんなに急いでいるんだ？」

「も、も、申し訳ありません……」

ぎこちなく頭を下げた。なんだ？　この人読めないなぁ。

「どうした？　言ってみなさい」

「はい、アスラール様。私はリリアス殿下にとんでもない失礼をしてしまったようで」

へ？　何の事だ？

「殿下、申し訳ありません」

「アラ殿、どうしました？　何かあったのですか？」

ケイアと言う薬師の後からアラウィンがやってきた。

いきなり謝られても意味が分からない。説明してくれよー。

「殿下、ケイアが大変失礼をした様で、申し訳ありません」

そう言ってアラウィンまで頭を下げる。

「アラ殿、やめてください。何ですか？　説明してください」

「殿下、先程の事ではないですか？　ケイア殿が信用されなかった……」

「え？　ボクはそんな事より、作業を進めてくれれば良いよって言ったよ？」

「いえ、リリアス殿下……私は大変失礼な態度をとってしまいました。申し訳ありません」

「あの……それよりも精製の方は？」

「はい、進めています」

「じゃあ、いいよ。アラ殿も気になさらないでください」

「いや、殿下。そう言う訳にはまいりません。いくら信じられないからと言って、この帝国の第5皇子殿下への対応ではありません。ケイアは外しますので」

ああー、もう。そういうの嫌なんだよ。俺にはどうでも良い事なんだ。仕事を進める方が優先なんだよ。

「アラ殿、ケイアでしたっけ？　その人が優秀なのなら外す必要はありません。ボクは本当に気にしてないんです。早く軟膏を作って現地に行きたいのです。原因がまだ分からないのですから。だから、やめてください。ね、レピオス」

「まあ、殿下はそう言う方ですね。しかし……」

レピオスがしかめっ面をしている。これだけじゃ済まないか？　でもレピオスは俺の事を考えて言ってくれているんだ。それは有難い事だ。

「殿下、宜しいですか？」

リュカが一歩前に出た。どうした？

「リュカ、かまわないけど、どうしたの？」

「殿下、私も見ておりました。差し出がましい様ですが、一言申し上げても宜しいでしょうか？」

まあ、リュカは護衛で付いてたから見てたんだろうね。でもさ……

「リュカ……」

「殿下、ちゃんと線引きしなければならない事もあります」

リュカが自分の事を『俺』じゃなくて『私』と言う時はそう言う時だよな。まあ、いいか。任せるよ。

「リュカ、いいよ」

「殿下、有難うございます。薬師様、殿下はまだ5歳です。ですので、信じられない事もあるでしょう。それは私も理解できます。しかし、あなたの先程の態度は、皇子殿下に対する態度ではありませんでした。何より、何故殿下が自ら何日もかけて態々この領地にいらして、何故その軟膏を作ろうとなさっているのかを考えないといけないのではないでしょうか？　殿下が我儘でなさっているのではないのです。この領地の為、領民の為になさっていると言う事です。それをあなたはしっかり認識されていましたか？　私はその意識が問題だと思います」

リュカ、大人になったじゃん。ビックリするわ。そうだよ、目的が大事なんだよ。

「リュカの言う通りです。殿下、申し訳ありません」

「アラ殿、本当にボクは気にしていません。この先、スムーズに進めばそれでかまいません。まあ、リュカの言い分も尤《もっと》もですが……ボクの事よりも、これ以上苦しむ人を出さない事の方が大事です。分かってもらえればそれでいいです」

「いえ、そちらの方が今言われた通りです。私の意識が間違っておりました。目の前の軟膏の方に気をとられてしまって……態々お越し頂いているのに。本当に申し訳ありませんでした。これからは精一杯務めさせて頂きます」

アラ殿を見る。もういいんじゃね？　まさかこんな大事《おおごと》になるとは思わなかったよ。

「殿下、使ってやって頂けますかな？」

「アラ殿、もちろんですよ」

「有難うございます」

ケイアに頭を下げられた。もう本当いいんだって。

リュカが言ってくれた気持ちも嬉しいけどさ。俺、気にしてないんだって。だって前世一般人だからね。それに、もっと酷いクレーマーはいるからさ。

「ケイア、戻りなさい」

「……分かりました」

ケイアがうつむきながら戻って行った。

「リュカ、ありがとうね」

「殿下、すみません。出しゃばりました」

リュカが頭を下げる。リュカ、成長したよな。ちゃんと何が一番大事なのか分かってくれている。有難うよ。

「ううん。大丈夫だよ」

「殿下、申し訳ありません。あれは、ケイアは何と言うか……調薬馬鹿と言いますか……ずっと1人調薬室に籠っているので他人と話すのがその……」

あぁ……そっち系なんだ。時々いるよね。前世でもいたよ。研究者に多いよね。

「アラ殿、本当にいいんです」

「しかし殿下、リュカの言った事は正しいですよ？」

「ああ、うん。レピオス、分かってる」

「リュカ、申し訳ない。有難う」

「いえ！　辺境伯様！　出しゃばりました。すみません！」

「さて、アスラ殿。次はどこを見に行きますか？」

もうこの話はいいじゃんね？　俺、色んなところが見たいんだよ。なんせ、城から出るのも久しぶりなんだから。辺境伯領なんて滅多に来られないだろうからさ。この機会を存分に生かさなきゃだよ。

「殿下、果樹園に行ってみますか？」

「果樹園もあるのですか!?　是非！」

「ハハ、本当に殿下が皆から慕われるのが良く分かりますな」

「アラ殿、ボクは普通の5歳児です！」

「ハハハ、そう言う事にしておきますかな？」

ええー、なんだよー！

「殿下ぁーッ！　お昼ですよぉーーッ!!」

はい！　お決まりだよ。シェフの、空気を読まない呼び声だな。もう昼か。

「ハハハ、シェフが呼んでますね。では殿下、昼食にしましょう」

「はい、アスラ殿」

それから皆でシェフの料理をとっても美味しくいただいた。そして、昼食の後はやっぱ昼寝だろう。まだ眠くなるんだよ、5歳児だから。果樹園はその後だね。今日もよく寝たよ。と言っても3歳の頃と比べたら短くなっている。小一時間位かな？

「……ふぅ〜……」

「殿下、お目覚めですか？」

「……うん、ニル……んん〜」

ベッドの中で伸びをする。ふぅ、よく寝たよ。スッキリした。また元気満タンだ。

「ニル、りんごジュースちょうだい」

「はい、殿下」

俺はベッドからおりてソファーに座る。

「ねえ、ニル。どう思う？」

りんごジュースが置かれる。うん、りんごジュースを飲もう。

「薬師様の事ですか？」

やっぱもう知ってるんだね。ゴクンとゆっくり飲もう。ニルに叱られちゃうから。

「うん」

「フィオン様が危なかったです」

フィオンももう知っているのかぁ、そうだよなぁ……ヤバイなぁ〜。

ニルの前で一気飲みは駄目だからぁ、ゆっくり飲もう。

「やっぱり？　兄さまは？」

「黙っておられましたが、あまり良い感じではありませんね。良く思っている者はおりませんよ」

「ニルも？」

「はい。私も良い気持ちにはなりません。リリ殿下がこちらの為に、わざわざ何日もかけて遠いところまでいらっしゃっているのですから。今後、薬師様はやり難くなるだろうと思います」

「そう？」

「はい。私達だけでなく、領主隊の方々にも良い印象は与えなかった様です。領主隊にしてみれば、自分達の為に来て下さっているのですから。しかも小さい皇子が。と、思われている様です」

「何？　そこまでもう話がまわってるの？」

「殿下、裏庭であれだけの事をすると目立ちますから」

「そっか。まあ、いいや。ボクはボクのやり易い様にするよ」

「はい。それで宜しいかと」

「アスラ殿が果樹園に連れて行ってくださるんだ。ニルも行く？」

「いえ、私は少しフィオン様が心配ですので」

「ああ、ニル。ごめんね」

「殿下、何を仰います。殿下が謝られる事ではありません」

「うん。ありがとう」

そして俺はアスラールの馬に乗せてもらって果樹園へ。

アスラールの側近セインと、オクソールとリュカも一緒だ。

邸の裏側が小高い丘になっていて、一帯が果樹園になっている。正面から邸を出て、回り込んで行かなければならないので馬で移動する。前世だとチャリで行く距離だな。

空が青い。広くて高い。爽やかで澄み渡った空だ。こんな空は城では見る事ができないな。俺はあの3歳の時の事件以来、城から出る事はなかったから。

「気候が良いので、気持ち良いですね！」

パッカパッカと馬はゆっくりと進む。風に少し潮の香りが混じる。

「そうですね、帝都より南にありますから暖かいですね。冬でも雪は降った事がありませんよ」

「そうなのですか？　帝都の冬は寒いです」

帝都は冷えるんだよ。冬の間、こっちにいたい位だな。

両側には、何かの木が並んで植えてある果樹園の中の道を馬で進む。その木の葉を俺は見る。これは見た事がある葉だ。

「アスラ殿、これは桃ですか？」

「殿下はモモと仰るのですか？　この地域ではモモンと呼びます」

「モモンですか？」

「はい。実がなっていないのに、よくお分かりですね」

「葉を見ると桃、いえモモンかなと思いました」

「葉ですか？」

「はい。葉は汗疹《あせも》に良いので使った事があります」

「汗疹にですか？　それは知りませんでした」

「モモンの葉のエキスを少し薄めて使うと良いですよ」

城でも使っているが、前世では意外とポピュラーだった気がするんだ。

小児科限定なのかな？　桃の葉ローションだ。赤ちゃんのオムツかぶれや、汗疹に使ってた人がいた記憶があるんだが。

「このあたりは……柑橘類ですよね？　何だろう？」

「よく柑橘類だと分かりましたね？」

「だってアスラ殿、実がなってるし匂いがすっぱいです」

「ハハハ、そうですね。これはリモネンですよ」

おお、前世のレモンだ。まだまだ青い。

「リモネンの奥がオロンジュです。その隣が紅茶に香り付けするベルガモです。あとは、ユノス、マージョラムですね」

「おおー！　すごい豊富なんですね！」

「ええ。初代辺境伯の頃から栽培してます。ユノスは食べ物に搾って使います。マージョラムは精油として使います」

「ユノス……」

もしかして、柚子《ゆず》の事か？　アスラールに教えてもらった木を見てみる。実ってるのはまだ青いけど。

「アスラ殿、ユノスはもしかして黄色い小さい実で香りのいいものですか？」

「ええ、その通りですよ。ご存じでしたか？」

「はい。でも帝都にはないと思いますが。シェフは知ってるのかな？　お魚料理が少ないから知らないかも」

「殿下、魚料理に合う事もご存じで？」

「はい。ボクは香りとか好きです。リモネン程すっぱくないし」

「そうですか！　では、今年は収穫したら殿下にお送りしましょう」

「本当ですか？　嬉しいです！　あ、でも……」

「どうしました？」

「収穫の頃にまた来たいです！」

「ええ、是非！　いつでもお越し下さい！」

「ありがとうございます！　エヘヘ」

「このまま下って畑も見てみられますか？」

「はい！　ぜひ！」

桃にレモン、オレンジ、ベルガモット、柚子、マジョラムだよな。これだけの柑橘類が採れるのは珍しい。帝都にいる時はレモンくらいしか見なかった。辺境伯の領地は豊かなんだ。しかも、大きくないか？　まだ熟していないのにあの大きさだ。レモンなんて帝都で見るより2倍くらいあるんじゃないかな？

しかし、前世と同じ物を見つけると嬉しくなるね。と、のんびりと周りを見ていた。

んッ!?　ちょっと待て!!

「アスラ殿、待って下さい！　止まって！」

「殿下、どうしました!?」

「あれ！　あれです！　アスラ殿、あっちです!!」

俺は果樹園の丘の外れを指さした。落葉樹か？　高い立派な木が立ち並んでいる。その下に注目だ。

アスラールが、近くに移動してくれて、馬から下ろしてくれた。そこからダッシュだ!!

「うわっ！　凄い！　たくさん落ちてる！　すっごい大っきい！」

「殿下！　危ないです！　転んだら刺さりますよ!!」

「アスラ殿、これ、これ！　栗ですよ！　栗!!」

「ご存じでしたか？　この辺ではクリナータと呼ばれています。しかし、棘と殻が硬くて何をしても割れないのですよ」

「殿下、危ないですって！」

と、アスラールとリュカに言われたそばから俺は足を取られてバランスを崩したんだ。

「あぁッ！」

「殿下ッ！」

完璧に転んだと思ったのに痛くない。それもその筈だ。

「殿下、お怪我はありませんか?」

「リュカ、ごめん！　痛いよね!?」

リュカが俺を庇ってくれていたんだ。俺はリュカの上に乗っかる形になっていた。リュカの背中にはトゲトゲが沢山刺さっている、手や足にもだ。手からは血まで出ていて痛そうだ。

「大丈夫ですよ、殿下」

「ダメだよ、リュカ。直ぐに治すから」

俺はリュカに回復魔法を掛けた。リュカの傷は瞬時に綺麗に治っていく。それだけじゃなかったんだ。

「殿下、何をされました!?」

「え、ボクはリュカに回復魔法を……」

ふと見ると、リュカの身体に刺さっていた栗が落ちて殻がパカッと割れている。

「殿下、これは切りつけても潰そうとしても全然割れなかったのです」

「え、どうしてだろう?」

「殿下、魔法じゃないですか?」

「オク、そう?」

「はい、今リュカに回復魔法を施された時に割れた気がします」

でも、俺の知識だと栗ってさぁ……

「ねえ、オク。ちょっと試してみてよ。こうして足で挟んで……」

と、栗のイガイガを足で挟んで割ろうと試してもらう。

「殿下、ビクともしません」

「そうなんだ。じゃあやっぱ魔法なのかな？」

そう思い、イガイガをそっと手に載せ魔力を流してみる。すると……

「あ、割れた」

見事にパックリと2つに割れたんだ。どういう事だ？　割るのに魔力が必要って意味が分からない。もしかして、この世界にある不思議成分の魔素が関係するのか？

「殿下、どうやって？」

「リュカ、魔力を流しただけなんだ。もしかして、魔素が関係するのかも」

リュカが試しに魔力を流している。

「殿下、割れません」

「リュカ、もっとだよ」

「もっとッスか？」

もう1度魔力を流すと……

「あ、割れました」

「ね、ある程度の魔力が必要なんだ。もしかして、それで熟しているのかも？」

「殿下、素晴らしいです！　どうやっても割れなかったのですよ」

「じゃあ、食べたことも？」

「ありませんね、中身を取り出せなかったのですから」

だよね、なら集めよう！　持って帰って食べよう！

リュカがイガからとった栗を渡してくれる。大きくてツヤツヤしていて立派だ！

「ほぉ～！　リュカありがとう！　大っきい～！　もっと取って持って帰ろう！」

「殿下、どうなさるのですか？」

「アスラ殿、美味しいの！」

「美味しいのですか？」

「うん！　スィーツにしても、甘く煮ても、そのまま焼いても美味しいです！」

俺がアスラールと話している間にオクソールとリュカがどんどん収穫してくれている。アスラールの側近がどこからか袋を持ってきてくれた。

「リュカ、こっちも取って！　手、気をつけて！」

「はい、殿下！　めっちゃ落ちてますねー！」

「うん！　豊作だ！　しかも大っきいー！　めちゃ立派！」

「ハッハッハッハッ！　殿下、嬉しそうですね？」

「アスラ殿！　嬉しいです！　絶対美味しいですよ……え、えっ!?」

マジか……!?　ちょっと待てよぉ!!　近くに行ってよぉ～く見てみよう。

俺はそれを近くで見て驚いた。よく見つけたもんだよ。我ながら良い視力だ。

普通さ、見慣れている人じゃないと見つけられないと思うんだ。だって地面と同じような色だし小さいし。て、松の木があったからなんとなく見ていたら目に入っただけなんだけど。たしか、松茸ってアカマツとかの針葉樹の林に生えるんだよな。ニュースか何かで見た覚えがある。

超ラッキーだ！　異世界にもあるんだな。

「アスラ殿！　あれ！　あの木の下!!」

俺は思わず、隣にいるアスラールの服を引っ張りながら指差した！

「え？　殿下、どれですか？」

果樹園のもう少し奥、これはアカマツなのか？　実際に生えている場所なんて、俺は見た事がないからよく知らないがとにかく松が何本も生えている。

マジか!?　超嬉しいよ！　めっちゃテンション上がるぜ！　スーパーでも、買ったら高いんだよ！　店で食べたらもっと高いんだ！

「殿下、危ないです！　斜面なので気をつけて下さい！」

「アスラ殿！　これ!!」

俺は松の根元を指差す。しかもちょっとテンションが高い。

「ああ、きのこですね。パインマッシュと呼ばれています。こんな場所に生えていたんですね」

なんだとー!?　パインマッシュだと？　きのこはきのこだけど、こいつは超特別なんだよ！　きのこの王様、松茸だ！

俺は落ち葉を除《の》けて少し土を掘り、小さい指でそのきのこを根本から採ろうとした。

「あれ？　採れない」

「殿下、これも不便なきのこで」

「不便ですか？」

「はい、深く掘らないといけないので採るのが大変なんですよ」

「え？　手で採れませんか？」

と、俺は手で採ろうとしたが、抜けない。ビクともしない。何なんだ？　この世界の食べ物は皆強情なのか？

「もしかして……」

俺は思いついて、魔力を流しながら手で挟んで採った。

「あ、採れた」

「殿下！　それも魔力ですか？」

「さっきの事があったので、もしかしてと思って魔力を流しながら採ってみたら採れました」

「驚きました」

「アスラ殿、匂ってみてください！」

俺は採ったきのこをアスラールに近づける。

「これは！　とても良い香りが……!!」

「でしょ！　でしょ！　凄い!!　持って帰りましょう!!」

「これも美味しいのですか？」

「はい！　もちろんです！　ひゃ～！　今日はスゴイです!!」

いやぁ～、本当にテンション上がるわー！　爆上げだよ！　異世界は松茸も大きいんだな！　前世だと万単位かもしれないぞ。こんな大きいのは見た事がない。俺はスーパーで売っている小さいのしか知らないぞ。松茸ご飯美味いよなぁ。

「ハッハッハッハッ！　殿下！　凄いですね！　採るのが大変で食べ方も分からないので今迄知らずに捨ててましたよ！　勿体《もったい》ない事していましたね」

「えぇー！　捨ててたんですか!?　ふぉ〜！　貴重なのに、なんてもったいないことを!!」

「ハッハッハッハッ！」

「殿下！　鼻の頭に土がついてますよ！」

「リュカ！　キャハハハ！」

「殿下！　笑いすぎです！　ほら、鼻の頭拭きますよ！　ブフッ！　ブハハハ！」

「リュカも笑ってるじゃん！　アハハハ！」

リュカはさぁ、狼と言うより大型のワンちゃんだよな。ブンブンと振っている尻尾が見える様だ。可愛い奴なんだ。俺のヒマ友だよ。獣化してくれたら思い切りモフりたい！

帰りもアスラールの馬に乗せてもらった。早く帰って食べたいなと。鼻歌が出そうだ。

邸の門を入ると、アラウィンとアルコース、クーファルがいた。

「あッ！　にーさまー！　アラどのー！　ただいまー！」

馬からおろしてもらって、クーファルに飛びつく。

「リリ、おかえり！　楽しかったかい？」

俺を受け止めて、そのままクーファルに抱き上げられる。

「はい！　兄さま！　すっごく楽しかったです！　それに凄い収穫もありました！」

「収穫？　リリ何かな？」

「はい、兄さま！　とってもとっても美味しいものです！」

アスラールの側近が袋を開けて見せてくれる。

俺はクーファルに下ろしてもらう。早速説明だ。秋の味覚だよ。代表的な味覚だ。

「殿下、もしかしてこれはあの棘の中身ですか？」

「そうです！　アラ殿！　美味しいですよ！」

「どうやって剝いたのですか？」

「アラ殿、魔力を通すと割れたんです！」

「ほぉ～、それは思いつきませんでした。これはどうやって食べるのですか？」

「えっ？　アラ殿、食べた事ないのですか？」

「はい。ありません。アスラールはあるか？」

「いえ、私もありません」

本当かよ!?　あんなにいっぱいあったじゃん！　今まで本当に捨ててたのか!?　て言うか中身を取り出せないから、そのまま放置だったんだろうな。勿体ねー！

「アラ殿、アスラ殿。兄さまも、厨房へ行きましょうか！　はい！　みんなで行きましょう！」

そう言って俺は、アラウィンの手を引っ張ってズンズン歩く。さあ、みんなで厨房へ行くぞ。そして食べるぞ！

厨房に入るとシェフが直ぐに俺を見つけて声を掛けてきた。

「殿下ぁッ！　どうされました!?　もうお腹がすきましたか？」

違うよ！　シェフ、なんでだよ！　うん、でもおやつの時間かな？

「シェフ、違うよ！　栗、じゃなくて何だっけ？」

「殿下、クリナータです」

「そう、それです。シェフ、焼くからフライパンを火にかけて」

俺がそう言うと、シェフはテキパキ動く。問い返す事もなく、俺の言葉通りに動いてくれる。もう分かっているんだ。

周りの領地の料理人達は何だ？　て顔して見ている。そりゃそうだ。貴族が、しかも皇族が厨房には入らないよな。

「殿下、これ位で宜しいですか？」

「うん。充分。シェフ、切り込みを入れてほしいの」

「これがクリナータというものですか。切り込みを、どう？」

あーして、こーしてと言って焼いてもらったよ。

焼き栗だ！　懐かしい香ばしい匂いがしてきたぞ！　クック◯ッド先生、有難う！

「シェフ、まだかなー」

「はいッ、殿下！　もういいですね」

シェフが焼けた栗を皿に移して、また新しいのをどんどん焼いていく。

ふと俺は周りを見渡した。いないかな～？　俺、チビだから見えないよ。

「リュカ、ニルは？」

「はい、殿下。私はここに」

ニル、いたよ。いつの間に！　すぐそばにいてくれた。さすがだよ、ニル。

「ニル、熱いの。ふーふーして剝いて」

「はい、殿下……あ、あつッ」

熱いと言ったのに、ニルが焼き立ての栗を摘まんだ。

「ニル！　大丈夫？　熱いって言ったのに」

「はい、熱かったです」

「アラ殿、アスラ殿、にーさま、食べて！」

「リリ、この硬い皮を剝くのかい？」

「はい、そうです。熱いですよ！」

厨房の人が濡らした布を配ってくれた。気が利くね～。有難う。熱いし、手汚れるし。でも、美味しいよ。

「殿下、あーんして下さい」

「あーーッん！　……おいしぃー!!」

思わず両手をほっぺに持って行く。ほっぺがおちるほど美味しいってこの事だよ。大きさも然ること乍《なが》ら、とっても甘い。絶品だ。

「リリ、そんなにかい？」

「はい！　にーさまも食べて！　早く食べて！　ほら、アラ殿も！　アスラ殿も！　早く！　オク！　リュカ！　食べて！　ほっくほくで甘いよ！」

俺はオクソールとリュカに栗が沢山のったお皿を差し出す。ズズイッと差し出す。ほら、食べてみなって。

「いただきます」

「ほら、リュカも！　オクとリュカが、たくさん採ってくれたんだから！」

「殿下、いただきます」

「殿下、あーんして下さい」

「あーーん……美味しいー！」

いや、俺食べさせてもらってるじゃん！　ま、いいか！　ニル、ありがとう！

「リリ、美味しいね。甘いんだね。初めて食べたよ」

「にーさま、美味しいでしょう？」

あれ『兄さま』が『にーさま』になってるじゃん。興奮しちゃったぜ。

「殿下！　美味いですな！」

「ふふ、そうでしょう……あーーん。シェフもみんなも食べてねーー！　遠慮したらダメだよ！　食べて！　みんな一緒に、美味しいを味わうんだからねッ！　食べて！」

て、俺が一番食べてるよ！　だって、自動で口の中に入ってくるからね。足をプラプラさせながら、お口はモグモグとずっと動いている。エンドレスでお口に入ってくる。じゃなくて、ニルが剥いて口に入れてくれているんだけどさ。

「ニル、食べた？」

「はい、食べましたよ。甘くてホクホクしてますね」

「うん！　甘いね！」

「殿下、これは焼くだけですか？」

「シェフ、ううん。あのねー……」

シェフに少し教えた。シェフがメモっていたから、明日のオヤツに何か出てくるかな？

あッ！　松茸食べるの忘れてたッ！

翌朝だ。食堂に入ると俺はいきなりフィオンに抱き締められた。

「リリッ!!」

——ボフッ!!

「フグゥッ……!!」

「フィオン様！　お力を！」

「ああ、ごめんなさい！」

「……プハッ、姉さま？　ビックリしました」

急に息ができなくなって、びっくりした。そうか、忘れていたよ。フィオンだ。

「リリ、昨日どうして姉様を呼んでくれなかったの？」

「えっと……ボクは、あの場にいた人達だけで試しに焼いただけなので……姉さま、ごめんなさい」

上目遣いで目をウルウルさせて言ってやった。ミスったなぁ。コロッと忘れていた。面倒なフィオンをさ。

「リリ、そんな！　謝らなくてもいいのよ。今度は姉様を呼んでちょうだいね」

「はい！　姉さま！」

やっと自分の席に座れた。フゥ〜……

変な汗が出たぞぅ。クーファルがウインクしてる。うん。朝から俺、頑張ったよ。アハハ〜……

さて、軟膏に使う薬草の抽出はどうかな？

ぶっちゃけ前世のアロマだ。ハーブ等も抽出方法までカブってる。ここでは、水蒸気蒸留法を使う。そこまで同じでも、この世界では効果倍増なんだ。前世でも薬局で販売している国もあったと思うんだ。確か、フランスだったかな？　それだけアロマオイルの効果は実証されていた記憶がある。でも、なんでだろう？　魔素があるからかな？　地球にはない、不思議成分の魔素だ。俺もまだよく分からない。

進捗状況を確認する為に、レピオスと一緒に調薬室へ向かっている。もちろん、リュカが護衛に付いている。

「ねえ、レピオス」

「なんでしょう？　殿下」

「ボク、まだ見学したいんだ」

「はい？」

「だからね、領地内の見学だよ」

「はぁ、では私が確認しておきましょうか？」

「ううん、ボクも行くけど」

「はぁ」

「ククッ……」

リュカ、また笑ってる。多分俺の気持ちがバレているんだ。

「あのね、だからさっさと済ませたいの」

「はい、分かりましたよ」

「ホントに分かってる？」

「はい。面倒なのは避けたいと」

うん。さすがレピオスだ！　完璧じゃん。

「リリアス殿下」

あ〜、やっぱ面倒そうだ。俺が面倒だから避けたい相手……

そう辺境伯領薬師、ケイア・カーオンだ。折角《せっかく》、女性が活躍している現場だと嬉しかったんだけどなぁ。いやいや、まだ決めつけるのは早いぞ。

「どうかな？　進んでるかな？」

「……はい、明日中には全て揃います」

「そう。早いね。じゃあ材料が全て揃ったら、知らせてもらってもいいかな？」

「畏まりました」

「じゃあ、おねがいね」

「あ、あの殿下」

さっさと捌《は》けようと思ったのに、呼び止められたぜ。

「どうしました？　何かトラブルでもありましたか？」

レピオス、ナイスアシストだ！

「いえ、あの……」

「なんですか？　ハッキリおっしゃいなさい」

「えっと、あの……昨日は私も美味しくいただきました」

「あぁ、食べたんだ」

「まさか、あのトゲトゲがあんなに美味しいなんて知りませんでした。……今まで勿体ない事をしておりました」

「美味しかったのなら、良かったよ。じゃあ、よろしくね」

「はい、殿下」

俺たちはさっさと調薬室を出た。面倒事はノーサンキューだ。

「なんでしょうね、あの変わり身の早さは」

「リュカ、手のひら返しとも言うよね」

「殿下もリュカも、そんな風に言ってはいけませんよ」

「レピオス、分かってるよ。ただの冗談だよ」

「え、俺は本気ですよ？」

「これ、リュカ。まだよく知らないのに、決めつけてはいけません」

「はい、レピオス様」

リュカがふくれちゃったよ。レピオスは常識ある大人だね。そうだ、まだ数回話しただけだからな。決めつけてはいけない。やる気になってくれているみたいだし、今後に期待しよう。

「それで殿下。今日はどこを見学されるんですか？」

「リュカ、わかんない。リュカのお勧めはある？」

「いや、俺も分かんないです」

「アスラ殿、お暇じゃないかなぁ～？　また、どこか案内してくれないかなあ……」

そう思いながら裏庭に向かって歩いていた。

「殿下、こちらにいらっしゃいましたか」

今話していた張本人のアスラールが前から側近と一緒にやってきた。グッタイミ～ングだ！

「アスラ殿。調薬室に行ってました」

「そうでしたか。殿下、ではこの後はどうされますか？」

「特になにもありません」

「では、参りましょう。殿下の知恵をお借りしたいのです」

「え？　ボクは何も出来ないと思いますよ？」

「まあ、取り敢えず行きましょう」

そう言ってアスラールはニコッと笑う。裏庭にでてまだ進むと畑があった。昨日見学した魔物がいる鶏舎や牛舎を通り過ぎていくと広い畑があったんだ。

もしかして、昨日の事で俺は何でも知っているとか思われてないよな？　知らないぞ。俺は一般人だからな。

「殿下、何かお分かりになりますか？」

そんな事言われてもな、分かる訳ない。葉っぱを見ただけで分かる訳ないじゃん。スーパーでしか買い物した事ないんだからさ。ある意味、現代っ子だよ。

「いえ、ボクには……て、シェフ!?」

まただよ。またシェフだよ。本当に何やってんだよ。昨日は鶏舎で今日は畑だ。どこにでもシェフはいる。まあシェフなんだから、野菜を収穫でもしているんだろうけど。

「殿下ッ！　こんな所でどうされましたぁッ!?」

そう言って、畑の畝《うね》を渡り走ってやってきた。足元が悪いのに、よく走れるな。

「シェフこそ、何してんの？」

「私は野菜の収穫ですよ。ほら、立派でしょう？　旬の野菜は栄養価も高いですからね！」

そう言って手に持っていた、さつまいもを見せる。本当に立派だ。この辺境伯領では何もかもが普通より大きいのか？　土壌が良いのか？　それとも環境なのか？　前世で見慣れたさつまいもより二回りほど大きい。買ったら高いぜ。

「本当だ。凄い立派だね。さつまいもとりんごのパイは大好き！」

「パイですかッ！　早速作ってみましょうッ！」

「本当？　楽しみ～！」

「殿下、こちらに」

あ、アスラールの事忘れてたぜ。

「シェフ、じゃあね～！」

「はい！　殿下！」

「アスラ殿、すみません。またシェフがいたので」

「ええ、彼は意欲的に一日中何やらしている様ですよ。うちの料理人達も、一緒に色々試して楽しんでいるそうです」

「そうなんですか？　仲良くしてくれて良かったです」

「心配ご無用ですね。殿下、こちらの野菜は知っておられますか？」

そう言いながら、アスラールは足元の野菜を引っ張って抜いた。

これは、知ってるも何も超メジャーじゃん。シチューにも入ってるし。流石にそれは俺でも知っている。しかし、この領地の土壌が良いのか？　どれも大きい。

「アスラ殿、じゃがいもですよね？」

「ええ、その通りです。珍しくもない野菜です」

確かに珍しくない野菜だが、アスラールが選びもせず抜いたじゃがいももゴロゴロと沢山ついていて立派だ。この品種は何だろう？　て、知らないんだけど。

「そうですね。シチューにも入ってるし。じゃがいもが何か？」

「初代辺境伯の日記が少し残っているのですが、そこにじゃがいもが出てくるのです。その初代達のお陰で、じゃがいもが食べられる様になったのです。それまでは、毒があると思われていて食べていなかったそうです」

「じゃがいもが？」

「ええ。もちろん今はそんな事はありませんよ。ちゃんと芽をとって皆普通に食べてます。しかしその初代達が食べたであろう料理法で、分からないものがあるのです。日記にはとても美味しいとあるのですよ。手が止まらないと」

なんだそれ？　じゃがいもでそこまで思うか？　そこまでの野菜だったか？　前世では外科医の妻の方が忙しい人だったからよく俺が料理したけど、じゃがいもにそこまで思った事ないぞ。

「レシピは何も残ってないんですか？」

「そうなんです。ただ、ポテトとだけしか」

「ポテト？」

じゃがいもでポテトと言えば、ポテサラ？　ポテトフライ？　それともポテチ？

でも、手が止まらないんだよな？　じゃあポテサラは消えるか？　俺はポテサラも好きだよ。ゆで卵も入れるんだ。少しレモン汁も入れると爽やかで美味しい。いや、それよりもポテトか。

「アスラ殿、もしかして油で揚げるのかな？」

「殿下、油でですか？」

「はい。その様な事も残ってませんか？」

「残念ながら。なにしろ６３０年前の物ですから」

「６３０年!?」

「殿下、帝国が建国されてから６３０年ですよ？」

そうだった。俺の祖父である前皇帝は55歳で亡くなって、父が跡を継いだんだ。第24代皇帝だ。

初代といえば、６３０年前だ。

「そうでした」

「殿下が思っておられる調理法は、今帝国にありますか？」

「どうでしょう……？　シェフはまだいるかな？」

辺りを見渡した。お、いたいた。まだ嬉しそうに収穫してるよ。もう持っている籠がいっぱいだ。

「シェフー！　シェーフー!!　ちょっと来てー！」

シェフが気付いて、ビュンッ！　と飛んで来た。早いな。

「はいぃッ！　殿下、どうされました!?」

「シェフ、あのね。じゃがいもだけど、油で揚げたりする？」

「じゃがいもを油でですか？　いえ、ありませんね」

よし！　じゃあポテトと言えば、あれだ！

「じゃあ、シェフ。ちょっと付き合って！」

「はいッ！　殿下！」

「アスラ殿、じゃがいも持って調理場に行きましょう！　リュカ、じゃがいも持ってきて！」

「え？　じゃがいも!?　待って下さい！　殿下！」

アスラールとリュカが、じゃがいもを持って追いかけてくる。その後から側近や畑にいた使用人達もじゃがいもを持って走ってくる。

ブハハ！　みんなめっちゃじゃがいもを持っている！　みんな昨日の事があるから分かってるんだ。きっとそうだよな。

なんでじゃがいもを食べられるのが伝わっていて、調理法が伝わってないんだよ!?　栗といいじゃがいもといい、中途半端だ。食材がもったいないだろう。

みんな揃って調理場にやってきた。昨日の今日だから、俺達が入って行っても料理人達はあまり驚かない。それよりも、興味津々だ。みんなに囲まれてしまう。

「殿下、何を用意しますか？」

「揚げられる様に、油をたっぷり用意して温めてほしいな」

――了解です！　こっちで用意しておきます！

どこからか、知らない料理人が返事をしてくれる。凄いな！　いい連携だよ。気持ちいいね。

「じゃあ、シェフ。じゃがいもを切って！」

「殿下、どう切ります？」

「あのね、よく洗って皮付きのままでこう切るの。で、ちゃんと火を通してね………」

俺は説明をして、シェフや数人の料理人が切って、別の料理人が揚げて。めっちゃ連携できてるじゃんか！　いい感じだな！　本当に嫌な空気は全くしない。皆仲良くやっているんだ。

「それにね、パラパラと塩を振って出来上がり！　食べよう！」

出来上がったのは、フライドポテトだ。マッ〇にある様な細いのではなくて、じゃがいもをくし形に切って揚げた、ホクホク感のあるやつだ。うちの実家のフライドポテトだ。

「殿下、これだけですか？」

「うん、シェフそうだよ！　あーん……ハフッハフッ！　おいしー！　アスラ殿も食べて！　アスラ殿が食べないと、みんな遠慮して食べないから！　食べて！」

「は、はい。殿下。では……ハフッ、美味い！」

「みんな、食べて！　どんどん揚げて！　みんなで食べよう！」

「殿下、またですね！」

「リュカ、いいから食べて！　美味しいよ！　新じゃがだからめっちゃ美味しい！」

掘りたて揚げたてだから、より美味しい。揚げたてのフライドポテトを食べていたら、やってきたよ。とうとう奴が。

「リリ！」

あ……しまった！　やべ、忘れてた。ピンチだ！　フィオンの襲来だ！

「リリ！　次は姉様も呼んでくれると約束したでしょう!?」

「姉さま！　すみません！　今食べ出したとこです！　姉さま、あーんしてください！」

これで機嫌なおしてくれー！　俺はフォークに刺したフライドポテトをフィオンの顔の前へ差し出した。

「はい、姉さま、あーんです！　ボクが食べさせてあげます！」

「え？　えっ!?　リリ？」

どうだ!?　頼む！

「え、え……あ、あーん……ハフッ……まあ、美味しい」

「でしょ？　でしょ、姉さま！　美味しいですよね!?」

「ええ、リリ。美味しいわ！　今度は姉様がリリに食べさせてあげるわ」

今度はフィオンが差し出したフライドポテトをパクッと口に入れる。

「姉さま！　……あーー……ッん！　ハフッ、おいしいー!!」

あざとく両手で頬を押さえてみる。もちろん、少し首を傾げるのも忘れないさ。

「フフフ、リリは本当に可愛いわね」

よし！　セーフだ！　乗り切った！　心の中でガッツポーズしたぜ！

「えー、ボクより姉さまの方がずっと可愛いです！　ね、アルコース殿！」

ちょうど良いところに、アルコースがいたよ！

あれ？　よく見ると、クーファルとオクソールはもう食べてるじゃん!?　いつの間に！　食べながら、遠巻きに見てるんじゃないよ！　リュカなんて口一杯に頬張ってるじゃん！

「えっ!?　アルコース殿!?」

「ハハハ！　フィオン様は、リリアス殿下と話されている時は別人の様ですね」

おい！　アルコース、余計な事言うんじゃないぞ。せっかくの俺の頑張りが無駄になるじゃないか！

「そうです、アルコース殿！　姉さまは、いつもとっても可愛いです！」

「まあ、アルコース殿。そんな事ありませんわ」

「リリ！　やめて！」

「姉さま、どうしてですか？　本当の事ですよ？」

わざとらしく、首をコテッと傾げてみる。どうだ？　これでミッションクリアだろ？

「「「ブフッ！」」」

こら、そこの3人。クーファルにオクソールにリュカ。笑ってんじゃないよ！　少しは助けてくれよ。俺は今めっちゃ頑張ってるんだぞ！

「クーファル兄さま、美味しいですか？」

さっさと逃げよう！　クーファルが抱き上げて、膝に座らせてくれる。

「リリ、よくやった！」

「エヘへ、めちゃ頑張りました！　……ハフッ」

「ククク……！」

「オク、笑わない！」

「クハハハッ！」

「リュカ！」

「だって殿下！」

「フィオン様とアルコースは、仲が良いのでしたか？」

アスラールが、ポテトがのった大きなお皿を手にやってきた。

「アスラール殿。どうもフィオンは、アルコース殿に憧れているみたいでね」

「兄さま、あれは憧れですか？」

「リリ、お前はまだ子供だから分からないんだよ」

「えぇ～！　だってボク今良い事しましたよ？」

「まあ、それはよくやった」

「でしょ、兄さま！」

「ハハハ！　リリアス殿下は大人ですね」

「アスラ殿、笑いながら言ってはだめです！」

「ハハハハハ！　しかし、アルコースがフィオン様とは」

「あれ？　だめですか？」

「リリアス殿下、そんな事はありませんよ。この辺境の地にはもったいないです」

えっ!?　そこまで考えてなかったぞ。仲良くなればなぁ、て程度だった。それ以上の事は考えてなかったよ。

「リリ、だから子供だからと言っただろう？」

「はい、兄さま。黙って食べてます」

「ブハハハ、殿下。お子ちゃまですから、こっちで一緒に食べましょう！」

「リュカー！　お子ちゃま言わないー！」

「アハハハ！」

とまあ、賑やかに楽しくフライドポテトを食べた。

俺は昼食も食べずに、そのまま寝てしまった。フライドポテトを食べて満腹になったら眠気が襲ってきて耐えられなかった。身体はまだ5歳だ。

「殿下、お目覚めですか？」

「うん、お喉かわいた」

「りんごジュース飲まれますか？」

「うん、飲む」

ヨイショとベッドからおりてソファーに座る。

「殿下、昼食を食べられなかったので、シェフがパンケーキをご用意しているそうですよ」

「本当!?　食べる！」

「はい、お待ち下さい」

ニルが部屋のドアを開けた。

……いたよ、シェフが。流石、シェフだ。期待を裏切らない男だよ！

「殿下、お目覚めですか？」

「うん。シェフごめんね、昼食食べられなかった」

「いいえッ！　とんでもございません！　代わりにパンケーキをご用意しました。クリナータを潰したものと生クリームを混ぜてのせてあります。完全には潰していないので食感も味わっていただければと。こちらでしか手に入らない蜂蜜をたっぷりかけてお召し上がり下さい！」

「わー！　凄い！　美味しそうだ！」

豪華なパンケーキだ。俺は口一杯に頬張った。あれだよな、来る途中で言ってた魔物が集める蜂蜜だよな。

「んー！　美味しい！　何この蜂蜜。めちゃ濃厚でまろやか！」

「それは良かったですッ！」

んー、そう言えば……

「ねえ、シェフ。アイスクリームは知らない？」

「殿下、ア？　アイス？」

「アイスクリーム」

「さあ、存じませんが。殿下、どの様な？」

「あのね、ミルクと卵とお砂糖を、まぜまぜまぜまぜして凍らせるの」

「殿下ッ！　詳しく!!」

「え？　えっとね…………」

そうか、アイスもまだなかったか。やっちまったかな？　ま、いいか。

ここはミルクも卵も新鮮で美味しいと言ってたから、美味しいアイスが出来上がるだろう。期待しておこう。

「まあ！　なんて美味しいのでしょう！」

これは、辺境伯夫人の一言だ。

シェフと料理人が何故か張り切って、夕食後にアイスを出してきた。もう完成させたのか、凄いな。しかし、よく短い時間で固まったな。

めちゃ美味！　絶対にミルクも卵も良質だからだよなー。あ～んッと口に入れる。ん～！　栗のツブツブが入っている。ミルクと栗のハーモニーだよ。もう1つはさつまいも味だ。こっちは滑らかな舌触りだ。口に入れると高級アイスの味がするぜ！　ミルク自体が濃厚で美味しいんだな。

「リリ、よく知っていたね？」

「兄さま」

まずい、またピンチだ。何で知っていたか、どう説明するんだ？　まさか前世で息子が小さい時に一緒に作ったなんて言えないじゃん。

「お兄様、リリは天才なのですよ？」

フィオン、フォローになってないな。

「兄さま、ここのミルクや卵が新鮮で美味しいとシェフから聞いたので相談しました。ボクではなく、シェフ達のお手柄です」

「……殿下ぁッ！」

あー、シェフがウルウルしてるよ。

違うんだけどな、ちょっと利用させてもらって悪いな。それにしても、超ウマウマだな！　正月とか、暖かい部屋で食べたくなるんだよ。

「まあ、リリは昔から不思議な子だったからね」

「お兄様、不思議ではなく天才ですわ」

いや、フィオンもうやめてくれ。と、思っていたらフィオンにまた口の周りを拭かれた。いつも悪いね。

「しかし、甘くて冷たくて、美味いですな」

「あなた、本当に」

「アラ殿、アリンナ様。本当にこちらのミルクと卵がおいしいからです」

「まあ、リリアス殿下は本当に！」

本当に、なんだよ？　そこで言葉を切るなよ。先が気になるじゃん。

「でもシェフ、よく短い時間で固まったね」

「殿下、それは魔法ですッ！　氷魔法ですよ。料理人の中に使える者がおります！」

「へえ～、凄いね！」

魔法って料理にも使えるのか。なんでも使い様なんだな。

「殿下、食事の後にまだ眠くなければ、屋上に上がってみませんか？」

「アラ殿、屋上ですか？」

「はい、満天の星が見られますよ」

「うわ、見てみたいです！」

「そう仰ると思いました。眠くはないですか？」

「はい！　お昼寝たくさんしたから大丈夫です！」

「ハハハ、では参りましょうか？」

「はい！」

そして俺は、オクソールに抱っこされている。階段が長いんだよ。5歳児の短い足にはキツイんだ。いや、俺の足が短いんじゃないぞ。身体が小さいからだぞ。

屋上に出たら、満天の星が輝いていた。空気が澄み切っていて星が幾分近くに見える。

「うわ……オク、凄いね……！」

「はい、殿下。素晴らしいですね」

「俺のいた村では曇り空が多かったので、これ程の星空は見た事ないです」

「リュカ、そうなの？」

「はい。村は山に近いので、早く寒くなります。雪が積もりますから。春と夏以外は曇りが多いですね」

「へぇ、知らなかった。でも、リュカ達は寒いの平気なの？」

「はい、狼ですから。暑いより寒い方が」

「そうなんだ」

確かに満天の星だった。

遮る高い建物もない。明るいネオンもない。

そして、知った星が1つもない。

おまけに月が大小２つだ。色まで違う。

ああ、本当に異世界だ……今更なんだが。何度も言ってるな。

俺、本当に死んで転生したんだ……また今更痛感してしまった。

「……うぅ」

「リリ、どうした？」

クーファルが、心配してくれている。駄目だ。泣くな。余計な心配をかけるな。

だって、言えないだろ？　まさか、異世界の前世が恋しいなんてさ。

「にーさま……なんでもないです」

「リリ、おいで」

俺はオクソールから、クーファルの腕に渡された。

「リリ、大丈夫だ。兄様が一緒にいるだろう？」

いかん、涙が流れてくる。５歳児は涙腺も激弱だ。

「はい……グシュ、にーさま。すみません」

「大丈夫だ。誰も気付いていない」

「にーさま。ありがとうございます。ヒクッ……大丈夫です」

「リリ、大丈夫よ。お兄様と姉様で皆には見えないわ」

「ねーさま……グスッ。ねーさま」

俺はフィオンに手を伸ばした。

「リリ。大丈夫よ。あなたの周りには、お兄様や姉様だけでなくオクソールやリュカもいるわ」

フィオンは俺の手を優しく握ってくれた。

皆、大事にしてくれる。なのに、悪い……違うんだ。

俺は日本が、家族が恋しいんだ。あー、いい歳して情けないな。

俺もこの世界の皆が好きだ。大切だ。

でも、こればっかりは忘れられないんだ。俺が55年間生きていた世界だから。

妻に息子達、母さんに姉貴、元気かなぁ？

俺は元気だよ、頑張ってるよ、5歳だけど。ちょっと情けないな。


お決まりだ。もう5歳なのに、まだこれは克服できないみたいだ。

気がついたら朝だった。信じられないよ。あー、ちょっとへこむなぁ。昨夜は泣いちゃったし。

「ねえ、ニル。あのね、女の人の方が強い、てよく言うよね？」

「殿下、話が見えませんが」

「例えばね、もう二度と帰れないところで生きていく事になったとしても、女の人の方が割り切って生きていける、て感じ？」

「それは、人それぞれではないでしょうか？」

「そうかな？」

「はい。まあ、男の人の方が甘えん坊だとは思いますが」

「うわ、なんかニル。大人だね」

「はい、殿下よりは」

「そう言う意味じゃなくてさ」

「え？　そうですか？　でも、あの父も、家に帰れば母がいないと何もできませんから」

「えっ!?　あのセティが!?　父さまの懐刀と言われる、セティが……！」

「はい。ですから殿下はもっと甘えて下さって良いのですよ」

「フフ……ニル、ありがとう」

少し気持ちが落ち着いたよ。

第4章 ケイア

「リリ、おはよう」

「リリ、おはよう。よく眠れたかしら？」

「兄さま、姉さま、おはようございます。グッスリ寝ました。ありがとうございます」

「殿下、おはようございます」

「アラ殿、おはようございます。昨夜はすみません。すぐに寝てしまったみたいです」

「いやいや、お気になさらずに」

「ありがとうございます。でも、星空は覚えてます。とってもキレイでした」

「それは良かった。殿下、今朝早くにケイアから報告がありました。準備ができた様です」

「そうですか。では食事が終わったら、早速行ってみます」

「では、レピオス殿にも伝えておきましょう」

「はい。ありがとうございます」

「殿下、おはようございますッ！」

いつも元気なシェフだ。シェフの、通常運転にはいつも救われる。

「シェフ、おはよう！　今日も美味しそうだね」

「はいッ！　有難うございます！　殿下、今日は調薬室に1日おられますか？」

「うん、多分。レピオスと相談するけど」

「そうですか。もし1日いらっしゃるのなら、おやつをお持ちしましょう！」

「シェフ、本当!?　うれしい！　いつもありがとう！」

「いいえ！　何を仰います、殿下ッ！」

「本当にシェフは殿下が1番なんですな？」

「はいぃッ！　辺境伯様、当然ですッ！」

シェフ、お願い。少し抑えてほしいな。

「殿下、おはようございます」

食堂を出たらレピオスが待っていた。

「レピオスおはよう。もう食べたの？」

「はい。年寄りは朝が早いですから」

いや、何でだよ。レピオスまだそんな歳じゃないだろ。

「レピオス、何言ってんの？　まだ若いのに」

「ハハハ、殿下。少し大人になりましたか？」

「やだ、レピオス。何でだよ」

「ハハハハハ」

「レピオス、調薬室に行くでしょ？」

「はい、そう思ってお待ちしておりました」

「殿下！　おはようございます！」

「リュカ、おはよう！　もう食べた？」

「はい！　しっかり！　行きましょうか？」

「うん、ありがとう」

レピオスとリュカと一緒に調薬室へ向かう。ああ、少し不安なんだなぁ。ちょっぴり気が重い。

「殿下、あの薬師ですが」

「うん、レピオス。どうしたの？」

「最初の殿下への対応の件が、広まってしまってまして」

「え、レピオス。そうなの？」

調薬室へいくまでの間、レピオスとリュカが話してくれた。

俺への最初の対応が広まっている。とは、子供が？　て、やつだよな。

邸の人達だけでなく、騎士団や領主隊にも広まってしまっているそうだ。

切っ掛けは俺が調理場で、みんな食べて！　と振舞った事らしい。どうしてそれが切っ掛けになったのかだ。全然関係ないじゃん、て思ったんだけどそうじゃなかった。

「あんなにお優しくて可愛らしい殿下に何て態度をとったんだ！」

なんて事になっているらしい。

どうすんだよ、あれはさぁ。俺は無意識でした事だよ。

邸内の使用人の間でも同じ空気になっているらしい。それはまずいぞ。かなり、まずい。ケイア1人悪者になっちゃうじゃないか。

「リュカ、頼むよ」

「いやいや、殿下。何をですか!?」

「騎士団と領主隊の方なだめてよ、おねがい」

「殿下、無茶言わないで下さいよ」

「だってさぁ、ボクあんまり騎士団と領主隊とは会わないよ？」

「せめて、俺じゃなくてオクソール様に言って下さいよ」

「そう?」

「はい、そうです」

「ん〜、放っておけば、そのうち噂も消えるだろうと思ってたのになぁ」

「殿下、それは甘かった様です。想像以上に殿下は、領主隊の心を鷲掴みにしていたみたいですね。さすがです！」

リュカ、お前面白がってないか？　鷲掴みって何だよ。何親指たててウインクしてんだよ！

意味が分からない。それに、邸の使用人なんて俺は殆ど知らないぞ。

「調理場の件が決め手でしたね。アレで皆の心を鷲掴み……イテッ！」

思わずリュカの足踏んじゃった。態《わざ》とだけど。ほんと、止めて欲しい。

「殿下、リュカ。それより何か起こる前に、手を打つ方がよろしいかと」

「レピオスどうすんの？」

「辺境伯様のお耳に入れておきますか？」

「そうだね。あと、オクとね」

「オクソール様はもうご存じですよ」

「じゃあ、オクがなだめてくれるかな？」

「殿下、オクソール様が、自発的にそんな事をされると思いますか？」

「え？　リュカ、オクはしない？」

「て、言うか、興味がない？」

「リュカ、マジ!?」

「マジです」

「あー、面倒だなぁ」

「ええ、本当に面倒です」

「これ、リュカ。あなたまで何ですか」

「レピオス様、すみません」

リュカ、また叱られたよ。

とにかく軟膏作りを進めよう。それが最優先だからな。

「レピオスおねがいね」

「はい」

そんな話をしながらも、俺達は調薬室にきている。

「……リリアス殿下。おはようございます。準備はできています」

一応張り切ってくれているのは、今話していた薬師のケイア・カーオンだ。本人は噂に気付いていないのか？　それとも気にしていないのか？　俺の耳に入っている位だからみんな知っている事だろうと思うんだが。

「おはよう。じゃあ、軟膏作ってしまおう」

「殿下、作り方を教えて頂ければ、後は皆で作っておきますよ」

「そう？　いいの？」

「はい」

「じゃあ、どうしよっか。軟膏が2種類と虫除けの液体もあるからね。レピオスおねがい。手分けしようか？」

「はい、殿下。では、私は軟膏2種類の方を」

「分かった。じゃあボクは虫除けだね。適当に分かれて集まってくれるかな？」

そうして軟膏と虫除けを作っている間に、リュカが辺境伯とオクソールに話しに行ってくれた。

「殿下、薬草は分かるのですが、何故お酢や唐辛子が虫除けになるのですか？」

虫除けの液体を作りながら、薬師の一人が聞いてきた。うん、分からない事を素直に質問できるのは良い事だ。もちろん俺はちゃんと説明したよ。

お酢には抗菌や殺菌作用があるんだ。だから虫除けだけじゃなくて、草木の病気にもいい。あんまりかけすぎると良くない。腐ってしまうから。唐辛子は、害虫や害獣が嫌う食べ物で匂いも嫌がるんだ。この嫌う成分は水に溶けない。でもお酢やアルコール、油には溶けるんだ。

「だからね、先にお酢とこうして混ぜる」

そう説明しながら、容器をシャカシャカと振る。

「ほぉ〜！　知りませんでした」

「そう？　何だったかな、何かのご本に書いてあったよ」

「殿下は何でも物知りですね！」

また、別の薬師が話しかけてくる。もちろん皆手は動かしている。

「そうかな、ご本が好きだからかな？」

嘘、前世の知識です。ごめんね。

和やかに作業は進む。今朝話していた面倒な事も忘れていた頃だ。

「殿下、あの……最初に来られた時に、ケイアさんが失礼をしてしまって。申し訳ありませんでした。もう、殿下はいらして下さらないかと思ってました」

出たよ。やっぱ話が出たよ。そりゃそうだよな。気になるだろう。

「どうして？　ボクは気にしてないよ？　気にしないでとも言ったのに」

「殿下、そう言う訳にはまいりません」

「なんで？　ボクが良いって言ってるのに」

「その……殿下の事が、以前からケイアさんに反感を持っていた人達にとってきっかけになってしまったみたいで」

「え、そんな感じなの？」

「はい、そうなんです。申し訳ありません」

「あら……そうなんだ。ねえ、なんで？　どんな反感をかってるの？」

「殿下にこんな事をお話ししても……」

「もうしてるじゃん」

「申し訳ありません。あの……実は、ケイアさんは研究の方がお好きで籠っておられて……それで、領主隊やお邸の使用人が、薬湯やポーションを頼んでも、忘れてしまう事が時々あるんです」

「え!?　忘れちゃうの？　それだめじゃない」

「そうなんです。せめて、私達に伝えてくれていれば代わりに作るのですが、それさえも忘れてしまうんです」

「だめだよ、命に関わるよ？」

「そんな大事ではないのですが……」

いや、違うだろう。たまたま今迄は運良く大事にならなかっただけだろ？

いくら研究が好きでも、それは薬師としてどうなんだ？　命は最優先だぞ？

頼まれたポーションや薬湯を忘れるなんてとんでもないぞ。

「んー、辺境伯は知ってるのかな？」

「なんとなくだと思います」

「そうなんだ。でもそれは薬師として、してはいけない事だよ。命に関わる事は最優先だよ。それは絶対だ」

「はい、殿下」

俺は手を止めて一緒に作業してくれている人達を見た。

「みんなもだよ？」

そうして皆の顔を見ながら俺は話したんだ。

「薬師は命に直接関わる仕事なんだ。命は最優先だよ。絶対に忘れちゃいけない」

特にここの領主隊は、自分達の危険も顧みず魔物討伐に出ている。そんな状況なのに、もしポーションがなかったらどうなる？　ポーションが不足していたが為に命が危なくなったりしたらどうするんだ。

「そうなった時に、一番後悔するのはケイアだ」

なんなんだ。この世界の人達は人の命を軽く見過ぎだ。納得できない。

「だめだね。見過ごせないや。あれ？　でもケイアって薬師の皆をまとめる立場だよね？」

「はい。ケイアさんが一番古いので」

「それだけ？」

「後は知識も一番あります。研究が好きなので。でも魔力量は多くないので、ポーション類はいつも私達が作ります」

「え？　そうなの？　じゃあ、本当に研究してるだけ？」

「いえ、薬湯は作れます。知識もあるので、ケイアさんの作った薬湯は良く効きますよ」

「そっか……」

んー、どうしたものか……。

「殿下、こんなお話をして申し訳ありません」

「え？　ああ、気にしないで。言ってくれてよかったよ」

「殿下……！」

ん？　なんだ？　みんなそのウルウル目はやめよう？

「そうだ、みんなは領地から出た事あるの？」

「いえ、ありません。普通は滅多に出ません」

「そうなの？」

「はい。貴族は別です。帝都に行かれたりしていますから。平民は冒険者にでもならない限りは出ないです。あ、あと商人や領主隊ですね」

「そっか。ケイアも？」

「はい。彼女は余計に出ません」

「どうして？」

「此処だと好きなだけ研究ができますから。ほとんど一日中籠っています」

なんだよ、それはー！

んー、荒療治するか？　でもなぁ……まあ、レピオスとオクソールに相談しようかな？　と思っていたらレピオスが声を掛けてくれた。もう昼だ。

「殿下、そろそろお昼ですよ」

「レピオス、もうそんな時間？　じゃあ、後は午後だね。みんなもお昼ゆっくり食べてね」

「はい、殿下。有難うございます！」

調薬室を出てつい考えながら歩いてしまう。どうしたもんか。

「殿下、どうされました？」

「うん……ちょっと相談がある。オクソールも一緒に」

「ケイアの件ですか？」

「うん。出来ればアラ殿にも聞いてもらいたい」

「では殿下。先ずはクーファル殿下に」

「うん、そうだね」

そうだ、先ずはクーファルに相談だ。

だが俺は昼を食べたらお昼寝さ。だって眠くなるんだから仕方ないさ。5歳児だからね。

そして、起きたばかりの俺の前に、ニルがりんごジュースを出してくれた。

「殿下、レピオス様がお待ちです」

「……レピオスが？　なんだっけ？　……ゴクン」

「殿下、例の薬師の」

「……ああ、そうだった。レピオスに部屋まで来てもらってほしいな。あ、それと兄さまのご都合も聞いてきてほしい。オクとリュカも呼んでほしいの」

「はい、お待ち下さい」

ニルが部屋の外に声を掛けた。

「……ゴクンゴク……」

昼寝の後のりんごジュースは美味いぜ。いつも美味いけど。

味覚は今の身体に引っ張られてるよな。りんごジュース大好きだし。前世はどうだったか覚えてないけど。

「殿下、レピオス様とオクソール様、リュカは直ぐに来られるそうです」

「うん、分かった」

「……ふわぁ～……アフ……」

「あら、まだ眠いですか？」

「ううん。ちょっと気疲れ？」

「薬師の件ですか？」

「まぁ、ね……うん」

――コンコン
ニルがドアを開けたら、レピオス達が入って来た。みんな揃ったな。

「殿下、クーファル殿下も直ぐに来る様にと仰ってます」

「そう、ニルありがとう。ちょうどいいや。レピオス、オク、リュカ行こう」

「はい、殿下」

「殿下、私達もですか？」

「オク、当たり前じゃない」

で、俺達はクーファルの部屋に来ている。

「リリ、どうしたんだ？」

「兄さま、ご相談なのです。アラ殿にお話しする前に、兄さまに聞いて頂こうと思って」

クーファルの部屋には、クーファルと側近のソールがいた。

俺は薬師達の話をした。ケイアが問題になっていると。

「私も同じ事を聞きました」

「レピオス、そうなの？」

「ええ、殿下。それと、彼女の性格でしょうが言葉が少しきつい様ですね」

「ああ、それは領主隊でも言われています」

「え？　オク、そうなの？」

「はい、納品を忘れておいて偉そうだと」

「殿下の件で弾みがついたと言うか……」

「何より忘れるのは良くないね」

「兄さま、そうなんです。あってはならない事だと思います」

「そうだね、城だと減俸処分だね」

減俸か……お給料が減るのは痛いよな。

「リリは何か考えがあるんだろ？」

「はい、兄さま。荒療治なんですが。領地の現状と、命の価値を分かってほしいので」

「どうするんだい？」

俺はクーファルに考えを話した。

「……うん、確かに荒療治だね。悪くはないけど、邪魔にならないかな？　オクソールどうかな？」

「薬師の1人位どうにでもなります」

まあ、オクソールったら！　カッコイイ！

「レピオスはどう思う？」

「はい、クーファル殿下。今迄の意識を変えるのは、そう簡単にできる事ではありません。リリアス殿下が仰る位の事は、必要なのではないかと思います。最初は調査ですし、他の薬師も同行します。そう危険もないでしょう」

「そうか」

「兄さまはどう思われますか？」

「私かい？　私なら……そうだね、有無を言わせないかな。忘れるなんて、職務怠慢だよ。城ならいくら知識があっても、やっていけないだろうね」

うん、俺には優しいから忘れてたけど、クーファルはそんな奴だった。バッサリと切られた。有無を言わせないんだって。そうだ、王国に乗り込んで黙らせた奴だもんな。

「じゃあ、ソール。辺境伯の都合を聞いてきてくれるかな？」

「はい、畏まりました」

そして俺達は、アラウィンの執務室に来ている。

部屋にはアラウィンと側近だけだ。

「クーファル殿下、リリアス殿下どうされました？」

「辺境伯、例の薬師の事で提案があるのだが」

「クーファル殿下、ケイアの事でしょうか？」

「ああ。調査に彼女を同行させよう」

「殿下、それは……理由をお伺いしても宜しいでしょうか？」

アラウィンが驚いている。だよな、普通は驚くよな。いきなり調査に同行なんだから。

「辺境伯、彼女がどう思われているか、知らない筈はないと思ったのだが？」

「クーファル殿下、どうとは……？」

「本当に知らないと？　それは、私には信じられないね」

「クーファル殿下」

駄目だよ。クーファルの目は誤魔化せないさ。

「良いかな？　あなたはこの地で領民の、いや、帝国民の生活を、命を守っておられると私は信じている。今回の件を放っておいて良いはずがない。分かるか？」

「殿下……申し訳ございません。私の甘えでございました」

「やはり、気付いていたか」

クーファル怖い。絶対に敵にはまわしたくないタイプだ。

俺なら、当たり障りなく提案て形で話するね。クーファルは直球だもんな。

そして、アラウィンが話し出した。

「あれは、ケイアは、私の父の弟の忘れ形見なのです」

親戚になるのか。アラウィンが言うにはケイアが子供の頃に、父親を魔物に殺された。前辺境伯だったアラウィンの父は、その事を死ぬまで悔やんでいたそうだ。

もっと早くに、魔物の動きに気付けていたらケイアの父親が殺されることはなかったと。

それをアラウィンは、いつの間にか負い目に感じる様になったそうだ。

「それが間違っていたのです。不甲斐ないことでございます」

「魔物に殺されたとは？」

「殿下はご存じありませんか？　30年前のスタンピードを」

スタンピード……俺やクーファルが生まれる前の出来事だ。突然魔物の大群が押し寄せて来るんだ。建国後、何度かスタンピードが記録されている。

ノール河を渡り、魔物の大群が押し寄せてくる。何が原因かは分かっていない。

俺も、クーファルも生まれる前の事なので、現実味がない。

しかし、過去には実際に起こったことだ。

「帝国史で学んだ程度しか知識はないが。たしか、数百もの魔物が一斉に河を渡ってきたと記憶している」

「そうです。当時父はこの邸におりました。父の弟は、すぐ隣の街を管理しておりました。冷静に考察していれば、前兆はあったのかも知れません。しかし、当時は気付けなかった。気付いた時には、もう魔物は河を渡りこちら側の岸から目視できる距離まで来ていたのです」

それから直ぐに前辺境伯であるアラウィンの父は帝都に応援を要請したそうだ。そして騎士団が派遣された。当時は、初代皇帝が設置した、帝都の城とこの邸を結ぶ転移門が使えたそうだ。俺は、そんなものがあるとは知らなかった。

騎士団の数百人を送る為に、前皇帝は転移門に何時間も魔力を流し続けた。それが原因で、前皇帝は倒れ1週間も意識がなかったそうだ。そうしてまで、騎士団を送ったお陰もあって辺境伯領は無事だった。もちろん、領主隊も出動したそうだ。

その際に、前辺境伯の弟であるケイアの父が指揮を執っていた。前辺境伯は、領地を治めて行かなければならない。だから自分が前線に出ると言って弟が指揮を執っていたそうだ。

アラウィンは話を続ける。

「領地や領民は無事でしたが、領主隊は何十人も被害が出ました。その中に父の弟、ケイアの父がいたのです。後を追う様にケイアの母親も病で逝きました。兄弟のいないケイアは、1人になったのです。父は自分を責めておりました。父はケイアを引き取り自分の子供と同じ様に育て、それでも負い目があったのでしょう。私はそれを見て育ちました。自分で気付かぬうちに、私も父と同じように負い目を持っていたのでしょう。リリアス殿下にはご迷惑をお掛けして、大変申し訳ございません」

アラウィンは頭を下げた。アラウィンの気持ちは分かる。分かるが……

「辺境伯、それならば尚の事、このままではいけない」

クーファルの言う通りだ。

俺？　俺が話すのか？

「リリ、話せるかい？」

「構わない。思っている事を話しなさい」

「ボクが聞いたのは、騎士団や使用人が依頼した薬湯やポーションを忘れると言う事です」

俺は聞いた事をそのまま話した。

今までは、たまたま運良く大事にならなかっただけだ。魔物討伐に出るのに十分なポーションがないと言う事は、領主隊の命に直結する。薬湯だってそうだ。もしも、病で苦しんでいる人がいるのに、薬湯を忘れているとどうなる？　命に関わるんだ。

俺は研究を否定しているのではない。研究も未来の為に必要な事だ。しかし、ポーションや薬湯を忘れても良いものではない。それで、もし命がなくなる事があれば、一番後悔するのは彼女自身だろう。命を救うことより優先される研究などはない。

「ケイアはいつも研究で籠っていると聞きました。現実を見てもらわなければと思うのです。実際に領主隊の隊員たちがどんな事をしているのか。何を相手にしているのか。何故ポーションが必要なのか。自分の目で見てもらうのが一番だと思います。今回は領主隊だけでなく騎士団も一緒です。良い機会だと思います。ケイアの後輩の薬師も同行しますし、ボクのような子供も行くのです。大丈夫です」

　そして、クーファルが続ける。

「このまま放置すると、近いうちに非難の声が出てくるだろう。非難だけならまだ良い。もしも取り返しのつかない事でも起きれば、一番辛い思いをするのはケイアだ」

　クーファルの言う通りだ。

「クーファル殿下、リリアス殿下、有難うございます」

「では、同行させると言う事で良いな?」

「はい、殿下。宜しくお願いします」

　良かった。きっと良い経験になるさ。

　それより、ちょっと……いや、かなり気になるワードがあったよな。

「アラ殿、転移門てなんですか?」

「それは僕から説明しよう!」

　ポンッと光ってルーが現れた。

「あ、いいでーす。アラ殿に聞きまーす」

と、俺は、いらないと片手を出した。

「リリ、酷い！」

「だってルーどこに行ってたんだよ。なんにも言わないでさ」

「リリー、ごめんよ～！」

「いいけど！」

「じゃ、説明しよう！」

はいはい。またドヤッて、良いとこ持ってくつもりだろ。

「転移門だね。初代皇帝がこの邸と、自分がいる帝都の城とを、行き来しやすい様に設置したんだ。魔力を流すと、予《あらかじ》め設置したところに瞬時に転移できるんだ。今話していた、スタンピードの時に壊れちゃったんだけど。この邸の地下と、城の地下にあるよね」

そんなのがあったのか。俺は全然知らなかったぞ。

「ルー、なんで壊れたの？」

「先代の皇帝が騎士団を何百人も1度に送ったからだ。そんな人数を送る為の物じゃなかったんだ。前に言っただろう？　初代同士が仲良かったって。単純に、２人が行き来する為に作った物だったからね」

ふ～ん。なんか聞けば聞く程、初代皇帝て凄いな。

「ルー様、何故壊れたままなのでしょう？」

「クーファル、知らないのか？」

「はい、私はなにも。転移門の事も過去の資料として読んだだけで」

「そうか。1度に何百人もの騎士団を送ったから前皇帝の魔力が尽きたんだ。だから先代は早逝だった。それから転移門を直せる者がいないんだ」

え、魔力が尽きると死んじゃうのか!?

「ルー様！　では先代が亡くなられた原因は、この領地を助けた為ですか!?」

あー、そう思うよな。ちょい、キツイかな。

「おい、辺境伯。勘違いしたらダメだ」

お……ルーがマジモードだ。勘違いなのか？　辺境伯領を救う為に、無理矢理転移門で騎士団を派遣したって事だろう？

「ルー様……」

「領地ではない。帝国を救う為だ。先代が自分で選択し決断した事なんだ」

そっか。帝国を守る為か。この地から魔物が帝国中に溢《あふ》れ出さない様にだ。

ルーって時々凄みを利かせるよな。白い小さな鳥さんなのに、目がキランて光る気がするよ。

「兄さま、初代はおいくつで亡くなられたのですか？」

「リリはまだ勉強していなかったかい？　55歳だ」

「そうですか……」

そっか、全然知らなかったな。ちゃんと勉強しなきゃダメだね。

「皇帝位はね、60歳か遅くても65歳で譲位する事になっているんだ。それも初代が決めた事だよ。いつまでも年寄りが治めるのは良くないとね」

「そうなんですか」

まるで日本の定年制度みたいだな。

「リリは、父上が何代目かは知っているかい？」

「はい。24代です」

「そうだね。今まで何人か60歳の譲位前に亡くなっているけど、初代と先代が同じ55歳で早くに亡くなっておられる。まさか先代が亡くなられたのは、魔力が尽きたのが原因だったとは」

日本の天皇て何代だっけ？　１２６代だったか？　桁が違うよな。

「ま、魔力が尽きても直ぐにはどうこうはないさ。ただね、この世界にある魔素との親和性がなくなるんだ。言ってみれば、極度の虚弱体質になる感じだ。それで体力がなくなり、抵抗力もなくなり、簡単な病も命取りになる」

「ルー、父さまは転移門を直したりはしなかったの？」

「魔力が足らないんだよ。前に言っただろ？　大樹に花を咲かせたのは、初代とリリだけだと。転移門を使える魔力はあっても、修復するだけの魔力はないんだよ」

ん？　て、事はだな？

「ルー、ボクは直せる？」

「ああ、リリだと余裕だな。まあ、直すと言うより、アップデートすると考える方が良いな」

俺、できんの!?　本当に!?　じゃあ俺、修復できるならやりたいよ。

「クーにーさま！」

「リリ、考えている事は分かるけどね、軽はずみにする事じゃないね。父上に相談しないと」

やっぱそうだよな〜。

「はーい、兄さま」

思わず『クーにーさま』なんて呼んでしまったよ。まあ、クーファルに任せよう。

「で、リリ。森に入るのか？」

「うん。今回の、かぶれや発熱の原因を解明しなきゃ」

「そうか。何かあればすぐに呼ぶんだよ。思うだけでも僕には伝わるからさ」

「うん、分かった。て、やっぱどっか行ってるんじゃん」

「リリ、加護があるんだから分かるさ」

「ま、いいけど」

「オクソール、リュカ。何かあれば、迷わず獣化しなよ。手遅れにならないうちにな」

「ルー様、分かりました」

「はい！　分かりました！」

なんだよ、手遅れって。そんな事今迄言った事ないのに。フラグたてるの止めてほしいなー。

「リリ、今回は魔物が相手だからね。用心するに越した事はないんだ」

「分かったよ」

「じゃ、僕は皇帝へ報告に行ってくるね」

「報告て、ルーなんにも知らないのに」

「リリ、僕は精霊だよ？」

何だよ、今更。

「全部知ってるさ。リリが美味しいと言って食べてたクリナータの事もね」

なんだそれ、食べたかったのか？

シェフに言ったらきっとまだあるよ？　沢山採ってきたからさ。

「リリ、本当に？」

「うん。シェフに聞いてみたら？　アイスもあるんじゃない？」

「おう！　やったね！　じゃ、何かあったら直ぐに呼ぶんだよ！」

ポンッとルーが消えた。きっとシェフのとこに行ったんだ。

ルーは精霊だから、食べなくても良いんじゃなかったっけ？

あとは、手袋とマスク代わりの被り物（？）がまだなので、その完成を待って出発する事に決まった。

さて、同行すると知ったら彼女はどうするだろう？　やっぱ、怖いかな？

そして翌日、アラウィンの執務室でケイアに同行の話をした。

「アラウィン様、私がですか……？」

まあ、びっくりするよな。

もちろん、クーファルと側近のソールも一緒だ。調査の予定も話しておきたかったので、領主隊隊長と副隊長もいる。後は、オクソールにリュカ、レピオス、そして辺境伯の側近だ。

「そうだ。ケイアだけじゃない。他にも薬師は同行する」

「そんな……なぜ私が？」

「ケイアは、領都から1度も出た事がないだろう？　もしも、魔物が領都に入ってきた時の予行演習だと思えば良い。それに、他の薬師達が同行するんだ。薬師を纏める立場としては同行する方が良いだろう」

「そんな……魔物が入って来る筈ないじゃないですか。何を……」

「失礼、ケイアと言ったか」

あ、もうクーファルが怒っているぞ。顔は微笑んでるが、雰囲気が怖くなった。空気まで冷たくなった様な気がする。

「はい、クーファル殿下。ケイアと申します」

ケイアが上目遣いでクーファルを見ながら言った。

「魔物が入ってくる筈ないと、何故言える？」

「そんな、当たり前です……フフッ」

と、手を口元に持っていき微笑みかける。

ん……？　なんだ？　さっきから、ケイアのクーファルに対する態度が引っ掛かるぞ。この違和感は何だ？

「何が当たり前だ？」

「え？　クーファル殿下。だって……魔物が領都まで来る筈ないですよ。今迄見た事もありませんから」

んん……!?　やっぱ引っ掛かる。いつもと声のトーンが違うじゃん。

「君は……」

「クーファル殿下、申し訳ありません。私が。私に話させて下さい。私の責任でもあります」

「辺境伯、そうか」

あー、まさかケイアがこんな風に思っていたなんて。自分の親が魔物に殺されているのにさ。

しかも、この人なんだ？　肝が据わってるのか？　それとも、鈍いのか？

俺は今の雰囲気のクーファルに、あんな話し方はできないぞ。

「ケイア、魔物が入ってくる筈がないと、言ったな。何故そう思う？」

「えっ？　だって、アラウィン様。今迄入って来た事ないじゃないですか」

「しかし、魔物はすぐそこの森にいるぞ」

「え？　だから領主隊がいるんでしょう？　なんの為にいるんですか？」

と言いながらアラウィンに寄り添うように座り直す。

あれ？　なんだ？　さっきクーファルと話している時も、引っ掛かったんだ。

それに、いくら子供の頃から一緒に育ったと言っても、アラウィンは領主だぞ？

これは、勘違い野郎か？　あれ？　ちょっとイラッとする。

「リリ……」

あ、クーファルに読まれた。苦笑いされたよ。顔に出てたかな？

「ケイア、まさか君がそんな風に思っていたとは。親を魔物に殺された君が」

「アラウィン様、それは。父は前領主様の代わりに……」

――バンッ!!

「失礼致します！」

おふッ！　ビックリしたよ～！　フィオンかと思った。心臓に悪いなー。

辺境伯夫人のアリンナ登場だ。やっぱこの人フィオンに似てる!?

「ケイア、あなた一緒にいってらっしゃい。５歳のリリアス殿下でさえ行かれるのよ。あなたも一緒に行って、少しは役に立ってきなさい」

おいおい、辺境伯夫人。そんなにストレートに言う?

「夫人、待って下さい。無理強いしたら意味がないのです」

「リリアス殿下。でもケイアはいつも籠ってばかりで、このままだと皆との溝が広がるばかりで……」

「夫人、だからこそです。リリに任せてみませんか?」

「クーファル殿下。分かりました。申し訳ありません」

いや、俺に任されても困るんだ。クーファル、俺５歳だよ?　分かってる?

「リリ、続けて」

「兄さま……」

「殿下、大丈夫です。お願いします」

「レピオス……んー、えっと。ハッキリ言っちゃうけど」

言いながら、周りを見回す。知らないよ?　５歳児に任せたクーファルが悪いんだからな。

「ケイア、色々聞いたんだ。全部真に受けてる訳じゃないけど、ポーションや薬湯を依頼されてるのに、忘れる事があるって本当かな?」

「そんな、忘れるなんて……!」

「間違ってる?　そう思われる事はなかった?」

「私は研究の手が離せなくて、つい遅くなってしまっただけで……遅くなってもちゃんと納品しています！」

ケイアは言い訳をする。遅くなる自体がもう駄目じゃん。

「あの、宜しいでしょうか？」

遠慮気味に手をあげたのは、領主隊隊長だ。

「殿下、領主隊隊長のウル・オレルスと申します。領主隊の意見をお話しさせて頂いても宜しいでしょうか？」

アッシュ色の髪をスッキリ短髪にしていて栗色の瞳だ。ガッシリとした体軀《たいく》の、見るからに戦士だ。俺はここに来る道中一緒だったのに名前を知らなかった。領主隊を仕切っている隊長の意見だ。

「ウル。此処まで来る間沢山お世話になったのに、お名前知らなくてごめんなさい」

「殿下！　何を仰います！　とんでもございません！　それでは、領主隊の皆の意見ですが」

現場の意見だ。隊長のウルは淡々と、領主隊の見解を話し出した。

確かに納品はしている。但し、自分でも言っていた様に、遅れての納品なんだそうだ。

領主隊がポーションの発注をする時は、討伐に向かう約2週間前。今はもう納品が遅くなるのは分かっているので、いつも討伐が決まり次第発注して対応しているらしい。

しかし、いつも早くに発注出来るとは限らない。当然だ。急に討伐が決まる時だってある。だから、いつも余分に発注しているのだそうだ。今はまだその対応で事故もなく何とかなっている。だが、このままではいつか領主隊の不満が、爆発してしまう可能性がある。

「ですので、今回この様な機会を頂けた事は、私達にとっては救いでもあります」

「そんな！　私はちゃんと納品してます……！　遅くなっても納品はしてます」

「ケイア殿、そこです。『遅くなっても』が駄目なのです。酷い時は、討伐から戻ってきてやっと納品される時もあります。それでは、ポーションを発注している意味がありません」

「どうしてですか？　納品はしているでしょう？　……意味がないと言うなら、発注しなければいいんだわ」

「待って！　ケイア、それは違うよ？　落ち着いて」

「リリアス殿下まで……やっぱり、初日の事を根に持っているんでしょう？　だから、私にそんな……」

「ケイア、黙りなさい！」

「奥様、そんな……」

「黙りなさい。殿下と隊長の話を、落ち着いて聞きなさい」

「……すみません」

「殿下、申し訳ございません」

夫人が割って入ったお陰でケイアは助かったんだ。夫人はケイアがそれ以上の事を口にしない様に割って入ったんだ。ケイアはそれを分かっているのか？

「夫人、大丈夫です。ケイア、いいかな？　ケイアは領主隊にとって、ポーションとはどんな意味を持つものか理解しているのかな？」

「それは……怪我を治す為に」

「そうだね。その怪我も、色々あるんだ」

と、俺はケイアの目を見て話を続ける。

怪我してすぐにポーションを使っていれば、後遺症が残らなかったのに……て、怪我もあるんだ。そうでなくても、ポーションがあれば、万全で戦える。痛みを我慢しなくて良いんだ。領主隊の心構えが違う。覚悟が違ってくる。

「これが、どんな意味か分かるかな？」

「それは……はい」

「薬湯もそうだよね？　早く薬湯を飲んでいれば良かったのに……て、場合があるよね。何よりも、苦しんでいる人を少しでも早く楽にしてあげたいって思うでしょ？　その気持ちは分かるでしょ？」

「……」

「ケイア、研究も大事だよ。未来の何百人の命を救う為に必要な事なんだ。研究がないと、進歩はないから。だから必要なんだ。でもね、何よりも大事なものがあるんだ。何か分かるかな？」

「……いえ、私にとっては研究が1番なので」

「そうか。ケイアは幸せなんだね」

「……ッ！　そんな……私だって色々……」

「ケイア」

今度はアラウィンの低い声で制止されたよ。ケイアて駄々っ子みたいだ。辺境伯と夫人と2人して、ケイアを守っている。

だが、俺は続ける。薬師として大切な事は譲れない。

「ケイア、これからも薬師を続けていくのなら、絶対に忘れてはいけない事があるんだ。研究も大事だよね。そんなケイアの気持ちよりも、ずっと大切なものがあるんだ。人の命だよ。何よりも優先すべきなのは、人の命なんだ」

これは俺が前世から大切にしてきた事だ。そして、この世界の師匠、レピオスにも教わった事なんだ。

「ケイアは領主隊の、この邸の皆の命を預かっていると言ってもおかしくないんだ。遅くなっても納品してると言ったよね？　遅いと意味がないんだよ。討伐に行く。命に関わる怪我をするかも知れない。なのに、ポーションが充分じゃない。そんな事はあってはいけない。病で熱がでた。苦しい。なのに研究があるからと、薬湯をすぐに作ってもらえない。そんな事もあってはいけない」

一番大切な事を分かっていて欲しい。とってもシンプルな事なんだ。そう思いながら話したんだ。

「人の命を守る為のポーションや薬湯よりも、研究を優先してはいけない。目の前の命よりも、優先させていい研究なんてないんだ。それでは、薬師失格だよ。薬師でいてはいけない。ボクの言っている事が分からないなら、今すぐ薬師を辞めるべきだ」

「うぅ……殿下……」

あー、泣いちゃったよ。ごめんよ。キツイ言い方かも知れないけど、これだけは譲れないんだよ。

「だからね、ケイア。今回一緒に行って、討伐とはどんなものか。魔物とはどんなものか。実際にどんな風にポーションが使われているのか。自分の目で確かめてみるといいと思うんだ。自分は何に守られてきたのか、分かると思うよ」

「……私は分かってないと仰るんですか？」

え？　逆ギレしちゃった？

「失礼ですが、殿下の様な子供に何が分かるんですか？　……皇子殿下だからって偉そうに言わないで下さい」

あー、逆効果だったか〜。折角皆が守っていたのに。

――ガタン！

「殿下、申し訳ありません！　大変失礼を！　申し訳ございません！」

アラウィンが立ち上がり、ケイアの前に庇うように出て頭を下げた。

「アラ殿。止めて下さい！　ボクみたいな子供に言われて、腹が立つ気持ちも分かりますし」

「リリ、黙りなさい」

そう言って俺を止めたクーファルの後ろからソールが一歩前に出て言った。

「薬師殿の発言は皇子殿下に対する不敬罪に当たります」

「ソール、やめて！」

「リリ、私は黙りなさいと言ったよ？」

「……はい、すみません」

駄目だ。クーファルを怒らせてしまった。ヤバイよ！　ああ、どうしよう！

「君はリリの何を知っている？　皇子だから、チヤホヤされて何の苦労もせずに育ってきたとでも思っているのか？　自分が住んでいる国の事も知らないのか？」

「クーファル殿下！　申し訳ありません！　どうか、一度だけ猶予を下さい！　ケイアはリリアス殿下の事を知らないのです。申し訳ありません！」

「辺境伯様、知らなかったらこの国の皇子殿下に向かって何を言っても許されるとお思いですか？」

ソールまで怒っているよ。もう、どうすんだよ。

「いえ！　いえ!!　とんでもない！　クーファル殿下、どうか私共に話をする時間を下さい！」

辺境伯だけじゃなく、夫人まで平伏しているよ。やめて！

「クーファルにーさま！」

「リリ……」

俺は首を、イヤイヤと横に振って訴えた。

「兄さま、止めて下さい」

頼むよ。お願いだ、クーファル。俺は断罪したかった訳じゃないんだ。それでもケイアは続ける。

「私の気持ちなんて……誰にも分からないのよ！　たかが怪我くらいで大袈裟な！　私は１人で頑張ってきたのよ！　私の研究の方が大事なのに！　奥様も殿下も意地悪ばかり言って……！」

アラウィンの手を撥《は》ね除けてケイアは叫んだ。

ケイアが身体を震わせながら、両手で顔を覆い泣き崩れる。

これは……、あれか？　もしかして、親が亡くなった事でちょっとややこしくなってるのか？

あー、どうしようかなぁ……。

「今何と言いましたか？」

え？　レピオス!?　まさか、レピオスまで怒ってんの!?

「ケイア・カーオン、薬師のあなたが今何と言いましたか」

「レピオス様……レピオス様ならお分かりになるでしょう？　ポーションや薬湯を作るよりも、たかが怪我なんかよりも、研究の方が大事ですよね！」

「ケイア！」

ケイアの腕を摑み無理矢理下がらせた。今まで静かに控えていた辺境伯側近のハイク・ガーンディ。彼もケイアを守っているんだ。

「ハイク！　何するのよ！」

「目を覚ましなさい！　たかが怪我と言ったか？　お前は薬師なのに、そんな事も分からないのか！」

レピオスも怒ってたけど、逆に落ち着いたかな？

「申し訳ありません。失礼致しました。ケイアに悪気はないのです。ただ、言葉を選ばないと言いますか。間違って選ぶと言いますか。1人調薬室に籠っているので、人と対話をする事に慣れていないのです。申し訳ございません」

側近のハイクが頭を下げて戻った。マロン色の短髪に茶色の瞳の穏やかそうな人だ。

だが、俺は油断しないぞ。クーファルだって、見た目は穏やかそうだからな。本性は腹黒なのに。

ハイクが一旦ケイアを下がらせた事で、周りは少し冷静になる。引いて現状を見るようになるんだ。

「いいですか？　あなたがどんな研究をしているのかは知りません。ですが、本当に怪我くらいと思っているのなら、今すぐに薬師をお辞めなさい」

「レピオス様……そんな……」

「殿下が今仰ったでしょう。怪我の場所や程度によっては、後遺症が残り兵を続けられなくなる場合もあるのだと。そうなると、その者はどうなりますか？　生活の糧を失うのですよ。怪我の患部から、細菌が入って感染症を起こしてしまう場合もあります。何より、魔物を討伐するのに痛みを堪えなければなりません。痛みに耐えながら、１００パーセント動けますか？」

　ああ、レピオスらしい言い分だ。その場の処置だけでなく、その後の事も考えて治療するという事だ。

「薬師は、ただ単にポーションや薬湯を、作っているだけではありませんよ。それによって、使用する人の生活や将来、そして殿下が仰った様に命を守っているのです。あなたが怪我くらいと言ったその怪我で、命を落とす者もいるのです。あなたの自分勝手な優先順位で納品が遅れた為に、命を落とす者が出るかも知れません。そんな事も分からないのなら、今すぐ辞めなさい。あなたには薬師でいる資格がありません」

　レピオスがここまで言うのは初めてではないだろうか？　しかしこれは、いつも俺がレピオスから教わっている心構えだ。命は何ものにも代え難いのだと。

「あの、私もいいですか？」

　今度は誰だよ？　と思ったらリュカだった。遠慮気味に片手を挙げている。

「私はリリアス殿下の従者兼護衛で、リュカと言います。私は狼獣人です。で、私の師匠がこちらのオクソール様です。オクソール様は、有名なのでご存じだと思いますが、獅子の獣人です。リリアス殿下の専属護衛です。ケイアさん、どうして皇太子でもない第5皇子のリリアス殿下に、こんなに有名な護衛が付いていると思いますか？　しかも獣人が2人です」

　リュカの思わぬ問いに、ケイアが答える。

「……光属性を持っているから。特別扱いなんでしょう？」

「まあ、半分正解です。オクソール様や私も、望んでリリアス殿下にお仕えしています。私は2年前に、リリアス殿下に命を救われました。その時に助けて下さった殿下をお守りしたくて、オクソール様に鍛えて頂きました。国の事を知らなくても、私のような狼獣人が狙われやすい事位は知ってますか？」

「ええ、希少種だから」

「そうです。その希少種の狼獣人の中でも、純血種の私はずっと狙われてきました。でも、私よりもっと、生まれた時から何度も命を狙われて来たのがリリアス殿下です」

「そんな馬鹿な……！　皇子が狙われる訳ないじゃない。嘘つかないで！」

「実際に2年前、私が殿下に命を助けて頂いた時も、殿下は実の姉君に殺されかけておられます。帝国では有名な話ですが、知りませんか？　殿下の事を蔑む様な言い方は許せないです。殿下はあなたが思ってる様な人間じゃないんです。自分一人が不幸だなんて思ってるんじゃないですか？　そんな態度が今迄許されてきたのも、皆が辺境伯の身内だからと遠慮してるからだと思いますよ。辺境伯夫妻に守られているんですよ。要するに甘いんです。俺なら、たかが怪我くらいなんて思っている薬師には絶対に命は預けません。リリアス殿下に、謝ってください」

あーもう！　リュカ、『俺』って、言っちゃってるし。まだ堪えてはくれているけど、静かに怒ってたのかよ！　気付かなかったよ！

オクソールも止めようよ、ってそんな厳しい目つきでケイアを見てるんじゃないよ。

ふと周りを見回すと皆同じ目をしてケイアを見ている。

俺は有難いよ。皆の気持ちは凄く嬉しい。だがな……

「待って！　待って下さい！　みんなでケイアを責めたらだめです！　ケイアの言い分もあるのだから聞かなきゃ」

「リリ、聞く必要があるかい？　ケイアの発言は許される事ではないよ。それに城だと、納品が遅れるなど減俸処分ものだよ？　それだけの意味があるんだ。レピオスが言った様に、命に関わるからね。こんな自分勝手な甘い事を言ってる者に、大事な辺境の薬師をしてもらいたくないね」

もう俺はお手上げだ。収拾がつかないよ。ああもう、誰か助けてくれよぅ。

「クーファル殿下、リリアス殿下、皆様。差し出がましいと存じますが、どうかこの件は私に預けて頂けませんか？」

おぉ、冷静な人がいたよ。辺境伯側近のハイクだ。後は頼む！

「兄さま」

「リリ、駄目だよ」

「兄さま、お願いです！」

「リリ……」

「クーファル殿下、お願い致します。もう少しの間だけで良いのです。必ず調査に同行させます。それが終わるまで猶予を頂けませんか？　お願い致します」

うん、落とし所だ。

「兄さま」

「仕方ない、分かった。リリ、取り敢えず調査が終わるまでだ」

「兄さま、ありがとうございます！」

「クーファル殿下！　感謝致します！」

クーファルがこっそりと耳打ちしてきた。

「リリ、フィオンの耳に入らない様にしなければ」

「はい、兄さま。それは、絶対です」

何よりも要注意なのはフィオンだよ。

俺たちは部屋に戻ってきた。やっと戻ってきた。もう疲れたよ。気持ちがヘトヘトだ。ニルにりんごジュースをもらいながら、さっきあった事の顛末を話した。

「まあ！　でも彼女の良い話は聞きませんからね」

「え？　ニル、何か知ってるの？」

「いいえ。ただ、メイド達が色々話してくれましたから。辺境伯様と婚姻するつもりだった様ですよ」

はぁ!?　なんだって!?　婚姻!?

「ニル、何それ!?　ボクは全然知らないよ!?」

「え？　殿下、知らないんですか？」

「何!?　リュカも知ってたの!?」

「殿下、邸では誰もが知ってます」

「オクも!?　なんだよそれ!?　ボク、ぜんっぜん知らないよ!?」

もうこの3人はみんな揃って天然かよー！

「ニル、その話、教えて」

もう、早く言っておいてくれよー。

「子供の頃にご両親が亡くなって、引き取られた事はご存じですね？」

「うん。アラ殿から聞いた」

「アラウィン様は、泣いてばかりいるケイア様を慰めておられたそうです。ご長男でいらっしゃる事もあって、他のご兄弟より責任を感じておられたそうです」

ニルのメイドネットワーク、井戸端会議とも言う。そこでの調査内容だ。

ケイアはアラウィンのそういう対応に甘えて、いつの頃からかまるで自分が婚約者の様に振る舞うようになったそうだ。実際に、自分が当然婚姻するのだと言葉にもしていた。

しかしアラウィンには、ケイアが引き取られる前からの婚約者がいた。今の奥方だ。子供の頃に決められた婚約者だが、2人仲睦まじい。

2人共、ケイアの事は兄妹の様に大事にしていたそうだ。

それでもケイアは、アラウィンが最後には婚約破棄して自分を選んでくれる。ヒロインは自分だと、訳の分からない事を言いふらしていたらしい。婚姻前の奥方に、酷い事もしていたんだと。

奥方にいじめられたとか、ドレスを汚されたとか。そんな類いの嘘をアラウィンに涙ながらに吹き込んで、奥方を嫌いになるように仕向けたりした。メイドが言うには、嘘だと丸わかりだったそうだが。しかし現実には、アラウィンは揺らぐ事なく2人は婚姻し今も仲睦まじい。それで、ケイアはどんどん捻くれていったそうだ。

なんだそりゃ!?　訳わからん、て感じだ。

「それって、完全にケイアの勘違い？　独りよがり？」

「そうなりますね。辺境伯様も、色々お話しされたり、諭したりされた様ですが」

「なんだよ、それー」

本当に、なんだよそれー！　だよ。

「あぁ、そうだ。ニル。フィオン姉さまの耳には入らない様に気をつけてね」

「はぁ……殿下。無理かと」

「え？　なんで？」

「私達が気をつけても、邸の者達が話をしたらどうしようもありませんから」

「え、そんなに？」

「はい。ケイア様のことは皆……」

「えぇー、そこまで？」

「領主隊でもそうですよ」

「リュカ、そうなの？」

「はい。皆、関わりたくないようです」

「ねえ、ニル。どうしてそこまでになるの？」

「そうですね……嫉妬、でしょうか？　ですのでアスラール様もアルコース様も、出来るだけ避けておられるようです」

「そうなっちゃうよねぇ……」

どうすっかなぁ〜。薬湯を作らせたら1番なんだっけ。ならいっその事、帝都に連れて行くか？

「ニル、薬師としてはどうなの？」

「効果の高い薬湯を作るそうですよ。でも、他の部分がイマイチだそうです。あまり人と話すのは得意ではないようですし」

「なんだって！　じゃあなんで、まとめ役をやってんの⁉　向いてないじゃん！」

「彼女より古い者がいないから、らしいです」

ここにきて、まさかの年功序列かよ！　父である皇帝は基本実力主義なんだ。だから、騎士団の入団試験はもちろんだけど、文官の起用だって試験があるんだ。レピオス達だってそうだ。なのにだよ。

「ボク、帝国はどこも実力主義だと思っていたよ」

「帝都はそうですね。陛下がそうですから」

「オク、ここだって同じ国だよ？」

「殿下、そこは遠い皇帝より、近くの領主です」

「なんだよ！　オク、じゃあアラ殿が悪いの？」

「殿下、誰が悪いとかではなく」

「そうだけどさぁ」

「アラウィン殿と夫人の優しさに甘えているのでしょう」

「もうボク知らないよ」

「殿下」

「だってオク、ボクはまだ5歳だからね。そんなの分かる訳ないじゃん」

「え？　いやいや殿下、今迄普通に話をしてましたよね？」

そうなんだけどね。ここにきて、まさかの5歳児発動だよ。やっぱ俺の手には負えないよ。

「リュカ、ボクはわかんないの」

「殿下、それは無理ですよ」

リュカ、こんな時ははっきり言うんだね。分かってるよ。

「殿下、夕食に参りましょう」

「はーい」

あぁー、面倒だなぁー。


翌朝だ。俺はまだ少し昨日の事を引きずっていた。

「殿下、考えても仕方ないですよ？」

「うん。そうなんだけどね」

ニルと話しながら、ポテポテと歩く。長い廊下と階段をね、ポテポテと。ニルと歩いているとアラウィンがいた。

「殿下、おはようございます」

「アラ殿、おはようございます」

「殿下、午前中は釣りにでも行きませんか？」

「釣りですか!?　行きたいです！」

「昨日の気分を変えて頂く為にも、是非」

「あぁ、はい」

思い出しちゃったよ。折角一瞬忘れていたのにさ。

「アラ殿、釣りは海ですか？」

「ええ。船を出して、海釣りですよ」

「おぉー！　楽しみです！」

食堂に入ると、シェフが待ってくれていた。

「殿下ッ！　おはようございますッ！」

「シェフ、おはよう！」

相変わらず、朝から元気だよね。

「今日は、お弁当をご用意しますねッ！」

「えッ、本当!?」

「はいッ！　釣りに行かれると」

「うん、行くよ」

「私もお供しますよぅッ！」

「ええ、シェフも？」

「はいぃッ！　大物釣りますよぉ！」

なんて言いながら腕まくりをしている。うん、素晴らしい上腕二頭筋だ。シェフなのに。

「えぇー！　シェフには負けない！」

「では、朝はしっかり食べて下さい！」

「うん！」

海釣りかぁ……シェフには負けねー！　シェフ、ありがとう。


アラウィンに連れて来てもらって海に来た！　しかも船の上だ！

「うーみーだー!!　スゴイッ！　スゴイッ！　海だー!!」

晴れ渡った抜けるような青い空。海原が青くゆったりとふくらんで、どこまでも青い海。強い潮の匂い。海面がキラキラしているぜぃ！　絶好の釣り日和だ！

きっとこの景色は前世も一緒だ。多分な。ぶっちゃけ前世では、船で海に出た事なんてないから分からん。前世でも海釣りなんてした事がない。

オクソールとリュカ、それに何故かシェフが一緒だ。アラウィンとアスラール、側近のハイク。それと船を出してくれたおっちゃん。えっとニルズだ。ニルズは、この港を拠点にしている漁師達のまとめ役らしい。グレーヘアーを超短髪にしていて、グレー掛かった茶色の瞳だ。

そう背は高くないが、陽に焼けた小麦色の肌。漁に出ているからついたのであろう筋肉。海の男！　て感じだ。50歳過ぎだろうか？　この年代の人がいると嬉しい。落ち着くねー。前世の俺と同年代だからな。

「ねーねー、おっちゃん！　どこまで行くの？」

「ぼっちゃん、おっちゃんはないぜ」

「エヘヘ、だっておっちゃんじゃん」

「アハハハ！　ちげーねー！　少し沖に出たら、良い漁場があるんだ。そこまで行くからしっかり捉まってなよ」

「うん、わかった！」

船が動き出した。波を押し分けるようにして、進んで行く。白い水しぶきまで鮮やかに光って見える。俺はもっと船の先端に行きたくて、揺れにオタオタしながら移動しようとする。

「殿下、はしゃがないで捉まって下さい！」

「リュカ！　リュカ！　見て、鳥がいる！」

「本当ですねー。あの鳥の下に魚がいると言いますよね」

「そうなの？」

「殿下、手を！　転けますよ！」

「大丈夫だよ！　あ！　あーー！　転けるー！」

「だから言ってるじゃないですか！　ほら、手を！」

「うん！　アハハハ！　キャハハハハ！」

俺は船の揺れで、じっと立っていられなくて右へ左へとフラフラしている。それも、笑いながら。何がおかしいのか、自分でも分からないんだけど。ハイテンションなんだよ。ストレスが溜まっていたのかもな。とにかく笑いながらあっちへフラフラ〜、こっちへフラフラ〜。

「殿下、何笑ってんスか!?　ほら早く手を……アハハハ！」

「リュカだって笑ってるじゃん！　キャハハハ！」

「殿下、捉まって下さい」

そう言って冷静なオクソールに捕まえられた。

リュカが揺れで腰が引けているんだよ。絵に描いたような屁っ放り腰だ。あいつ絶対に転けるぞ。人の事言えないよ。

「オク、凄いね！　海、きれいだね！　波がキラキラしてる！」

「はい、殿下。来て良かったですね」

「うん！　オク、捕まえてて！　アハハハ！　リュカ転けてるー！」

とうとうリュカが目の前で見事にステーンと転けた。面白すぎる！

「オクだって？　にーちゃん、もしかしてオクソールさんか？」

「はい。そうですが」

「そうかい！　あの上級騎士のオクソールか！　本物かよ！　スゲーな、おい！」

オクソールが、おっちゃんに背中をバシバシ叩かれてる。片手で船の舵を取り、片手でオクソールを叩いている。おっちゃん無敵だな！

「いやー、噂通り男前じゃねーか！　ん？　て事は殿下って……リリアス殿下か⁉」

「うん！　おっちゃん。ボクはリリだよ！」

「ブフフ……！　殿下また言ってる」

「リュカ、また笑ってるー」

「アハハハハ！　良い子だなー！　殿下か、そうか！」

「おっちゃん！　だから、ボクはリリだって！」

「じゃあ、リリ殿下でいいか？」

「うん！　いいよー！　リュカー！」

俺はまた転んでいるリュカのところまで移動する。お前何回転んでいるんだよ。

「良い子じゃねーか！　あんな事があったのに、ちゃんと笑ってるじゃないか」

「ええ、お強いお方です。それに、誰よりもお優しい」

「そうか。しっかりお守りしてくれ。頼んだぜ」

「もちろんです」

「あの子はこの国の光だ。小さいのに背負わせるのは酷だが。元気で無事に育ってほしい。国民の願いだ」

「はい。大丈夫です。ちゃんと分かっておられる」

「そうなのか!?　泣かせるねー……あんな小さい子供なのに」

「おっちゃん、まだ？　まだー!?」

「おう、もうすぐだ！　まだ揺れるから、にーちゃんと捉まっときなよ！」

「はーい！　リュカ、捉まってー！　アハハハ！　リュカ、カッコ悪いー！」

リュカがまた転んだ。さっきから立とうとする度に転んでいる。何やってんだ、あいつは？

「アスラール様！　殿下をお願いします！」

「ああ、大丈夫だ！　お支えしてるから、リュカは安心して転んでなさい！　アハハハ！」

「えぇーー！」

「キャハハハ！　リュカ、安心して転んでなさーーい！」

俺は、超ご機嫌&超ハイテンションだ！　偶には子供らしくて良いだろう？

「ニルズ、急にすまないな」

「領主様、どうって事ないさ！」

「ありがとう」

「いや、こっちこそだ！　あのオクソールさんと、リリアス殿下に会えるなんて、嬉しい事だ」

「そうか。そう言ってくれると助かるよ」

漁場に到着して、皆間隔を空けて並び静かに釣り糸を垂らしている。

俺は、おっちゃんことニルズの隣を陣取っている。誰が一番先に釣れるんだろ？　俺は待ちきれないぞ。


「ねえ、おっちゃん。これいつかかるの？」

俺もニルズも、海面に釣り糸を垂らしている。それをじっと見ている。

「リリ殿下、今入れたとこじゃねーか」

「そう？」

「そうだよ」

「待てない」

「いや、待とうぜ？」

「そう？」

「ああ、そうですッ」

「で、まだ？」

「いや、だからさ」

「……！　おっちゃん！」

「だから、リリ殿下。待たなきゃ駄目だって」

「おっちゃん！　引いてる！」

「えぇぇッ!?」

「おっちゃん！　これどーすんの!?」

「マジかよ!?　待てよ！」

　ニルズと掛け合いの様な事をしていたら、俺の竿に反応があった！　しかも、これは大きいぞ！　俺の体重だと引き込まれそうだ。ニルズが格闘してなんとか釣り上げた。

「オク！　リュカ！　見てッ！」

「どうよッ！」

　ジャジャーーン！　と、音が聞こえてきそうなポーズで、手をヒラヒラさせながら俺は魚を見せる。と、言っても自分では大きくて持てない。実際に持っているのはニルズだ。

　2人して、腰に手をやりドヤっている。もうなかなかの、名コンビだ。

「殿下、もう釣れたんですか!?」

「うんッ！」

　ちょっと胸を張っちゃうぜ。

「早いですね」

「うんッ！」

もうちょっと胸を張っちゃうぜ。

「でも殿下、あっちを見て下さい」

「リュカ、何？」

俺はリュカが指差す方を見て驚いた！

「シェフ！　何それ!?」

「殿下ぁッ！　大漁ですーッ！」

そこにはＣＭに使われそうなキラキラした笑顔のシェフがいた。

シェフったら凄いんだ！　シェフの後ろにある水を張った容器には、大きな魚が何匹も入っていた。

「シェフ、凄い！　大漁だね！」

「なんだ、そりゃ!?　信じらんねー！」

ニルズまで驚いている。そりゃそうだよ。ほんの少しの時間で、どんだけ釣ったんだ!?　これが、入れ食いってやつか!?

「シェフ凄い！」

「殿下ッ、夕食は魚ですねッ！」

「夕食かぁ、お魚フライがいいなぁ。ねえ、おっちゃん。これ、何てお魚？」

「これか？　これはな、ツナスだ」

「ツナス？」

「ああ、クロツナスだな。脂がのっていて美味いぞ」

ツナス……ツナ？

もしかして、マグロか!?　俺はスーパーで売っている切り身しか見た事ないから分からん。

「おっちゃん、もしかして生でも食べられる？」

「えっ？　殿下、魚を生で食べるなんて聞いた事ないぞ？」

「そうなの？　こっちのお魚は？」

これはどう見ても、ヒラメに鯛だろ。これくらいは分かるぞ。

「この平べったいのが、左ロンブス。こっちの淡いピンクのがパーゲルだ」

わかんねー！　それ、何語だ？　いや、待てよ。もしかして……

「おっちゃん、もしかして右ロンブスもいる？」

「ああ、いるぞ！　左の方は捕れる数が少ないから高級だ」

やっぱりだ！　左がヒラメで、右がカレイだな。

「ねえ、ねえ。シェフ。ツナス捌《さば》いて！」

「殿下、捌くとは？」

「切って！　3枚にッ！」

「殿下、3枚に？？？」

「あのねー、鱗とって、頭落として、こっちからナイフ入れて……」

3枚おろしを説明したよ！　自分ではできないし、やった事もないんだけどな。ここでもクッ◯パッド先生が役に立ってくれたよ。感謝だ。途中からシェフが、俺の言う通りに魚を捌き出した。

流石、シェフだ。初めてするのに、超見事な3枚おろしの出来上がりだ。

デカイから3枚おろし、て感じじゃないんだけどな！

「ねえ、黒い塩辛い液体の調味料てない？」

「殿下、良く知ってるなー！　この地域でしか、使われてないのがあるぜ」

やっぱり！　あると思ったんだ！　魚を干物にしていたりしたからな！

「なんて言うの？」

「ソイだ」

「豆から作るの？」

「いや、大陸のこの地方にだけある、ソイの木の実を搾るんだ」

ソイの木なんてあるのか!?　都合良すぎないか!?

「おっちゃん、もしかしてミソは？」

「あるぜ！」

「凄いッ！　なんで此処にあって、帝都にないのー!?」

「殿下、それは美味しいのですか？」

「うん、シェフ。めちゃ美味しいよ。おっちゃん、ソイは今ある？」

「ああ、あるぜ。ミソもあるぜ」

「えー！　何で？　何で船にあるの？」

「単純に、漁へ出た時に船でメシを作るからな。調味料はあるぜ」

何日もかけて辺境伯領まで来て、ホント良かったよ。本当に、これが一番の収穫だよ。ご褒美だよ！　泣きそうだよ。

「おっちゃん！　この、骨とアラでミソスープ作って」

シェフには今捌いたマグロ、いや、ツナスを刺身にしてもらう。ニルズには、ツナスの骨を出汁《だし》にアラで味噌汁を作ってもらった。

「殿下、マジで生で食べるのか？」

「うん！　こうしてね、ソイをチョンチョンと少しつけて……いたらきまーす！」

シェフとニルズが見ている中、たった今シェフが捌いたツナスの刺身を俺は大きな口を開けてパクッと食べた。

「殿下、どうですか？」

「……んーー！　シェフ、美味しいー!!　めちゃ脂がのってる！」

思わず両手でほっぺを支える。口の中でトロけるよ！　なんか涙が出てくるよ！　まさか異世界で、マグロの刺身を食べられるとは、夢にも思わなかった。

箸が欲しい。刺身をフォークで食べるのは日本人、いや元日本人としてなんか違う。ついでにわさびも欲しい。

「シェフ、おっちゃん。食べて、食べて！」

「殿下、では失礼して……」

まず、シェフがいった。

ワサビがあったら、完璧なんだけどなー！

「これは……！」

「シェフ！　どお？　どお？」

俺は期待のこもったキラキラした目でシェフをジッと見る。

「殿下！　なんですかぁ、これはぁッ！　口の中で溶けてしまいますッ！」

「でしょー!?」

「え!?　マジか!?　じゃ、俺も……う、うめー！」

「でしょー」

「殿下、３人で何してんスか？」

シェフとニルズと３人で騒いで食べていたらリュカがやってきた。興味津々だ。

「リュカ、食べて！」

「殿下、このスープも絶品ですぅッ！　いい出汁が出てますッ！」

「え？　えっ!?　魚!?」

シェフとおっちゃんが、味噌汁を飲んでる。いつの間にだよ。

「あー、ボクも欲しい！」

「殿下、殿下！　なんスかこれッ！　超美味いッス！」

「でしょー？　美味しいねー！」

「殿下、何を……!?」

「オクソール殿、どうした？」

なんとニルズが、おにぎりを持っていた！　なんでも、この地区だけの漁師飯みたいなものらしい。漁師飯、いいなぁ。

「お貴族様が、こんな庶民の飯を知ってる訳ねーよ！　ガハハ！」

と、言って笑ってた。

アラウィンとアスラールとハイク、オクソールが気付いて見に来た時には、俺やシェフ、リュカとニルズで、おにぎりを頬張りながらマグロの刺身と味噌汁をがっついていた。ご馳走だよ。正に漁師飯だ。うん、異世界とは思えないね。

「いやぁ、驚きました。まさか、こんなに美味いとは！」

「領主様、リリ殿下はとんでもないですよ！」

「なんでよ。ボクにしてみれば、おっちゃんの方がとんでもないよ！」

「まさか殿下、船の上でこんな事なさっているとは」

「でも、オク。美味しいでしょ？」

「本当に殿下には驚かされます。山のトゲトゲといい」

「トゲトゲ……？　リリ殿下、海にもいるんだ。トゲトゲが」

なんだって？　海のトゲトゲだって!?

「おっちゃん！　本当？」

「ああ。ちょっと潜ればトゲトゲも、ごっつい殻で割れない貝も沢山いるぞ」

なんだそれは……？　トゲトゲは分かる。きっとあれだろ？

殻を割れない位の貝て、なんだ？　貝……貝……殻が……！　もしかして……あれかッ!?

「おっちゃん！　見たい！　見てみたい！」

「ああ、いいぜ。ちょっと潜ってとってきてやらぁ」

おっちゃんこと、ニルズはそう言ってさっさと下着だけになりザバーーンと海に飛び込んだ。

素潜りかよ、海女さんかよ！　じぇじぇじぇかよ！　ちと古い。

そして、すぐに両手一杯に持って上がってきた。素潜りで海底まで泳いできたって事だろう？　いくら遠浅の海だといっても、素人には真似できないよ。

「ほれ、殿下。これだ」

「これ……シェフ！」

やっぱそうだ！　牡蠣《かき》にウニじゃないか!?　ご馳走だ！

「はい！　殿下！　どうしますか？」

「小さいナイフないかな？　あのね、ここから……あれ？　剝けないね」

「な？　駄目だろう？　この2つは何をどうやっても無理なんだよ。網に入ったら引っ掛かってやっかいだしな。だから漁師に嫌われてんだ」

なるほど……ならあれだ。栗と松茸がそうだっただろう？　だから試してみよう。と、俺は魔力を込めた。すると……

——パキンッ
「あ、割れた」

牡蠣もウニも魔力を流すと俺の手の上で簡単にパッカーンと簡単に割れたんだ。

「え!?　リリ殿下、今何したんだ!?」

「おっちゃん、山のトゲトゲもそうだったんだ。魔力を流したら簡単に割れたよ」

「そんな事、普通思いつかねーだろう!?　スゲーな！」

と、話しているそばでシェフがパキンパキンと次から次へと割っていく。もう誰にも止められない。

「さあ、殿下！　どうぞッ！」

「うん！　美味しいッ！」

「うまいぃッ!!」

ニルズが躊躇もせず頬張っている。

「アハハハ！　おっちゃん、美味しい？」

「ああ、リリ殿下！　スゲー美味いよ！」

「新鮮だから何もつけなくても、美味しいし甘いね」

「ああ、もっと捕ってくるわ！」

「おっちゃん、手が危ないから手袋するとか、ナイフ持ってくとかして。入れる網もね！」

「ああ、そうだな！　領主様、待っててくれ。マジ美味いから！」

そう言ってニルズはまた潜った。ニルズはもうおじさんなのに、身体能力半端ないな。元気だよ。

テンション高いし声も大きい。海の男だね。

「殿下ぁ！　私もぉッ！」

「シェフだめ！」

シェフは自分も服を脱ごうとしていた。もう上のシャツを脱ごうと手を掛けてお腹を出している。

綺麗な腹筋じゃねーか。でも、俺はダメだと言うよ。

「ええぇー……どうしてですかッ!?」

「シェフは作る人。とる人は漁師さん」

「殿下ぁ、今日だけですッ！　私も見てみたいですッ！」

「シェフが潜るなら、ボクも行くよ？」

「えええーッ！　殿下は駄目ですッ！」

「でしょ？　だから、シェフも駄目！　ぶぶー！」

俺は手で大きくバツを作る。

「アッハハハ！」

リュカ、お前笑ってるけどさぁ。いつまで食べてるんだよ。

「じゃあ、殿下。私が潜ります」

そう言ってオクソールが立ち上がった。意味不明だよ。その思考が理解できないぞ。

「オク、なんでだよ！『じゃあ』って何なの!?」

「いや、私も見てみたいと」

「ダメ！　ボクも潜りたいの。我慢してんの！」

「クフフフフ！」

「リュカ、潜ってくる？」

「えっ!?　いや、俺はいいです」

なんだよ、それ。ノリが悪いーな。そうこうしている間に、ニルズが沢山入った網と一緒に船に上がってきた。直ぐにシェフが割っている。

「凄い、大漁だね」

「ああ、今まで誰も捕らなかったからな。なんせ食べ方が分からなかったんだ。トゲトゲなんて、海底にビッシリとあるぜ」

「なんでだろ？　お魚もそうだけど、なんでこんなに豊富なの？」

「殿下、ノール河ですよ」

「アラ殿、河……？　あ、そうか。山の養分を運んできてくれるんだ」

「そうです。ですから、魚も大きくて美味いです」

「凄いなぁー、豊かな領地だ」

「さあ、皆さんどうぞ！　食べてみて下さい！」

シェフが、牡蠣とウニをズラリと並べた。

「いたらきまーす！　美味しい……何これ！　ツリップリだ、ミルクみたい！」

俺が食べたのは、ミルズが殻を割れないと言っていた貝……そう、牡蠣だ！　オイスターだ！

ちゅるんと食べたぜ。ウマウマ。しかも大きい。

いや、ちょっと待てよ。今思い出したぞ。

「おっちゃん、こっちのトゲトゲさ、毒を持っているのもいるからね」

「……グフッ！　なんだって!?」

あ、悪い。今、ウニ食べてたな。アハハハ。

「今捕ってきたのは大丈夫。でも、もっとトゲトゲが細くて長いのは、食べたら駄目だよ」

「そうなのか？」

「うん。それとトゲトゲの近くに海藻はなかった？」

「お？　いっぱいあるぞ。採ってくるか？」

「うん、いい？」

「ああ、待ってな」

またまた、ニルズは海へドボーン！　何回潜っているんだか。

「うわ、信じらんない！」

ニルズがとってきた海藻はワカメに昆布だった。両手いっぱいに抱えて上がってきた。

「アラ殿、これ特産にできるよ！」

「殿下、そうなのですか？」

「うん！　凄いです！　シェフ！」

「はい、殿下！」

「これ、真水で洗って、一口大に切ってミソスープに入れて」

「え？　それだけですか？」

「うん、それだけ」

「殿下、こっちはどうすんだ？」

ニルズが滑《ぬめ》っていて平べったい昆布を手に聞いてきた。

「これはね、干すの。干してスープの出汁にしたり、細かく切ってソイと砂糖で煮たりするの」

「殿下、出来ましたよ。どうぞ」

「シェフ、ありがとう。あぁ美味しい！　ホッコリするわぁー！」

あー、ワカメの味噌汁だ。異世界で飲めると誰が想像するよ！　マジ、泣いちゃうよ？　超懐かしい。故郷の……いや、前世の味だ。

「ブハハハ！　殿下、おっさんになってますよ！」

「うりゅさいなー！　リュカ食べて！」

「殿下、うりゅ！　りゅ！　アハハハハ！」

「もう、いいから、食べて！」

「いただきます！」

ちょっと興奮して3歳の時の『ら行』の呪いが出ちゃったよ。

そして俺はお腹いっぱい海の幸を堪能して、散々（リュカと）遊んで、港に戻ってきた。

「殿下、今日は大漁ですねッ！」

「うん、シェフ凄いね。おっちゃんありがとう！」

「おう！　まだ領地にいるんだろ？　また、遊びに来な！」

「本当にいいの!?」

「ああ、いつでもいいぜ！」

「ありがとう！」

「シェフよぉ、ちょっと頼みがあんだ」

「はい、何でしょう？」

「その～今日の料理をさ、港の女達に教えてやってくれねーか？」

「もちろん、構いませんよ！」

「領主様、いいか？　女達に教えてもらいたいんだ」

「ああ、構わないさ。何人でも邸に来るといい。良い特産物になるさ」

「ありがとうよ！」

「シェフ、お弁当作ってくれたのに、ごめんなさい」

「殿下、何を仰いますか。もう皆さんで全部食べられましたよ！」

「え、そうなの!?」

シェフのお弁当、いつの間に食べてたんだ？　俺、見てないんだけど。

そして俺は、オクソールの馬に乗っていた筈なんだ。なのにまたベッドの中で目が覚めた。オクソールが運んでくれたんだろうな。よくあるパターンだ。


お昼寝から起きて、俺にりんごジュースを出してくれながらニルが話しかけてきた。

「殿下、色々食べられたそうで」

「うん。ビックリした。めちゃ美味しかった！」

「殿下、フィオン様が」

「えっ？　船の上だったもん。無理だよ？　仕方ないよ」

「そうなのですが……殿下、なんとか」

「んー……シェフのとこに行く？」

「はい、そうですね」

で、俺はニルとリュカと一緒に調理場に来てる。何か考えないとなぁ。フィオンをフォローしなきゃだ。そこで、シェフと相談だ。

俺って一応皇子なんだけど、よく調理場に来ているよな。もう料理人みんなの顔を覚えちゃった。

「殿下、では今日の夕食で！」

「うん。そうだね」

「何か？」

「うん。夕食はこれでいいと思うんだ。でもね、まだ食べたいのがあって」

「はい、何でしょう？」

「あのね、トゲトゲのはパスタでしょ。こっちのは、ホワイトソースでグラタンもいいよね」

「ああ、殿下。美味しそうです」

「でしょ？　こっちのホワイトソース美味しいしさ」

「ミルクが極上ですからね」

シェフ、メモってるよ。いつの間に。いやいや、周りにいる料理人がみんなメモっていた。

「夕食で、グラタンも少し出しますか？」

「いっぺんに出さなくていいよ。ちょっとずつでいい」

「では、やはり今日の夕食はこれで」

「うん、そうだね」

料理人達が味見をしてる……と言うか、がっついてる。試しに作ったはずなのに、どんだけ作ったんだ？　量多くないか？

ニルとリュカまで食べてる。リュカどんだけ食べんだよ。さっき船でも沢山食べていただろうに。いいけどさぁ。

「美味しい？」

近くにいる料理長に話しかけてみた。

「はい、殿下！　まさか、こんなに美味しいものだとは！」

「ね、殻を壊せなかったみたいだからね」

「はい。しかし、まさかこれも魔力を通すとは」

「ね、びっくりだよね。でも手を怪我しないでね。必ず手袋してね」

「はい、殿下。殿下に教えて頂いて、大変勉強になりました」

「えー、止めて。そんな大袈裟な」

「でも、殿下。クリナータもそうですが、今迄は食べていなかったのですから」

「そうだね。物はあるのに、なんで食べ方が伝わってなかったんだろうね」

「初代辺境伯の日記は、大半が焼けてしまったらしいですよ」

「そうなの？」

「はい。今は平和ですが、やはり建国から暫くは、色々あったみたいですから」

「魔物？」

「はい。領主隊も今ほどではなかった様ですし」

「そうなんだ。代々の領主やみんなの先祖が、頑張ってきたんだね」

「はい、殿下」

「素晴らしい事だね」

「殿下、またこちらでしたか」

オクソールが探しにやってきた。

「オク、どうしたの？」

「調査の日程を決めたいので、辺境伯様がお越し願いたいと」

「分かった。じゃ、またね」

「はいッ！　殿下、有難うございましたッ！」

ヒラヒラと俺は手を振って、オクソールに連れられて調理場を出る。

さっきまで食べてた、ニルとリュカも一緒だ。澄ました顔をしているよ。

しかし、みんな、さすが料理人だ。手際の良い事。初めての食材なのに完璧に下処理をして料理を作り上げていく。素晴らしいよ。

そう言えば……俺、聞いてなかったけど。

「ねえ、ニル。ケイアが何の研究してるか知ってる？」

「ああ、はい。なんでも、薬草でハイポーションが作れないかの研究らしいです」

「ん？　ハイポーション？　え？　出来るでしょ？」

「え？　殿下。出来るんですか？」

「魔力を流して作るんだよ。レピオスに教わったよ？　普通に、ここの薬師も作っていたよ？」

「えっと……では、あれです。ケイア様は魔力量が少ないので、ポーション類は少ししか作れないんだそうです。ですので、魔力なしでもハイポーションを作る事ができるかの研究です」

何を馬鹿な事をやってるんだ。そんなの研究とは言わないよ。チャレンジじゃないか！　思い込みもいいとこだ！

「それは、いくら研究しても無理だ。薬師なら皆当たり前に知ってる」

「あら……」

「魔力なしでは、魔素と薬草を合わせられないから作れるわけないんだ。薬草と魔素を混ぜ合わせて初めてポーションができるんだ。常識だよ」

本当に5歳児の俺でも知っている常識だ。

「だからですね、殿下」

「オク、何?」

「皆が彼女を嫌っているだけではなく、馬鹿にしている感じがするので。彼女の言動も少しおかしいんだそうです」

「どうおかしいの?」

「私はヒロインで奥様は悪役令嬢だと。最近だと、クーファル殿下は自分を迎えに来てくれた皇子様なんだと」

え……ここにきてまさかの悪役令嬢の登場? もしかして、不思議ちゃんなの?

いやいや、もうそんな歳じゃないだろう。ここまできて悪役令嬢ものに方向転換しないよ。

「言葉がないよ。まぁ、確かに兄さまは皇子様だけど。あッ、だから兄さまには喋り方が違うんだ!」

「その様です。あざといですね」

うわっ! 本気かよ!? いやいや、彼女だって必死なのかも知れない。気に入られようとさ。悪循環になっちゃってるけど。そもそも、クーファルよりずっと年上じゃないか。

「でも、彼女を薬師のまとめ役にしておくのは、駄目だね」

「殿下、それもです。ケイア様が、他の薬師を辞める様に仕向けるらしいです」

「はぁ!?　自分より出来る人を、てこと？」

「いえ、出来る人でも自分より年下だったり薬師としての経験が浅い者なら、自分の仕事をさせて使うそうです」

「じゃあ、自分より上の者を、てこと？」

「はい」

「なんでみんなは何も言わないの？」

「まあ、領主の血縁者ですから」

なんだそれは？　よくみんな黙ってるな。てか、どっちが悪役だよ。ケイアの方が悪役令嬢っぽい事をしているじゃないか。

「もう、駄目だね。想像以上に。アラ殿はどうしたいんだろう？　アラ殿の血縁者だしなぁ」

「さぁ」

そうなんだよなぁ。俺が出しゃばって良いものなのか。でも、前世でも似た感じの人っていたよね。仕事が出来ないのに、勤続年数と態度だけはデカイ人。

アラウィンの執務室の前で、レピオスが待っていた。

「殿下、お待ちしてました」

「レピオス、待たせてごめんね」

「いえ、殿下」

「オク、ニル。また知っている事があったら教えて」

「はい、殿下」

「はい。畏まりました。私は此処で失礼します」

「うん、ニル。ありがとう」

さて、どうしたものか。もしかして、心を病んでるのか？　その可能性も考えておこう。普通じゃない感じがするよな。


アラウィンの執務室に来ている。調査の日程を決めるためだ。

アラウィンとアスラール、側近のハイク、領主隊隊長のウルがいる。

俺サイドからは、クーファルとソール、オクソールにレピオスだ。

「調査ですが、明後日に出発しようと思います」

アラウィンが言った。やっと道具が揃ったのだろう。さて、また道具の説明をしなきゃだ。

「では、明日にでも私から道具の説明をしておきましょう」

「レピオス、任せてもいいの？」

「はい。殿下は見学でもどうぞ」

ニコッとされたよ。やだ、よく分かってるね、レピオス。やっぱ俺の心の友だよ。

「えー、いいの？」

「はい」

「リリ、今日も色々していたみたいだね」

「兄さま、夕食を楽しみにしておいて下さい」

「そうかい？」

「はい！」

「ハハハ、クーファル殿下。リリアス殿下のお陰で、領地の特産物が増えそうです」

「そうなのかい？」

「それは、おっちゃんのお陰です」

「おっちゃん？」

「はい、漁師のおっちゃんです」

「ハハハ、漁師のまとめ役をしているニルズと言う者がおりまして、その者の事です」

「また、リリの支持者が増えたんだね」

「兄さま、おっちゃんはお友達ですよ」

「リリの友達は幅広いね」

「はい！」

「ウル殿、領主隊は大丈夫ですか？」

オクソール、何かな？　オクソールが態々確認した。

「オクソール様、ケイア殿が参加する事ですか？」

「はい。反発があるのではないかと」

「まあ、そうなのですが。逆に現場を知ってもらうのに良い機会だとも」

「なるほど」

「現場を知れば、納品が遅れる事もなくなるのではと思っている様です」

どうだかなぁ……

「どちらにしろ、リリに対する失礼な発言は消えないからね」

「もう……兄さま」

クーファルの言い分も分かるんだ。当然だよな。だがなぁ……それより、何かひと騒動ありそうな気がするんだよ。嫌な予感というほどでもないんだけど。

ルーは何も分からないのかな。ま、違うか……

「リリ、甘いな」

ポンッと、白い光と共にルーが現れた。お久しぶりの登場だ。

「ルー、どうしたの？」

「今、僕の事思っただろ？」

「思っただけだよ。流石にルーでも無理だろうし」

「リリ、僕を何だと思っているのかな？」

「んー、白い鳥さん」

クルッポッポー、てさ！　いや、それは鳩さんだ。

「リリ、酷いな！　確かに鳥の姿だけどさ！」

「エヘヘ、ルーありがとう。大丈夫だよ」

「殿下、ルー様」

オクソール何だよ？　あー、そっか。知らない人がいたんだ。きょとんとして見ている。だから、ルーに自己紹介してもらおう。

「あぁ、そっか。はじめましての人がいるんだね。僕はリリに加護を授けている光の精霊で、ルーです。よろしく」

ーーガタッ！

あー、まただ。初めての人達が跪いてしまったよ。だって、光の神が加護を授けている光の帝国と呼ばれる国だからな。その光の精霊様ルー様だ。

「あ、止めて。普通にしてよ」

「皆、座りなさい」

アラウィンが治めてくれた。良かったよ。精霊だけど、俺の友達だからな。そんなに畏まらなくていいんだ。ルー本人だってそう言ってるんだし。

「ルー様、甘いとは何でしょう？」

「クーファル、あれだよ。ケイアだっけ？」

なんでルーは知ってるんだ？

「だから、リリ。僕は全部知ってる、て言っただろ？　今日もまた、美味しそうな物を食べてたのも知ってるよ」

「また、シェフに言えばもらえるよ」

「そう！　喜ぶよ！」

ん？　誰がだ？　誰が喜ぶんだ？

「あ……」

「ルー……誰が喜ぶの？」

「リリ……それは……内緒だ」

「ルー……もしかして父さま？」

「……！　フューフュ、フュー」

口笛吹いてるつもりかよ！　音が出てないよ！　というか、鳥が口笛吹けんの？

「やっぱり」

「いや、アイスは皇后とリリの母上だ」

「母さままで！」

「クフフ」

「兄さま、知っていたんですか!?」

「いや、父上ならやるかなと、思っていた程度だよ」

「リリ、皇帝もリリの母上も心配なんだよ」

「もう、いいや。それより、ルー。なんで甘いの？」

「彼女は、リリ達が思っている以上に歪んでる、て事だよ」

うわぁ、そうかぁ……

「ルー様、分かっておられる事を、教えては頂けませんか？」

「辺境伯、君が甘いんだ」

「ルー様」

「もっと早くに、ちゃんと拒絶して話していれば、あれも此処まで歪まなかった。逆に苦しめる事になるのが分からないか？　何より夫人が気の毒だよ」

そうだな、ルーの言う通りだ。

「ルー様……申し訳ありません」

「僕に謝る事じゃない。そのせいで、沢山の者が迷惑を被っている。夫人だけでなく、息子達や辞めていった薬師達、領主隊もそうだよね。皆にとっては、百害あって一利なしと言っても過言ではない」

「ルー、それは違う」

「リリ、やり直せるとか、矯正できるとかのレベルではもうないよ」

「ルー、そんなに？」

「ああ、そんなにだね。リリも、彼女がやってる研究とやらの内容を知っただろう？　研究とも言えないだろう？」

「リリアス殿下、研究内容をご存じなのですか？」

アラウィン、なんだって？

「アラ殿、知らないのですか？」

「はい」

「アラ殿、解決する気はあるのですか？　まさか、今迄見て見ぬふりをして来たのですか？」

なんだよ！　それは駄目だろ！　無責任すぎるだろう！

「リリの言う通りだ。全部、夫人に任せて自分は知らぬふりだな」

「ルー、本当？　アラ殿、それは駄目です」

「私が出ると余計に変になるのです。酷い時は、いきなり服を脱がれたり抱き着いてこられたりで。

それで……」

「夫人がお可哀想だ」

そんなもん、言い訳だ！　キッパリと拒絶しないのが悪いんじゃないか。

「父上、もう止めましょう」

「アスラール……」

「私も、母上が気の毒で見ていられません」

「そうだな。息子達は止めさせようとしていたな」

そうだ、一番の被害者は夫人だ。

「ねえ、ルー。きっかけは何なの？　そう思い込むきっかけが何かあったんでしょ？」

「まあ、辺境伯が同情して優しくした事もあるんだが。そんな時に亡くなった辺境伯の母親があれを嫁にと言ったんだよ」

しかも、当の本人はもういないのか。

「父上、そうなのですか？」

「ああ。だが、あれは母が勝手に言っていただけで父も私も考えた事もなかった。既に婚約していたしな。だが、母上はケイアにご自分の指輪を譲ったんだ。次期辺境伯夫人にと言って……それをずっと真に受けてしまって」

いや、ちゃんと否定したのか!?　そんなの勘違いしても仕方ないじゃないか。

「そこからは、辺境伯の側近だったか」

「はい、ハイク・ガーンディと申します」

「知ってるだろ？　君が一番言い聞かせていたからね」

「ハイク、そうなのか？」

「……はい、アラウィン様」

「ハイク、話してくれるか？」

「クーファル殿下、分かりました」

そして、ハイクは話し始めた。

側近のハイクとケイアは幼馴染だそうだ。物心ついた頃から、一緒に育った。

ルーが言う様に、アラウィンの母親の言動がきっかけだった。それで、両親を亡くしたケイアは縋り付いてしまった。母親なりにケイアに同情していたのか？　一緒に暮らしていたのだから可愛かったのだろうな。

その頃、間の悪い事に領地である物語が流行っていた。辺境伯家に引き取られた娘が、嫡男の婚約者だった悪役令嬢を懲らしめて2人めでたく婚姻する、て、物語だ。年頃の女性は皆、読んでいたらしい。

ケイアはそれと自分とをダブらせて夢を見てしまった。自分と同じ境遇だと。

ハイクは、最初は寂しい気持ちを紛らわせているだけだろうと放っていたそうだが、そのうち現実と重ねる様になってしまった。

魔力なしでポーションを作れると思い込んでいるのも、その物語の影響だそうだ。物語の中で、ヒロインが魔力なしでハイポーションを完成させる件《くだり》があるらしい。

「ハイク、待って。大人なのに、そんな単純な事で？」

「リリ、だからもう彼女は歪んでいたんだ。何かに縋っていたかったのかもな」

「ルー」

そうなのかぁ……

ハイクは続ける。

「私は、何度も何度も言い聞かせました。ただの架空の物語だ。アラウィン様には、仲睦まじい婚約者がおられると、何度も繰り返して。しかし、私がアラウィン様に付いて帝都の学園で寮生活を送っている間に、本当に何度も繰り返してしまっておりました。それはもう病的にです。追い出されても、仕方のない事を仕出かしております。奥様にも、大変なご迷惑をお掛けして申し訳ありません」

ハイクがその場で跪いた。

「息子達は、あれの事が片付くまで婚姻しないつもりだ。そうだよね？」

「はい、ルー様。こんな現状の家に来てもらう訳にはいきません」

「アスラール、お前達……」

「何もしようとしなかったのは、君だけだ。辺境伯」

アラウィンは言葉もない様だ。

「クーファルとフィオン、リリが来たのは何かの縁だろう。もしかしたら、君の父が呼んだのかもしれないな。今、解決しないと一生このままだよ。そう思って、皇帝もリリ達を寄越したんだ」

「オージンが！」

「ああ。まあ、これは内緒と言われていたんだが」

言ってるよ。めちゃハッキリ言っちゃったよ。

「良いか。人の気持ちを舐めたら駄目だ。気持ち一つで状況は変わる。気持ち一つで、良いものも悪いものも引き寄せる。辺境伯、君は良い領主だよ。よくやっている。この地を守っているし、領民にも慕われている。しかしな、夫としてはどうだろう？　親として、一人の人間としてはどうなんだ？　よく考える事だ。リリ、だから油断は禁物だ」

「ルー、分かったよ」

「じゃ、僕はシェフのとこに行ってくるよ」

そう言ってルーは、ポンッと消えた。

こんな時のルーは威厳がある。俺達とは別の存在なんだと思い知らされる。過去の事だってお見通しだ。

「クーファル殿下、リリアス殿下。調査に同行した際は、私が責任を持って付き添います。私も、今回の事は良い機会だと思っております。現実を見せる為には、もうこれ以上の機会はないと。どうか、調査が終わるまで猶予を頂けないでしょうか？　お願い致します」

「ハイク、分かった。しかし、またリリに暴言を吐く様なら次はないよ」

「クーファル殿下、有難うございます」

ハイクはまた頭を下げた。

「そうですね。ルーも言ってたし。とにかく、皆気を引き締めて行きましょう」

「リリ、仕方ないね」

「はい、兄さま。じゃあ、レピオス明日おねがい」

「はい、殿下」

なんだか憂鬱になってきた。

「では、殿下。明日はどこにご案内致しましょうか？」

「アスラ殿がお勧めのところでお願いします！」

「ハハハ、お勧めですか？　そうですね……父上、どこにしましょうか？」

「あの、もし宜しければ……」

「ウル、どうした？」

「実は領主隊が、皆殿下とまたご一緒したいと煩くてですね。それで、もし宜しければ領主隊の皆で、遠乗りにでも出掛けてみませんか」

「おーー！　乗せてくれるの!?」

「はい、殿下。勿論です！」

「でも、レピオスの説明を聞いてもらわなきゃ」

「戻られたらご説明しますよ。殿下、気になさらずとも大丈夫です」

え？　レピオスいいの？　甘えちゃうよ？

「レピオス、そう？　じゃあ是非、おねがいします！」

「リリ、じゃあ兄様も一緒に行っていいかい？」

「兄さま！　もちろんです！」

「フィオンも誘ってみようか？」

「えっ……」

「そろそろ、限界なんだよ。リリ」

「兄さま、ではアルコース殿も一緒に！」

「リリ、いい考えだ！」

だろ？　だろー？　我ながらいい考えだ！

「クーファル殿下、リリアス殿下。流石にフィオン様に遠乗りは……」

「大丈夫だよ、隊長」

「クーファル殿下？」

「フィオンも馬には乗れるからね」

「はい！　隊長、大丈夫です！　姉さまはとってもお転婆さんですから！」

「リリ、それは言ってはいけない」

「え？　兄さま、そうですか？」

「ああ。せめてそんな時は、活発だと言っておかないとね」

「どちらも同じだと思いますが」

「オク……」

「オクソール……」

「はい？」

本当、オクは天然だ。

「シェフ、すっごく美味しい！」

「殿下ぁッ！　有難うございますッ！」

夕食だ。俺がシェフと相談したカキフライが出てきた。ちゃんと教えたばかりのタルタルソースが付いている。それに、料理人達が頑張ったのか、牡蠣のチャウダーと、マグロのカルパッチョ風のサラダも出てきた。

流石、プロだよ！　庶民の食べ物カキフライが、コース料理みたいになっている！

「リリ、本当に美味しいな」

うんうん、クーファルそうだろうよ。超新鮮だしね！

「これは、初めて食べました」

「アルコース、ニルズが食べ方が分からないと言っていたのを、殿下が教えて下さったんだ」

「まあ、そうなのですか？　そう言えば明日、街の者が何人か来るとか。それと関係あるのですか？」

「母上、そうなのですか？」

「ええ、アルコース。ニルズの奥さんから連絡があったのよ」

「殿下のシェフに、調理法を教わると言っていた」

「まあ！　あなた、そうなのですか？　シェフ、私もご一緒しても良いかしら？」

「はい！　奥様、もちろんですッ！」

クーファルが目配せしている。あー、フィオンだ。ヤバイな。

「姉さま、ボクがシェフと考えたフライは美味しくないですか？　これなら、姉さまも美味しく食べて下さるだろうと、考えたのですが」

「リリ！　そんな事ないわ！　とっても美味しいわ！」

「良かったです！」

　クーファルがまだ見てるぞ。なんだ？　あれか？　明日の事か？　てか、クーファル。俺に丸投げじゃん。微笑んでんじゃないよ。

「姉さま、明日兄さまとボクとお出かけしませんか？」

「え？　そう？」

「はい！　姉さま、馬に乗るのお上手でしたよね？」

「そうね、少しは乗れるわ」

「領主隊の人達が、遠乗りに連れて行ってくれるのです。姉さまも一緒に行きましょう！」

「嬉しいわ。でも遠乗りだと、私は足手まといにならないかしら？」

「では、アルコース殿。おねがいします！」

　そうだ。アルコースにも、忘れずに言っておかないとな！

「え？　リリ!?」

「私も、ご一緒しても宜しいのですか？」

「ボクは兄さまに見てもらいますから、アルコース殿は姉さまをおねがいします！」

「ハハハ、私で良ければ喜んで」

「姉さま、いいですよね？」

「リリ、そんな……」

「姉さまは、ボクと出掛けるのは嫌ですか？」

残念そうに上目遣いで見つめてみる。

「いいえ、リリ。一緒にお出かけしましょう！　アルコース殿、宜しくお願いします」

「はい、喜んで」

「姉さま、ありがとうございます！」

クーファルがウインクしてるよ。

俺、頑張ったよ。ふぅ～、一気に疲れたな。


「殿下、おはようございます」

「うん……ニル、おはよう……んん～」

ベッドの中で伸びをする。ヨイショとベッドをおりて顔を洗う。ニルが服を用意して待っている。

「殿下、今日は遠乗りなさるとか」

「うん。フィオン姉さまも一緒だよ」

「私もご一緒しますので」

「そうなの？　ニル、馬乗れるの？」

「はい、少しは。殿下、皇族付きの者は皆一通りできますよ」

「あー、そうだった」

「シェフも行きたがっていたのですが、今日はご一緒出来ないと」

「そう、今日はシェフが先生なんだよ。街の人達にお料理を教えるんだ」

「まあ、そうですか」

「うん、凄いよねー」

「シェフは、お弁当をご用意しておくので私に持って行く様に言われました」

「そうなんだ」

「では、食堂に参りましょう」

「はーい」


朝食を終えて、領主隊が集まっている場所にニルとリュカと一緒に向かう。

「殿下、領主隊の皆が楽しみにしてましたよ」

「リュカ、そう？　どこに行くんだろ？」

「さあ？　とにかく盛り上がってました。殿下をお乗せする順番をくじ引きで決めてましたよ」

「えぇー……！」

「まあ、オクソール様が阻止しましたけどね」

「アハハ、そうなんだ」

「はい、今のところクーファル殿下とオクソール様がお乗せする様です」

「もしかして、だから今日は兄さまも一緒なの？」

「殿下、それしかないじゃないですか」

そうか……知らなかったよ。クーファルお前もか。クーファルは時々過保護になるんだよな。

「殿下、おはようございます！」

「ウル隊長、今日はよろしくおねがいします！」

俺は領主隊の集合場所に向かっている。

「此方こそ、宜しくお願いします。もう皆集まってますよ」

「今日はどこに行くのですか？」

「領地に入った時とは、反対側の海沿いに行きます。昼過ぎまでしか現れない海の道があるのです。綺麗ですよ」

「凄い、そんなのがあるんだ!?」

「ええ、海も港にはなっていないのですが、鮮やかな青でとても綺麗です。そこで、シェフのお弁当を食べましょう」

「楽しみです！」

——リリアス殿下！　おはようございます！

——殿下ー！

——おはようございます！

領主隊の皆が声を掛けてくれる。

「おはようございまーす！　今日はよろしくおねがいしまーす！」

俺は大きな声で領主隊の皆に言った。

——任せて下さい！

——殿下！　こちらこそ！

皆、いい笑顔だ。嬉しいねー！　ワクワクしてくるよ！

「リリ、皆大騒ぎだよ」

「本当に、リリは人気者ね」

「兄さま、姉さま！　よろしくおねがいします！」

「リリ、行きの半分は兄さまが乗せて走るよ」

「そうなんですか？　よろしくおねがいします！」

「ああ、リリと遠出なんて初めてだね」

「はい！　兄さま！　楽しみです！」

「行きの残り半分は、私がお乗せします」

「隊長、よろしくおねがいします！」

「リリアス殿下はお元気ですね」

「アルコース殿、よろしくおねがいします！」

「こちらこそ、宜しくお願いします」

「姉さま、無理せずにアルコース殿を頼って下さいね！」

「リリ、大丈夫よ。姉さまだって乗れるんだから」

「ハハハ、少しは頼って下さい、フィオン様」

「まあ、アルコース殿。宜しくお願いします」

「はい、喜んで！」

お、いい感じじゃない？　フィオン、頑張れ！

「リリ、また悪い顔になってるよ」

「兄さま、ひどいです」

「ハハハ、まあ、無理しない様にね。はしゃぎ過ぎない様に」

「はい、兄さま」

「では、皆様。参りましょう」


「兄さま、とっても綺麗です！」

「ああ、リリ。素晴らしいね」

俺はクーファルの馬に乗せてもらっている。直ぐ後ろに側近のソールがいる。

街の中を抜けて、海岸線に出た。街の中はゆっくりカッポカッポと進んでいたが、街を出てやっと風を感じられる速さになった。キラキラと波が光って見える海に沿って馬を走らせる。心地いい潮風が頬を撫でて行く。

「兄さま、平和ですねー！」

「ああ、こうしていればな」

「そうでした」

「ハハハ。まあ、どこでも少し位は色々あるさ」

「じゃあ、うちもあるのですか？」

「そうだね。うちは兄上の婚姻がまだ決まっていないからね」

「あー、そうでした。でもクーファル兄さまもです」

「私は兄上が決まってからだね」

「そうですか。婚約者もいないのですか？」

「いたんだが。色々あってね」

「そうなのですか？」

「またボクですか？」

「リリが気にする事じゃないよ」

「ハハハ、違うよ。馬鹿な大人が悪いんだ」

「あー、なるほど」

「リリ、そんな事より今はこの美しい景色を堪能する方がいいと思うよ」

「……そうですね。兄さま」

俺が赤ん坊の頃から狙われてきた事が、3歳の時の事件をきっかけに色々明るみに出た。

帝都民からは邸の表門に印をつけられるという無言の通報が。同じ貴族同士でも足の引っ張り合いがあったりした。

その結果、数人の貴族が爵位剝奪の上、国外追放になっていた。その中に、高位貴族も含まれていた。多分、兄達の婚約者の家もあったのだろう。

あれから、誰が見ているのか分からないと思っているのか、それともセティの調査部隊が、目を光らせているのかは知らないが、大きな事件は起きていない。

お陰で俺は平和に暮らせている。

普通、皇子2人が……しかもフレイは皇太子だ。そんな立場の兄達の婚約者がいないなんて有り得ない。

フィオンは俺の事件が原因で、ハッキリと婚約破棄を言い渡している。

海沿いの道を暫く走ると、また少し道が海から外れて行くがそのまま道を進む。もう、周りに家はない。畑が続いていて、もう少し走ると海側には畑もなくなるそうだ。

「兄さま、白い岩が増えてきましたね」

「ああ、あの岩を砕いて混ぜて防御壁を作ったそうだよ」

「石灰岩でしょうか？」

「リリ、よく知ってるね。城にある資料を読んだかな？」

「それもですが、アラ殿にも教えてもらいました」

半分嘘、前世の知識だ。

「そうか、リリは賢いな」

「兄さま程の知識はありません。兄さまはなんでも知ってるじゃないですか」

「そんな事はないさ」

「ボクが知っている中で、兄さまが一番です！」

「そうかい？　それは嬉しいね。ほら、見えてきた。あの草原で少し休憩だ」

木立のある草原で一休みだ。馬も気持ちよさそうに草を食んでいる。

「リリ、疲れてないかい？」

「はい、兄さま。全然大丈夫です」

「殿下、水分補給を」

「ニル、ありがとう」

「殿下、大丈夫ですか？」

「うん、オク。大丈夫だよ」

長閑《のどか》な草原で、休憩だ。俺はニルにりんごジュースを貰って飲んでいる。一気飲みしちゃうよ。

「ニルは？　一人で大丈夫？」

「はい、まだまだ平気です」

「そう、無理しないでね」

「有難うございます。気持ち良いですね。景色も綺麗です」

「うん、本当に。あ、姉さまは？」

「大丈夫ですよ。姉もお側についていますから」

「なるほど～」

領主隊の隊長、ウルがやってきた。

「殿下、お疲れではないですか？」

「うん！　隊長、全然大丈夫です！」

「では、後半は私がお乗せします」

「はい、よろしくおねがいします！」

「殿下、明日からの調査ですが、ご迷惑をお掛けします」

俺は領主隊隊長のウルの馬に乗せてもらっている。もう、領都からかなり離れた。また海に近くなってきている。

とにかく景色が綺麗だ。青い空と、キラキラと陽の光が反射して光っている海、石灰岩の白い家。前世で言うと、そうだな……地中海辺りかな？　なんて、行った事ないけどな。ハハハ。

「え？　なに？」

「その……ケイア殿の一件です」

「ああ、気にしないで！　ちょっとビックリしたけどね」

「誰も何も言えなかったのです。言えたのはハイク様だけでした」

「そうみたいだね。辞めた薬師の人達はどうしてるのかな？」

「皆、領地にいますよ。薬を売ったり、ポーションを売ったりして生活しています」

「有能な人達なんだろうね」

「そうですね。そうでない者は、さっさと婚姻してますね」

「ハハハ、それもいいね。幸せでいてくれれば、それでいいよ」

「はい。皆、強《したた》かですから。大丈夫です」

「そっか……安心した」

「殿下……殿下はその様な者の事まで、お考えだったのですか」

「別にそんな事もないけど。でも、辞めさせた様な事を聞いたからね」

「それでも辞めた者の事まで、勿体ない事です」

「なんでよ、普通だよ？　アラ殿は知らないの？」

「おそらくご存じないかと。奥様が辞めた者の面倒を見ておられます」

ええー、それはいかんなー！

「夫人は出来た人だね」

「毎日泣いていた頃を知っているから憎めないと、仰っていました」

「そう。でも、皆にまで迷惑掛けるのは駄目だよ」

「……はい」

「みんな、優しいんだね」

「は？　そうですか？」

「うん。だって兄さまなんて『職務怠慢だ』なんて、言ってたよ」

俺は少しクーファルの真似をして言ってみた。

「ハハハ、真似がお上手で」

「そう？　アハハハ」

「殿下、また海に近くなりますよ。そろそろ見えてきます」

ウル隊長に言われて、海の方を見る。岩肌の目立つ海岸線から、弓の様な形の白い小道が延びている。その先に、本当に小さい島がある。

島と言うよりも大きな岩と言う程度の大きさだ。そこに疎らに木が生えている。

「隊長、もしかしてあの小さい島？」

「そうです。少しだけ海に道ができているのが見えますか？」

「うん、見える！　白い細い道だ」

「あの道は夕刻までには海になります」

「潮の加減なのかな？」

「それが、年中変わりない時間なのです」

「そうなの？　不思議だねー！」

「はい。その道を通って、光の精霊様がこちらに渡って来られると、言い伝えられています」

「へえ～、光の伝説だらけだ」

「殿下、この国は『光の帝国』ですから」

「アハハハ、そうだった。あそこに渡れるの？」

「はい、馬は無理ですが。歩いて渡れますよ」

「凄い！　行ってみたい！」

「では、お昼を食べたら行ってみますか？」

「うん！　やった！」

馬から降ろしてもらって、俺は走り出した。

「すごーい！　凄い！　めっちゃキレイ！」

波打ち際に向かって走る。超綺麗だ！　またテンション上がっちゃうよ！

「殿下、足元が悪くなってますから！」

「リュカ、だいじょーぶ！」

「殿下！　待って下さい！」

「アハハハ！　リュカ！　海の色が違うよ！」

海の色が途中から違って見える。珊瑚かな？　石灰岩のせいかな？　深さも違うんだろうな。鮮やかなブルーから沖にいくにつれて深いブルーへとグラデーションの様に変わっていく海原。遠くの海面は波がキラキラと光って見える。砂浜は真っ白だ。そして空は抜けるようなスカイブルーで、細くかすれた雲が色鉛筆で描いたみたいにうっすらと白くかかっていた。

こんな景色、前世でも見た事ないぞ。

「リュカ、見て！　見てー！」

「殿下、濡れますよ！」

「ああしていると、普通の5歳児ですね」

「フィオン、そうだな」

「リリは、いつもお利口すぎるのです」

「ハハハ、フィオンはお転婆すぎるよ？」

「お兄様、酷いですわ」

「ハハハ。それにしても、リュカがリリに付いてくれて良かった」

「はい、そう思います」

「良い遊び相手だ」

「フフフ、そうですね。歳はかなり違うと思うのですが」

「ああ、そうだな」

「兄さまー！　姉さまー！」

「ハハハ。フィオン、リリは少しはしゃぎ過ぎているな」

「お兄様、今日位は良いでしょう」

「見てください！　高いですー！　キャハハハ!!」

俺は隊員に肩車をしてもらって、超ご機嫌だ！　クーファルとフィオンに向かって両手をブンブン振っている。

「殿下！　お昼にしますよー！」

ニルが叫んでるな。

「はーい！」


「お外で、みんなで食べると美味しいねー！」

「プハハハ！」

「リュカ、笑いすぎ！」

「3歳の頃の殿下を、思い出してしまいました。クフフフ」

「リュカ。だって本当に美味しいでしょ？」

「はい！　殿下！」

俺達は地面に敷物を敷いてもらって、シェフのお弁当を食べている。

「フィオン様、これは豪快にかぶりついて食べるのですよ」

「アルコース殿。かぶりつくのですか？」

「はい、こうです……ん！　美味いですね！」

「まぁ！」

「ハハハ、フィオン様が来られるとは、思いませんでした」

「今日はリリが誘ってくれたのです」

「いえ、今日ではなく」

「はい？」

「学園を卒業して、もうお目に掛かれないと思っておりました。お変わりない様で安心しました」

「アルコース殿もお変わりなく」

「ええ、私は変わり様もありません」

「まあ、何を仰るのですか」

「学園でフィオン様と過ごした日々は、私には宝物なのですよ。フィオン様は皆の憧れでしたから」

「アルコース殿こそ。女生徒がいつも噂しておりましたわ」

おやおや、フィオン。いい雰囲気じゃないか。プププ。弟としてはニヤけちまうよ。

「リリ、本当に悪い顔をしてるよ」

「兄さま、悪い顔じゃありません」

「そうかい？」

「兄さま、あの小島のお話を知ってましたか？」

「ああ、光の精霊様が渡って来られるんだろう？」

「はい。ボクは知りませんでした」

「リリは知らなくても、ルー様と言う精霊様が付いて下さっているじゃないか」

「あー、精霊でしたね～」

「リリ、いつも酷いな！」

ポンッと白い光と共にルーが現れた。見ていた隊員達がどよめいた。

「リリアス殿下！」

隊長が飛んできたよ。

「ああ、隊長。皆に気にしないで、て言ってほしい」

「しかし……！」

「いいの、いいの。気にしないで」

「ルー様。分かりました」

隊長が隊員達に説明して治めてくれている。

「ルー、どうしたの？」

「だって僕の話をしてただろう？」

「うん、兄さまがね。ボクじゃないよ」

「リリ、本当酷いね」

「ルー様、光の精霊様が渡って来られると、言い伝えのある場所に来ているのです」

「あの小島だよね？」

「はい。ご存じでしたか」

「知ってるよ。帝国には、ごまんとその手の言い伝えがあるからね。いちいち気にする必要はないよ」

「そうなのですか？」

「ほら、前に話したろう？　初代が、帝国の澱みを広範囲の光魔法で消してまわったと。その名残りだよ。クーファル。君は本当に良く勉強しているね」

「有難うございます」

「そんなクーファルに聞きたいんだけど」

「ルー様、何でしょう？」

「初代の出自は残っているのかな？」

「それが全く残っておりません。どこを調べてもありませんでした。まるで突然現れたかの様です」

「そうか」

ん？　なんだ……？

「ルー様？」

「いや、気にしないで。なんでもないんだ。それより、あの小島に渡るの？」

「そうだよ、これから行くんだ！」

「リリ、楽しそうだねー」

「うん！」

「じゃあ、僕も付いて行こう」

「えぇー……」

「リリ、それは酷すぎる！」

「アハハ、冗談だよ。ルーも行くの？」

「ああ、せっかく出てきたしね」

「じゃあ、みんな一緒に行こう！」

俺は上機嫌さ！

「殿下、気をつけて下さい」

「リュカ、大丈夫だよ？」

「いえ、でも手は離さないで下さい」

「分かったよ」

「ブフフ、リリはお子ちゃまだからな」

「ルー、うるさいよ！　でも、凄いきれい」

「あぁ、そうだな」

俺はリュカに手を引かれて、小島に渡る海の道を歩いている。

道と言っても潮が満ちたら無くなるだけあって、海底を歩いているみたいだ。濡れてヌルヌルしていて歩きにくい。だから、リュカがうるさく言ってくる。心配かけたくないから、俺も慎重に歩く。

でも、あっという間に小島だ。距離にして３００メートルなかったかな？　て、程度だ。

マリンブルーとエメラルドグリーンが混ざった様な色の海に、夕方までには海になる細い白い道で繋がれた、ぽっかりと浮かんでいる本当に小さな島。白い岩肌に濃い緑の木が生えている。

「陸から離れているのに、木があるんだね。不思議」

直線で歩いたら数分で向こう側に着く位の小さい島だ。

「殿下、何もないのですよ。ただ、中央に澱みがあった跡が薄《うっす》らと残っているだけです」

「こんな所にも澱みがあったんだね」

「殿下、あそこです。少しだけ窪んで何も生えてないでしょう?」

「本当だ。今はもうなんともないの?」

「はい、なんとも。普通の岩肌です」

「へえ〜、不思議」

そう言いながら、澱みがあったであろう場所に足を踏み出した瞬間……

『俺は帰り………』

『澱みを……平和に……』

一瞬で、目の前の風景が変わった。

……暗い……澱んだ空気……誰?　これは……

殿下！　殿下!!　リリアス殿下!!」

……あれ？　俺は何を……?

「リリ！　戻ってくるんだ!!」

「……えっ?」

「殿下！　大丈夫ですか!?」

「あ、ああ、リュカ……大丈夫」

リュカが俺の肩を摑んで揺すっていた。

「リリ、驚いたな」

「ルー、今の何？」

「初代の記憶に引っ張られたんだ」

「ボクが？」

「ああ、嫌な予感がしたんだ。来て良かったよ」

「ルー、本当に？」

「ああ」

「一瞬だったよ？」

「リリ、数分はジッと立って反応がなかったよ」

「……え、本当に？」

いや、俺は一瞬だったよ？

「殿下、本当です。驚きました」

「リュカ、ありがとう」

「どうしてですか？」

「リュカの声が最初に聞こえた」

「そうなのですか？」

「うん。それからルーに戻ってこい、て言われた」

「そうか……」

「ルー？」

「いや、何もなくて良かったよ。何か見えた？」

「見た気がするけど……覚えてない。声も聞こえた」

「リリ、何て聞こえたんだ？」

「……分かんない」

「そうか」

「殿下、本当に大丈夫ですか？」

「あ、うん。大丈夫。隊長、ありがとう」

「いえ、戻りましょう」

「うん」

「殿下、手を繋ぎますよ」

「うん、リュカ」

俺は戻りながら何度も振り返った。なんだろう？　何か見たんだ。聞こえたんだ。なんだったんだろう？　あー、分からん。

「リリ、気をつけな。また同じ事があるかも知れない」

「え？　そうなの？」

「リリはあまりこう言う所、澱みの跡とか、魔素の濃い所とか、近付かない方がいいな。ほら、あの湖もそうだ」

「あぁ、そっか」

「光属性が強すぎるんだ。僕が気付いた位だからね」

「ルーが?」

「そうだよ」

戻るとクーファルが駆け寄ってきた。

「リリ、大丈夫か!?」

「兄さま、大丈夫です。なんともないです」

「ルー様、一体何が?」

「ああ、クーファル。戻ったらゆっくり話すよ。リュカとオクソールも知っておく方がいい」

「はい、ルー様」

周りは心配してくれていたんだが、俺はまた領主隊の隊員達と海辺で遊んでいる。

「キャハハハ!　リュカが一番転けてるよ!」

「殿下、ここ歩きにくいんッスよ!」

そうだな。なんか凄いジャリジャリしているしな。と、足元の地面をじっと見る。

「リュカ、何か掘る物ない?」

「掘る物ですか?　ないですね〜」

「そっか……」

おもむろに俺は波打ち際を手で掘ってみる。

「殿下!　手で……!」

とっても手触りが変だ。砂浜にある砂じゃないぞ。もう少し掘ってみよう。

「ん〜、よく見えないや」

手に掘った砂をのせ、試しに心の中で唱えた。

『ライト』

「あ……」

掌の砂に紛れて小さな魔石が光った。砂は光に反応しないけど、魔石は光を放つんだ。

「リュカ！　これ！　見て！」

両手にのせてリュカに見せる。

「殿下、これは何ですか？」

「これ、魔石じゃない？」

「えっ!?　魔石ですか!?」

周りにいた領主隊の隊員達が、剣の鞘で掘って『ライト』で確認している。

直径数ミリから大きな物でも2センチ位の小さな石。深い緑だったり、青だったり、黒だったり。色とりどりの石。波で削られたんだろう。丸くなっている。

「にーさまー！　クーファルにーさまー！」

「リリ、どうした!?」

クーファルが駆け寄って来てくれる。俺は両手にのせた石を見せる。

「クーファル殿下、リリアス殿下。どうされました!?」

ウルも走ってやってきた。

「兄さま、これ魔石じゃないですか？」

「魔石？　何でこんな所に……？」

クーファルが手に取ってじっと見る。

「これは……ルー様！」

バサバサとルーが飛んできた。

「ルー様、見て下さい」

ルーがクーファルの手に止まって、石を見ている。

「これは魔石だな。リリ、よく見つけたね」

「うん、なんかジャリジャリして歩き難かったから」

「ルー様、何故こんな所に？」

「クーファル、魔物が死んだら魔石を落とす事があるだろう？　あれが長い年月をかけて流れついたんじゃないかな？　本当はもっと大きかったんだろう。波で削られて、この大きさになったんだろうね」

「どこにそんなに魔物が……」

「クーファル、海だ」

「ルー様、海ですか？」

「そうだよ、海にも魔物はいるからね。普通は海底に沈んで砂になるんだが。この近海の海流の所為《せい》だろう。海の魔物の魔石が採れるなんて珍しいよ。他にはないんじゃないかな」

「ルー様、クーファル殿下、ここのどこを掘っても出てきます！」

「ライトに反応して光ってますよ！」

領主隊の皆が、両手にいっぱいの魔石を持って集まって来た。

「これは、凄い」

「ね！　兄さま、凄いですよね！」

「ああ。何故今まで気づかなかったんだろうな？」

「クーファル殿下。この海岸は何もないのです。遠浅なので漁にも出られませんし。あまり人が立ち入らないからではないでしょうか？」

「ウル、なるほどな。しかも、リリみたいに態々掘ったりしないよね」

「はい。殿下、これは領地の収入源になりますよ！」

「ハハハ、ウル、本当だね！」

「リリアス殿下はまた素晴らしい！」

「エヘヘ。ボク偉いですか？」

「ああ、リリ。お手柄だ！」

フィオンとアルコースもやってきた。

「アルコース様、リリアス殿下の大発見ですよ！」

「ウル……これは、父上に報告しなければ！」

「はい！」

「ねえ、兄さま。もしかして、この海の底にも沢山あるんじゃないですか？」

「きっとそうだろうね。アルコース殿、調査してみるといい」

「はい、殿下」

「ねえねえ、姉さま」

「リリ、どうしたの？」

「可愛い魔石を見つけたので、姉さまにプレゼントです」

そう言ってフィオンの手に小さな魔石を乗せた。透き通った翠色をした小さな魔石だ。

「まあ……！　なんて綺麗な」

「姉さまの瞳の色です」

「リリ、有難う。とっても嬉しいわ！」

「エヘヘ」

「リリアス殿下に先を越されましたね～」

「アルコース殿、すみません。ボクも姉さまが大好きなので！」

そう言いながら、ポフッとフィオンに抱きついた。

「リリ！」

「エヘヘ！」

チラッとクーファルを見ると、ウインクを返してきた。うん、俺良い仕事したよ。

「領主隊が集めた魔石は持って帰ろう。ウル、頼む」

「はい、アルコース様」

俺とリュカは先に戻ってきた。

「これはリリ、良いアイデアだね。アクセサリーや、剣の鞘の飾り等にしたら良いかも知れないな。

自分の色を選んで付けたくなる」

「兄さま、小さいですけどね」

「お兄様、女性なら髪飾りにつけるのも良いですわ」

「クーファル。小さくても魔石だから、魔法を付与できるよ」

「ルー様、そうですね。リリ、フィオンの魔石に防御の付与は出来るかい？」

「え、兄さま。ボクやった事ないです」

「リリ、前に教えたろう？」

「ルー、そうだっけ？」

「リリ、邸に戻ったら復習だね」

「はーい」


帰りは、最初に副隊長に乗せてもらって、途中でオクソールの馬に乗りかえた。

もう直ぐ街に入る、てところまで覚えていたのだが……

「……ん、あれ……ニル？」

目が覚めたらベッドの中だった。

「殿下、お目覚めですか」

「うん、ボク寝ちゃった？」

「はい。オクソール様が抱いて連れて来て下さいました」

うー、またかよ。オクソール、いつも有難う。

「殿下、シェフがおやつを持って、待っていますよ」

「本当？　食べる」

「はい」

ニルがドアを開けると、シェフが入ってきた。

「殿下、お目覚めですか。お疲れではないですか?」

「うん。シェフ大丈夫。ありがとう」

「さぁ、おやつです。殿下に教えて頂いたダイガクイモですよ!」

「わ、ありがとう!」

懐かしい! 大学芋だ! 前世で母親がよく作ってくれた。

あの頃は、『また芋かよ』って、位にしか思わなかったが、今は思い出が詰まった物になってしまった。

外がカリッとした大学芋だ。中はしっとりした甘いさつまいもだ。大学芋にするとさつまいもの甘さが引き立つよね。

「ん~、美味しい~! はい、ニル。あーーん」

俺は大学芋をフォークに刺して、ニルの前に出す。

「えっ? 殿下!?」

「いいから! あーんして!」

「は、はい。あーん……!」

「ニル、どお?」

「美味しいです! これが、さつまいもですか?」

「そうだよ。美味しいねー! シェフ、完璧!」

「殿下ぁッ！　有難うございますッ！」

「シェフ、今日はどうだった？　料理を教えたんでしょ？」

「はい！　奥様も参加されて、皆様しっかり覚えて帰られました！」

「そう。シェフ今日は先生だもんね……ゴクン」

ポンッ！　とルーが現れた。

「シェフ！　それ僕も欲しい」

「ルー様、分かりました。ご用意しますッ！」

「ルー、毎日もらってない？」

「だって、もらって来てって、煩いんだよ」

「誰が、かな？」

「え？　リリ、意地悪はやめようよ」

「もう！　父さまと母さまに、いい加減にして！　て、言っといて！」

「分かった、分かった。それより、リリ。それ食べたら付与しようか」

「はーい……」

と、返事はしながら大学芋を食べる。

「……リリ？」

「うん、食べてんの……」

「………」

「ニル、あーん」

「は、はい、あーん」

「美味しいねー」

「リリ」

「分かったよ。あと1個だけ……」

「殿下、りんごジュースです」

「ニル、ありがとう」

「シェフ、ごちそうさま！　美味しかった！」

「はい！　殿下！　では、ルー様。ご用意しておきますので！」

「うん、有難う。調理場に寄るよ」

「はいッ、畏まりました！」

そして満足そうに戻って行くシェフ。

「じゃあ、始めよう」

「ルー、付与て何にでも出来るの？」

「そうだよ。人にも、武器にも石にもな。マジックバッグも、普通のバッグに時間停止と空間魔法に重力軽減を付与した物だったろう？」

「なるほろ～、ゴクゴク……」

「リリ、今度はりんごジュースなの？」

「ん？　ルーも飲む？」

「いや、いらないよ」

「そう？　おいしいのに……」

「で、肝心の魔石だ。魔石は元々魔力の塊だから、付与しやすい」

「うん……ケフッ」

おっと。可愛いゲップが出てしまったぜ。

「リリ、お腹いっぱいなんだね」

「うん、ごめん。美味しかったから」

「それは良かったね。魔石によっては、合う合わないがあるんだ」

「そうなの？」

「ああ。例えば、火属性の魔物から取れた魔石に、水属性は付与出来ない」

「ほぉ～」

「クーファルが言ってた、防御系はまあだいたいどの魔石にも付与できる」

「ねえ、防御と言うか。1回だけでもいいから、持つ人の代わりに攻撃を受けたりするのは無理？」

「身代わりみたいな感じか？」

「うん。結界？　バリア？　シールド？　みたいなのでもいいかな。でも、それだと1回だけじゃ嫌だな」

「リリ、贅沢だな。あくまでも、お守りだよ？」

「うん。でも、いざって時に役立つ方がいいもん」

「結界でいいんじゃない？　物理攻撃と魔法攻撃の、両方の結界にすれば？」

「うん、いいね」

「それだと、魔石を選ばないよ」

「じゃあ、そうする」

　——コンコン
「リリ、起きてるかな？」

　クーファルとソールだ。

「はい、兄さま。起きておやつも食べました！」

「そうかい。兄さまも食べたよ。美味しかったね」

「はい。シェフは天才です！」

「ハハハ、天才か！」

「リリアス殿下、魔石をお持ちしました」

「ソール、ありがとう」

「リリアス殿下、何を付与するか決まりましたか？」

「うん、ソール。今ルーと相談して決めた」

「リリ、何にするんだ？」

「兄さま、結界にします。物理攻撃も魔法攻撃にも対応できる様にします」

「そう、それは良いね」

　早速、実践だ。

「じゃあ、リリ。魔石を手に乗せて……」

「ルー、まさか1個ずつ？」

「何言ってんの？　当たり前じゃないか」

いやいや、まとめてやっちゃおうぜ。俺は小さい手に持てるだけの魔石を持って、両手を閉じた。

「お、おい。リリ……」

「えっと……結界……物理攻撃と……魔法攻撃……」

意識を集中する。手に持った魔石が、だんだんと熱を持ってきた。魔力を込め続けると、ふっと抵抗を感じた。

そこで魔力を込めるのを止める。すると、熱を持って温かかった魔石の熱が引いてきた。

俺はそうっと手を広げてみる。

「……リリ、もうなんと言うか」

「え？　ルー何？　できているか見てよ」

「見なくても分かるさ。ちゃんと付与できているよ」

「やった。兄さま、これ……あれ？　兄さま？　どうしました？」

ふと見れば、クーファルとソールが固まっている。

「リリ、規格外にも程があるよ」

「え？　兄さま、何がですか？」

「リリ、普通は一度に何個もなんて、できないよ？」

「ルー、そうなの？」

「ああ、そうだな」

「あらら」

「あららじゃないよ？　本当、言葉がないよ」

ポンッとルーが消えた。きっとシェフにおやつを貰いに行ったんだ。


夕食の時に、付与した魔石を皆に配った。

「リュカ、これはリュカに」

リュカの瞳の様な、アンバーに輝く小さな魔石。

「殿下、有難うございます！」

「オクは、これね」

「殿下、私もですか？　有難うございます」

「ニルはこれ。お姉さんもね」

「まあ！　殿下、有難うございます！　姉も喜びます！」

オクには黄色掛かった金色の、ニル姉妹にはオクのより濃い色の金色の小さな魔石。

あと、父と母と兄弟の分とレピオスにシェフの分も、瞳や髪色と同じ様な魔石を拾った。

「リリ、兄さまにはないのかい？」

「もちろん、ありますよ。えっと、兄さまはこれです」

俺は小さな手に握っていた魔石の中から、碧色の魔石を出した。

「こっちはソールの分です。はい」

ソールにもマロン色の小さな魔石を手渡した。

「殿下、私にまで。有難うございます。大事にします」

「エヘヘ」

もちろん、領主隊の皆にも配ったんだ。明日からの調査で、誰も怪我する事なく、帰りたいからな。

さあ、調査に出る日がやってきた。これが本当の目的だからな。

気を引き締めて、張り切って行こう！

第5章 いざ、調査へ出発！

「殿下、もう騎士団と領主隊が、前庭に集まってますよ」

朝食を食べて、着替えを手伝ってくれながら、ニルが言った。

森の中に調査に入るからね。今日は俺もいつもの皇子様ルックじゃないのさ。

膝丈の短パンじゃないんだよ。踝《くるぶし》まである長いトラウザーズに、底がしっかりしたハーフブーツ。ブーツの中にトラウザーズの裾を入れる。

上は、長袖のシンプルなシャツにベストだ。その上から、膝丈のローブを羽織る。

腰には一応剣帯を巻いていて、小さいマジックバッグと短剣をつけている。マジックバッグの中には、食料と水、ポーション、調査の為に作った道具一式等色々入っている。もちろん、りんごジュースも忘れずに沢山入れている。昨日作った、結界を付与した魔石は胸のポッケに入れた。

「ニル、今日はお留守番だね」

「はい。姉と一緒にフィオン様の気を紛らせておきます」

「おねがいね」

「はい。殿下、ご無事にお戻り下さい」

「うん、大丈夫だよ」

「油断されませんよう」

「うん、わかった」

　──コンコン
「殿下、ご用意できましたか？」

「うん、リュカ。行こうか」

「はい。参りましょう」

　ニルとリュカと一緒に邸の前庭に向かう。

「リュカ、ケイアはどうかな？」

「大人しく来て待ってますよ」

「そう、良かった」

「殿下、でもめっちゃ不機嫌ですけどね。しかめっ面してますよ」

「アハハ、多少は仕方ないよ」

「殿下は、オクソール様の馬に乗って頂きます。クーファル殿下とソール様、それに俺も殿下のお側におります」

「うん。レピオスは？」

「勿論、殿下のお側に。あ、シェフもです」

「えっ!?　シェフも行くの？　なんで？」

「シェフの希望です。戦力になりますからね」

「そうなんだ。シェフは、もう何者なのか分からなくなってきたね」

「ククク、本当にそうですね。オクソール様の次に強いですからね」

「えッ!?　そうなの!?」

「はい。こちらに着いてから、トーナメント戦をしたのですが、オクソール様の次でした」

「リュカ、シェフがトーナメント戦に参加してる事自体がおかしいよ？」

「アハハ、そうでした。当然の様に参加してましたよ。白いエプロンつけたままで」

「えー、おもしろい！　見たかった！」

「殿下はお昼寝中でしたからね」

「あー、だってお昼寝は大事！」

「はい、ププッ」

「あー、リュカまた笑ってる」

「リリ、待ってたよ」

「兄さま、すみません。お待たせしました」

皆が集まっている前庭に着いた。もう勢揃いしている。

「リリ、無事に戻ってくるのよ」

「はい、姉さま！」

「心配だわ。リリは行かなくても良いと思うのだけど」

「姉さま、ボクも確認したいのです。大丈夫です。待っていて下さい」

「ええ、リリ。気をつけてね」

「はい。姉さま」

パフンとフィオンに抱きつく。

「フィオン様、大丈夫です。我々がお守りします」

「アルコース殿、宜しく頼みます。アルコース殿もご無事でお戻り下さい」

「はい、有難うございます」

俺はおもむろに二人の手を取って重ねた。

「リリアス殿下！」

「……！　リリ!?」

「え？　何？　駄目ですか？　ボク何か変な事しました？」

キョトンと首を傾げてみる。グフフフ。

「もう、リリ。気をつけていってらっしゃい」

「はい、姉さま。行ってきます！」

「殿下、馬へ」

「うん、オクお願い」

「リリ、よくやった」

「エヘヘ、兄さま。頑張りました」

「ああ。さぁ、出発しようか」

「はい、兄さま」

魔物が出る森なんて初めてだ。さあ、出発だ！

領都の中を、カッポカッポと森に向かって馬を進める。領都内はまだスピードを出せない。

沿道には領都民達が、出てきている。

――クーファル殿下、カッコいい！

――ああ！　なんて素敵なお姿！

――リリアスでんかー！

――かーわいいー！

――いってらっしゃーい！

ん？　子供の声じゃないか。子供に可愛いとか言われたくないなぁ。俺も子供だけどさ。

調査隊の構成をお知らせしておこう。

先頭を行くのが領主隊隊長、アラウィンとアルコース、そして領主隊。

その後ろにクーファル、ソール、そしてオクソールに乗せてもらっている俺、リュカ。

俺たちの後ろはレピオスとシェフ。

それから薬師達が数人。その中にケイアもいる。そして騎士団。最後尾がアスラールとハイク、領主隊副隊長だ。

「殿下、人気者ですね！」

「リュカ、面白がっているよね!?」

「ククク……」

「オク、笑わない」

「クハハハ」

「リュカー！」

あー、手が届いたらくすぐってやるのに！　コチョコチョッてな。

領都を出たらスピードアップだ。風を切って馬は進む。畑が広がる地域を抜けて暫く走ると森はもう直ぐそこだ。

森の前で一旦止まって、小休憩を兼ねて虫除けを塗って装備をつける。長い手袋にマスク代わりの被り物もつける。その上からローブの帽子を被る。目の前には鬱蒼とした森がある。さっきまで潮の香りが混じっていた空気が樹の匂いに変わる。

「オク、魔石持ってる？」

「はい、持ってますよ。今日のメンバーは皆持ってます」

「そう。何があるか分からないからね。用心しなきゃ」

「はい。殿下、側を離れない様にして下さい」

「うん。分かってるよ」

「殿下、森に入ったらゆっくり進みます。何かあれば直ぐに声を掛けて下さい」

「うん。アラ殿、わかった」

さあ、いよいよ森だ。馬がゆっくりと森の中を進む。まだ魔物は出てこない。

「殿下、葉が繁っていますね」

後ろからレピオスが声を掛けてくる。

空に向かって伸びた樹木の下に、深い緑色した大きな葉が茂っている。

「そうだね、あの葉の裏側はどうなのかな？」

「卵ですか？」

「うん」

「リュカ、ついてきてくれるか？　何枚か葉を採取しよう」

「はい、レピオス様」

レピオスが少し隊列を離れて葉を採取する。葉を容器に入れ、ちゃんと採取場所も記してくれている。流石、レピオス。完璧だな。

「殿下、もうトゲドクゲがいそうですか？」

「オク、まだだとは思うけど。念の為にね」

森に入って1時間位たった頃だろうか。隊列の前方で魔物を討伐している音がする。

「オク、もう魔物が出てきてるの？」

「はい。まだ小物ですよ」

「そう」

そうこうしている内に、シェフも魔物を狩り出した。後ろの騎士団も、少しバラけて討伐している様だ。彼方此方から剣の音が聞こえてくる。

「多くなってきたね」

「はい。もう少しで中間位でしょうか」

「うわ……オク、上を見て。大きな蜘蛛の巣が沢山ある」

「そうですね。少し多いですね」

「蜘蛛もグリーンマンティスを食べるよね？」

「はい。トードだけではない様ですね」

「うん、そうだね」

アスラールが、後ろで風の斬撃を飛ばしている。蜘蛛を退治しているのだろう。

蜘蛛と言っても、魔物だからきっと大型なんだろうな。見たくないぜ。足が多いのは苦手だ。

「レピオス、あそこ。あれ見て」

俺はそれを指さした。大きな葉と茎との間から葉の裏にびっしりと産み付けられた丸いものが見えている。トゲドクゲの体毛と同じ様な毒々しいオレンジ色をした卵だ。

「あれですね。殿下、採取しますか？」

「採取より焼き払いたいな。森の中だと無理だよね。どうしようか？」

「殿下の考案された、虫除けの液体は駄目ですか？」

「あれはかなり薄めてあるからなぁ」

「原液も持ってきていますよ？」

「レピオス、原液だと今度は植物が駄目になっちゃう」

「リリ、切り落として一箇所に集めて、焼いたらどうだい？」

「兄さま、そうですね。オク、止まってもらって」

「はい、分かりました」

オクが笛を吹くと、隊列が止まった。

「殿下、どうされました？」

アラウィンがやってきた。

「あそこ、見て下さい。トゲドクゲの卵です」

「あんな所に……凄い数ですね」

「この近辺を探してもらおう。見つけたら切り取って一箇所に集めて焼いてしまおう」

「分かりました。アスラール！」

後ろからアスラールがやってきた。

「はい！　父上！」

今の説明を、アスラールに話して指示をしてくれる。

「アスラール、後ろに指示を。私は前で指示を出す。あまり離れ過ぎない様にな」

「はい、父上。分かりました」

俺は馬から下ろしてもらう。卵の付いた葉を集める為に、大きな植物を切り倒したりして焼く場所を作る。風魔法でね、サクサクやるよ。

リュカも風魔法で切り倒してくれている。オクとシェフは、周りに魔物が出てこないか、警戒してくれている。

「レピオス、こんなもんかなぁ？」

「ええ、殿下。充分かと」

「焼いたら駄目な薬草はないよね？」

「はい、ここら辺はないですね」

薬師も手伝いながら、薬草がないか確認してくれているが、ケイアはボーッと見つめて立っている。

念の為、周りの地面を少しだけ盛り上げて、火が燃え移るのを防ぐ。

「殿下、土魔法ですか」

「うん。周りの植物を燃やしたくないからね。出来るだけ森の生態系を壊さない様にしなくちゃ」

どんどん、卵が付いた葉が重ねられていく。

「多いねー」

「殿下、これが全部孵化していたら、どうなっていた事か」

「アスラ殿、本当ですね」

「殿下、取り敢えずこの近辺ではこれ位で。移動してまた増えてきたら集めましょう」

「そうだね、じゃあ焼くから離れてね。兄さま、お願いします」

「ああ、リリ」

そう言って皆が距離を取ったのを確認してから、クーファルに魔法で火をつけてもらう。俺はその周りを結界で囲み、火が燃え移らない様にする。

俺が焼くと思っただろう？　違うんだなぁ。クーファルは頭がいいだけでなく、火魔法も得意なんだ。俺は燃え広がらない様に結界担当だ。

ボワッと一気に火が回る。結界の中で沢山の葉が燃え上がった。

「殿下は無詠唱なのですか？」

アスラールが聞いてきた。

「うん。一応、心の中で言ってるんだよ」

「殿下は、ら行が言えなかったですもんね」

「リュカ、ら行が言えないとは？」

「アスラール様、殿下が魔法を覚えられたのは3歳の頃なんです。あの頃は、ら行がちゃんと発音できなくて、りゃりりゅりぇりょ、だったんです。ですので、詠唱も正確に発音できなかったのです」

なんだって!? リュカ、気付いてたのか!? 俺の大きな秘密だったのに！ 黒歴史だよ！

「リュカ、知ってたの!?」

「え？ 殿下、皆気付いていますよ？」

「ええー！ ボク隠していたのにー！」

「あれ、そうなんですか？ でも、誰でも気付くと思いますよ？」

「まあ、リリ。そうだね。皆、気付いていたな」

本当なのかぁー！ そうなのかぁー！ かなりショックだ！

森を奥に進みながら、何度か卵を駆除し焼いていく。かなりの数の卵があった。これだけの卵が実際に孵化していたらと思うとゾッとする。どぎついオレンジと黒の毛虫がウジャウジャ登場するところだったよ。

そして奥に行く程、魔物が増えて強くなっていく。

『ウインドカッター』

俺が心の中で詠唱すると、風の刃が魔物に向かって飛んでいく。

「殿下、有難うございます」

俺も魔法で魔物を倒す。

「アスラ殿、やっぱり魔物が増えてきたね」

「はい、でもまだそう強い物はいませんね。もう暫く行くと河に出ます。その直前は魔物も強くなります」

「そうなんだ」

「殿下、離れない様にして下さい」

「うん、オク。分かってる」

もうそろそろ河が直ぐそこに見えてくるだろうって時だ。

「うわっ！　トードがいっぱい！　キモッ！　キモッ！」

河の手前で、薄い茶色に大きなイボイボのある巨大なトードがうじゃうじゃと犇《ひし》めいていた。体の大きさや見た目からは想像できない小さな声でクックックックと鳴いている。1メートルはあるかと思う位大きな所謂ガマガエルだ。

「これ、どーすんの？」

「討伐するしかないですね」

「オク、凄い数だよ？」

「まあ、でもトードですから。あ、ほら。シェフが行きましたよ」

「えっ!?」

前を見ると、領主隊に交じってシェフが、バッサバッサとトードを切り捨てていた。

「ひょ〜！　シェフ強い！　めっちゃ強い!!」

「ハハハ、気持ち良さそうに切り倒していますね」

「ひぇ〜！　意味分かんないよ！」

あっと言う間に、トードの死体の山が出来上がった。

「ねえ、オク。あれどうするの？」

「全部持ち帰りますよ」

「うげっ！　そうなの!?」

「ハハハ。見た目はあれですが、皮が耐水性のある素材として防具の素材になります。カエル油や、魔石が取れることもありますしね。身も鶏肉のような味がして、美味しいそうですよ」

「うわ〜、ボクは無理だ」

トード、巨大なガマガエルだ。あのイボイボが俺は無理だ！

「殿下、トードだと分かりましたが。では何故、トードが増えたのかですね」

「レピオス、トードは沼地や水辺に住んでいるんでしょう？　だから河の近くにいるんだよね？」

「はい。しかし河は流れがありますから。流れの緩やかな場所の方が、生息しやすいと思いますが」

「そっか。とにかく、河まで行ってみようか？」

「そうですね」

隊員達がマジックバッグに、ヒュンヒュンとトードを収納している。

ちなみに、シェフもだ。本当、なんでシェフをしてんだろう？

「殿下、どうしますか？」

「アラ殿。今レピオスとも相談していたのですが、とにかく河まで出てみませんか？」

「分かりました。もうすぐそこですよ。では、進みます」

「はい」

本当に直ぐそこだった。暫く歩くと河に出た。俺は初めて見るノール河だ。深さだけでなく、水量や河幅もある。本当に大河だ。対岸が全く見えない。目にうつる流れがまるで海のようだ。

「これでも、水深が浅い方なのです。流れも上流に比べると、緩やかです。ですから、魔物が渡ってきてしまいます」

「アラ殿、対岸は湿地帯なんですよね？　どんな魔物がいるんですか？」

「まず、リザードマンですね。あと、ワニ系です。しかし、渡ってくる魔物はそれだけでなく、ウルフ系もボアもいます。河には魚の魔物がいるので、それを狙って来る様です」

「はぁ〜、凄いですね。でも、まだ流れが弱い訳ではないですね」

「ええ。トードが住み着くには少し無理があるかと」

「と、言う事は……レピオス」

「はい、やはり近辺に沼地なり、流れが淀んでいる場所があるのでしょう」

「だよね……」

「分かりました。隊員達に捜索させましょう」

そう言ってアラウィンは前に走って行く。

領主隊は付近の捜索。騎士団は周りに魔除けを設置し、馬を保護する。

俺たちも、その魔除けの内側にいる。

俺はしゃがみ込んで、マジックバッグからりんごジュースを出して飲む。一気だぜ。

「リリ、大丈夫かい？」

「はい、兄さま。大丈夫です」

「殿下、此処でもりんごジュースですか?」

「リュカ、ニルがお水も入れてくれたよ」

「でも、りんごジュース」

「リュカ、本当うるさい」

「アハハハ」

まあ、それはいいとしてだな。

ん〜、捜索するのもキリがないよなぁ。魔法で何か出来ないかなぁ。

そう思いながら、魔力を少しだけ薄〜く周辺に広げてみる。

おっ、探査レーダーみたいだ。ん〜、よく分からないな。もう少し魔力を加えてみる……。

あ、何かあるな。うん。何かいる。

「オク、少しだけ上流へ行った所に何かある」

「殿下、行きますか?」

「うん。いいかな?」

「はい、少しお待ち下さい」

また、オクが笛を吹いた。

暫くしてアラウィンが駆けてきた。アルコースも一緒だ。

「どうされました!?」

「少し上流へ行った河辺に何かあるんだ。そこに何かいるみたいなんだ」

「分かりました。参りましょう」

アスラールと騎士団と馬を残して、アラウィンやアルコースと領主隊と一緒に反応のあった方へ移動する。

クーファルとソールの後を、俺はオクソールに抱っこされて移動する。

俺は歩くのがまだ遅い。足元も悪いし、足手まといになるからね。オクソール、いつも悪いね。

俺の横にはリュカがいる。後ろにレピオスとシェフだ。最後尾にも領主隊がいてくれる。

「あ、オク。あそこ」

俺は先を指さした。河から水が溢れて小さな溜め池の様になっている。そこに何かがいた。

「オク、あれは何？　黒いモヤモヤが沢山まとわりついてる」

「リリ、あれは穢れだ」

「兄さま、穢れですか？」

「ああ。初代が澱みを消してから、穢れに侵された魔物は発見されていない。何が起こっているんだろう？」

池の脇に横たわっていたのは、2メートルはあるだろう大きな獣の様な何かだ。魔物か？　魔物なのか？

黒いモヤモヤが体にまとわりついていて、何なのかがハッキリ分からない。

「殿下、あまり近くには行かない方が良いかと。私共もあの様な状態を見るのは初めてです」

「うん。でも、穢れなら消してみないと」

「リリ、浄化するのか？」

「兄さま、浄化ですか？」

「ああ、穢れを消すのは浄化するしかない」

「ん～、使った事ないです」

浄化かぁ……浄化……確か……と、浄化を思い出していた。

池の脇に横たわっていたものが、こちらに向かって威嚇の声をあげている。

しかし、何だ？　弱っているのか？　動けないのかな？　攻撃してくる様子はない。

「魔物だろうけど、浄化してみないと」

俺はオクに下ろしてもらい、一歩前に出て両手をかざす。大丈夫、ちゃんと両脇にオクとリュカがいてくれる。

『ピュリフィケーション』

俺が心の中で詠唱した瞬間、黒いモヤモヤに包まれた魔物らしきものが、白くキラキラとした光に包まれた。

そして、光が消えるとそこには……

「え、ユキヒョウなのかな？　超大っきい！」

尻尾が長くて、体の模様が普通の豹とは少し違う真っ白な豹が現れた。

「殿下、ヒョウでしょうが、白いですね」

「うん、オク。それに普通のヒョウとは体の模様が少し違う」

「リリ、ユキヒョウだね」

気がつくと、直ぐ後ろにクーファルがいた。

「兄さま、やっぱりユキヒョウですか。綺麗ですね」

「ああ、兄さまも見たのは初めてだ。しかし、大きいな」

「はい、あの大きさはやはり魔物ですか？」

『我は魔物などではない』

「え？　え？　何？」

「リリ？　どうした？」

「え？　兄さま、聞こえませんか？　魔物ではないそうです」

「リリ、何が聞こえるんだ？」

「あのユキヒョウの声だと思います」

ズザッと、オクソールとリュカが俺の前に出て剣を抜く。

2人共、剣を構えて、耳と尻尾を出している。半獣化しているんだ。俺の頭の中に直接話しかけてきたユキヒョウを普通ではないと2人は判断したんだ。緊張感が走る。

凄い、オクソールの半獣化は初めて見た。

オクソールは獅子だ。百獣の王だ。超かっこいい。

だが、耳と尻尾だけだと、どっちかと言うと可愛いだな。小さな耳と獅子の尻尾が超可愛い。触りたい……

『獅子と狼か。獣人を従えるか』

「あれ？　君はだあれ？　ボクはリリ。みんなに分かる様に話してほしいな」

「我は魔物ではない。其方達《そなた》は何だ？　人間であろう？　どうして穢れを消せたのだ？」

今度は普通に話してきた。喋れるのかよ。

「ボクはリリだよ。ボクが穢れを浄化したの。苦しそうだったけど、大丈夫？　まだお腹の当たりにモヤモヤが残っているね」

浄化したが、ユキヒョウはまだ動けないでいる。

黒いモヤモヤも残っている。あれは体の中から出ているのか？

「人間の子供が？　あの穢れを消したのか？」

「うん！　大分綺麗になったね！　良かった！」

「其方は加護を持つか」

「うん。光の精霊のね。ルーて言うんだ」

「光の精霊に名を付けたのか？」

「うん。良い名前でしょ？」

「ハッハッハ！　なんと！　精霊に名を付けた人間など、聞いた事がない！」

「ねえ、側にいっても怖い事しない？」

「何？」

「だって、怪我してるでしょう？　浄化で怪我は治らないよ。それにまだモヤモヤが残ってる。ガブッて食べたりしない？」

「ああ。我は魔物ではないと言うておろう。何もせんわ」

「そう？」

俺は、近くに行こうとゆっくりと歩き出した。

「リリ！　やめなさい！」

「兄さま、大丈夫です」

「殿下！　ゆっくりと。私達の後ろに！」

「オク、分かったよ」

オクソールとリュカと一緒にゆっくりと前に進む。

「ねえ、どうしてこんなに酷い穢れを？」

進みながら聞いてみる。

「河向こうの国で、追われたのだ。我を捕まえようとする人間がいて、銃弾を撃ち込まれた。普通の銃弾ではこうはならん。呪詛が込められていたのだろう。なんとか此方に渡ってきたが、穢れが酷くて動けなくなってしまった」

呪詛を銃弾に込める、て何だ？　そんな事できるのか？

「そうなんだ。酷い事するよね」

「お前も同じ人間であろう」

「ボクはそんな事しないよ。じゃあ怪我は銃弾に当たった時のだね？　もしかして、まだ弾が入ったままなの？」

「ああ、そうだ」

「ねえ、治したいんだ。触るけど、噛んだりしないでね」

「治せるのか？」

「うん。大丈夫だと思うよ。でも、治った途端にガブッて食べたりしない？」

「ハッハッハ、するものか。我はそんな恩知らずではない。それに人間は食べぬ」

「じゃあ、触るね」

近づこうとすると……

「殿下、危険です」

「オク、話聞いてたでしょう？　大丈夫だよ」

「殿下！」

俺は近付いてしゃがみ込み、腹の怪我に手をあてる。血も出ているじゃないか。酷いなぁ。

まず、弾を取り出して……ん～、出てこいよ。どこだ？　まるでエコー検査みたいだな。魔力を流してみる……あ、あった！　これだな。

後ろ足の付け根辺りに、銃弾が入っている。だから歩けない？　歩きにくいのかな？

弾を引き出す感じで魔力を絡める……よし！　捕まえたぞ。

「取るからね。痛いよ。我慢できる？」

「ああ、やってくれ」

よし、いくぞ……ん～、そうっと……出来るだけ、痛くない様に……ゆっくり……そうっと……

もう少し……ヨシ、取れた。

俺の手の中に、真っ黒のモヤモヤがまとわりついた弾丸が出てきた。

「取った！　うわっ！　真っ黒！　凄い呪詛だ！」

「殿下、早く離して下さい！　呪詛が！」

「オク、大丈夫だよ」

えっと……呪詛……解呪か？　たしか2年前にやったな。なんだっけ？　あ、そうだ！

『ディスエンチャント』

手に持っていた真っ黒にモヤっていた弾が光った。

そして、透明の弾丸にかわった。

「うん、大丈夫だ。次は怪我と残ったモヤモヤだね」

まず、モヤモヤか。弾が入っていたところに手を当てて心の中で詠唱する。

『ピュリフィケーション』

瞬く間に、腹のモヤモヤが光に包まれて消えた。

いいぞ！　あとは怪我だ。俺は手をかざす。

『ハイヒール』

白いヒョウの体をブワンと、光が包み込み消えていった。

「治った？」

「ああ、なんと……！　人間にこの様な事をできる者がいるのか!?　信じられん！」

「エヘへ。良かった。もう見つからない様にね」

俺はオクソールとリュカに守られながら、その場を離れようとした。

「待て！　リリと言ったか」

「うん、ボクはリリ」

「感謝する！　リリとやら、我に名を付けよ」

「えー!?　名前!?　どうして？」

「なんだ、嫌か？　我はこのような事ができる人間に興味がわいたぞ。名を付けると繋がっている事ができるのだ。何より、命を助けられたのだからな」

「そうじゃなくて。ボク、センスないんだ」

「ハッハッハ！　構わん」

ん～っと、真っ白なユキヒョウだから……

「ユキだ！」

なんだ？　俺が『ユキ』と呼んだ瞬間にユキヒョウの身体が光ったぞ。

「クハハハッ！」

リュカ、やっぱ笑うよね。笑っちゃうよね～。

「殿下、まんまですよ？」

うん、オクソール。俺もそう思うよ。でもさぁ、思いつかないんだ。

「ユキか。よい名だ！　我が名はユキ！　主を其奴らと共に守ろうぞ！」

「え……？」

あらら？　もしかして……やっちまったかな？

「リリ、やってしまったね」

「え？　兄さま？」

やっぱりかぁ。いつの間にか、クーファルがすぐ側に来ていた。

「私はリリの兄でクーファルだ。ユキ、リリを本当に守ってくれるのかな？」

「ああ。あのままだと、我は近いうちに死んでいた。恩ができたからな」

「ユキ、君はユキヒョウかな？」

「ああ、見かけはな。我は神獣だ」

「へっ!?　兄さま？」

「あー、これは私の手に負えないね。ルー様！」

「はいな！　呼んだ？」

ポンッと光と共にルーが現れた。

最近、思うんだ。ルーの喋り方が最初の頃と違ってきてない？　だんだん、オッサン臭くなってきてないか？　『はいな！』とか言ってるじゃん。

「リリ、そんな事はないと思いたい……」

「なんと!?　光の精霊か!?」

「おや？　珍しいな。神獣がどうしてこんな所にいるんだ？」

ルーがユキを見て言った。

「ルー、河の向こう側のお隣の国で狙われたんだって」

「そうなのか？　馬鹿な人間はどこにでもいるんだね」

「ルー様、本当に神獣ですか？」

「ああ、間違いないよ。神使とも言うな。この豹は光の神の使いだ」

「ええー！　ルーとどっちが偉いの!?」

「比べ様がないさ。カテゴリーが違う。まあ、でも僕かな」

あ、ルーがドヤってる。なんかムカつく。白い鳥さんなのに。

「精霊は超自然的なものだ。神獣はあくまでも元は獣だ」

「へえ～」

「リリ、へえ～じゃないからね。クーファル、どうした？」

「ルー様、リリが名付けをしてしまいました。ユキと」

「はぁ!?　神獣にか!?　て言うか、まんまだけど良いのか？」

「はい。気にしていない様です」

「リリ、お前は本当に……」

「エへへ～」

「エへへじゃないよ！　僕は褒めてないからね！」

「ええー！」

「まあ、良いんじゃないか？　リリを守ってくれるだろうさ。もしかして、引き寄せたのか？　えっと、ユキか。リリの立場と状況を知っておく事だ」

「何？　加護を受けている以外にも、まだあるのか？」

「ああ」

ルーが俺の状況を説明し出した。長くなりそうなので、俺はオクソールに抱っこしてもらって、りんごジュースを飲む事にした。コクンと……

「人間と言うものは、馬鹿としか言いようがないな」

「その馬鹿な奴等からリリを守れるか？」

「ああ。当然だ。我が敵を切り裂く光の剣となろう。片時も離れず寄り添い守ろうぞ」

「そうか。それは心強い。頼んだよ」

俺は無言でりんごジュースを飲んでいた。コクコクと……

「……リリ、りんごジュース美味いか？」

「うん、ルーも飲む？」

「いや、いらないよ。緊張感ないな！　ユキのカッコいいとこだぞ？　真剣に聞いてやれよ。リリ、空気読もうな」

俺ほど空気の読める5歳児はいないだろうよ!?　ちょっとショック……

「なら、その体は駄目だ。なんとかしなよ」

「精霊よ、どうしろと？」

「ユキ、人間の世界では目立ち過ぎるんだ。何より大き過ぎる」

うん、クーファル。その通りだな。なんせ2メートルはあるよな。オマケにユキヒョウだからな。普通に怖がられるだろう。

まぁ、俺はりんごジュースをまだ飲むよ。コクコクコクと……ああ、美味しい。

「ふぅ……」

「殿下、りんごジュースはもうその辺で」

「えー、オク。だめ？」

「はい。先程から飲み過ぎです」

「はーい」

俺は仕方なく、りんごジュースをマジックバッグに仕舞った。

「どんだけりんごジュース持って来たんですか?」

「え?　リュカ。そんなの沢山持って来たに決まってるじゃん」

「アハハ!」

「ねえ、リュカ。尻尾触らせて?」

俺はリュカに手を伸ばす。

「いや、駄目ですよ。何言ってんスか」

「じゃあ、耳でもいいよ」

「いや、意味分かんないッスよ」

「ええー!　モフりたい!」

「殿下、俺より全身モフモフが、目の前にいるじゃないですか」

「ん?」

そうだった。

「オク、おろして」

「はい、殿下」

俺はトコトコと、ユキの側に行った。そしてボフッと抱きついた。

「リリ、何してんだよ!?」

「んー!　だってルー、すっごいモフモフ!　でもちょっとばっちいね」

『クリーン』

ユキの体がシュルンと綺麗になった。

「クハハハ！」

またリユカが笑ってる。ま、いいけどさ。またオクソールに叱られない様にしろよ？

「ねえ、ユキ。乗せて！」

「ああ、いいぞ」

ユキは、俺が乗りやすい様に伏せてくれた。ヨイショと背中に乗る。

「いいよー！　じゃあ、戻ろう！」

「リリ、待ちなさい。そのまま戻るのかい？」

「えッ？　兄さま駄目ですか？」

「いや、駄目と言うか。アハハハ！　本当にリリは規格外だ！」

いや、俺もうこのまま戻る気満々なんだけど？　超お気に入りなんだけど。

肩にルーを止まらせて、俺がユキに乗ったまま戻ると大騒ぎになってしまった。

「殿下！　そのユキヒョウは!?」

「エヘヘ。アルコース殿、カッコいいでしょ～」

「いや、その。カッコいいですが。どうしてこの様な事に!?」

また長々とクーファルが説明してくれた。

俺は、シェフがいたので、お腹が空いたと訴える。

「殿下、ここで食事は無理です。もう少し我慢して下さい」

「えー。そうなの？」

「はい。魔物が寄ってきますから」

「分かった。我慢するよ」

「では父上。その神獣がいた為に、恐れてトードがこちらに移動してきていたと?」

「ああ、アルコース。おそらくそうだろう」

そうそう。ユキヒョウがいた事が原因だね。

「ユキがいたところだよね。河の水が溢れて小さな池になっていた。あそこが、トードのお家だったんだよ。でも、魔物とは別格でモヤモヤまであったユキがいたから、恐れてこっちに移動してきたんだね。そして、グリーンマンティスがご飯になっちゃった。だから、トゲドクゲの卵が食べられなくて、沢山孵化したんだね」

「では、殿下。トードをもっと討伐しておきますか?」

「アルコース殿、それは駄目」

「駄目ですか?」

「うん。駄目。レピオス説明おねがい」

「はい、殿下。森には森の生態系があるのです。今回、トゲドクゲが増えたのも、その生態系のバランスが崩れたからです。トードを討伐しすぎると、今度はトードを食料にしていた魔物が飢えて餌を求めて出てきます。それは、人間にも影響が出るかも知れません。ですので、狩り過ぎてはいけません。ほどほどが大事です。先程、既にかなりの数を狩ってますので、後は神獣がいなくなれば自然に戻るでしょう。もちろん、ウルフ系やボア系等の、直接人間を襲ってくる魔物は別です」

うん、その通りだ。さすが、レピオス。俺の師匠だ。

「ねえ、兄さま」

「リリ、どうした？」

「お腹が空きました」

「アハハハ！　リリアス殿下は、本当に肝が据わっておられますね！」

「アル殿。だってお腹が空いたら、力も出ないよ？」

「その通りですな。では、魔除けの内側で食事にしますか？」

「アラ殿、そうしましょう！　あ、ボク結界を張っておきます」

えっと……結界は……

「主人よ」

「ユキ？　ボクはリリだって言ったじゃん」

「では、リリ。我が結界を張っておこう」

そう言うと、ユキの体から白い閃光が広がり魔物避けのある場所を基点に、キラキラと透明な結界が張られた。

「ユキ、凄いね。こんな事が出来るのに、人間にやられたの？」

「それを言うでないわ」

「プフフ……」

またリュカが笑ってる。

ユキはカッコいいのに、なんだろ？　ちょっと惚《とぼ》けたところがあるのかな？　可愛いぞ。親しみやすくて良いじゃないか。

「殿下！　お食事にしましょうッ！」

「シェフ！　お腹すいた！」

皆で結界の内側で食事だ。食べながらだけど、俺はユキに皆を紹介した。

騎士団と領主隊が興味津々だ。おぉー！　と拍手している隊員までいる。なんで？

「殿下、だってカッコいいでしょう！」

と、領主隊隊長のウルが言っていた。だよなー、カッコいいよなー！

「……ユキはね……モグ」

「ああ、先に食べるといい」

「うん……お腹すいてない？　……食べる？」

と、モグモグしながらマジックバッグから予備のバーガーを出した。シェフがパテから拘《こだわ》って作ってくれたバーガーだ。トマトとチーズも入っている。

「……いいのか？」

「うん！　いいよー！　はい、あーん！」

「あーん？」

「お口開けて。入れてあげるから」

「あ、あー……ん……美味いな！」

大きな犬歯だなぁ。ちょっと怖いよ？

「でしょー！　シェフの料理は絶品だよ！」

「おや、食べられますか？　駄目なものはないですか？」

「ああ、特にはない」

「はいはい。では、これもどうぞ。沢山持ってきてますから、遠慮せず食べて下さい」

シェフがマジックバッグから、ドドンとお肉やパンを出した。

「かたじけない！」

ユキは豪快に食いついた。食べてるよ。本気でがっついてるよ。

「お腹空いてたんだねぇ……」

「怪我していましたしね。血も失っていたのでしょうし」

「リュカ、そうだよね。ねえ、レピオス。薬湯はいらないかな？」

「どうでしょう？　私は神獣を見るのも初めてですから」

「だよねー」

「殿下、大丈夫だと思います」

「オク、どうして？」

「神獣は我等とは違います。それにあの食欲だと大丈夫でしょう」

「そうだね。スッゴイ食べてるもんね」

夢中で豪快に齧《かぶ》り付いている。この様子だと心配なさそうだ。

結界の外に魔物がウロウロしだした。グリーンウルフや大型の物がいる。

食事を終えた領主隊がチラホラと、討伐する為に結界を出て行く。腕を伸ばしたり関節をボキボキ鳴らしたりしながら、さもこれから鍛練ですよ、と言った感じで普通に出て行きあっという間に倒している。

その様子を見て、領主隊にとっては魔物討伐は日常なんだと思った。

「凄いね、めっちゃ強い」

　薬師達は結界があっても、怖いらしい。皆で固まって見ている。

「兄さま、ケイアはどう思っているのでしょう?」

「さあ、どうだろなぁ。魔物を間近で見るのも初めてだろうし。まあ、少しは意識が変わるだろう。魔物なんて出る筈がないなんて、言っていたからな」

「そうですね」


「では、皆さん。帰りは霧吹きの駆除剤を持って下さい。トゲドクゲや卵を見かけたら、たっぷりと散布して下さい。散布しながら戻りましょう。来る時に大体は燃やしたので、帰りは駆除剤を散布する程度で大丈夫でしょう」

　レピオスが指示を出した。うん。もうそれ位でいいだろう。

「リリ、ユキはどうする?」

「兄さま、どうとは?」

「このまま領都に入ると、皆が驚くよ?」

　そうか、ユキヒョウだもんな。

「ああ、そっか。ボク、乗って帰ろうと思ってたのに」

「ユキ、大きさを変えられるだろう?」

「ルー様。そうなのですか?」

「ああ、神獣なら出来るだろう」

「ユキ、出来るかな？」

「ああ、問題ない」

そう言うとユキの体がまた白く光った。今度はその光がユキの体を包む。

「うわ、ユキめちゃ可愛い！」

ユキは小型犬サイズに小さくなっていた。まるでちょっと大きな白い猫だ。豹柄だけどな。

俺のモフモフ愛が溢れ出すぜ！

「さすが神獣だね。これなら大丈夫だ」

クーファル達は感心している。俺はもちろんユキを抱っこだ！

「ユキ、可愛い！　モフモフ～！」

ペルシャ猫の様な長毛種ではない。モフモフと言うよりはしっとりしている様なベルベットの様な、しかしフワモフ感もある。これは、極上の手触りだ！　俺はユキの体に顔を埋《うず》める。至幸だ！

「リリ、やめろ！　くすぐったいではないか！」

アハハハ、この感触はやめられないぜ！


俺達は森の中を戻る。念の為、来た時とは違う場所を通って戻る。

騎士団や領主隊が、彼方此方で魔物を討伐している。

俺は小さくなったユキと一緒に、オクソールに乗せてもらっている。

「ねえ、オク。来る時よりも魔物が多くない？」

「そうですね。明らかに多いですね。しかも、同じ方向から出て来ていますね」

「オク、あっちだよね」

俺は、ユキが倒れていた池のある方を指差す。

「何かあるのかも知れません」

「調べなくていいの？」

「殿下、お昼寝は大丈夫ですか？」

「オク。いくらボクでも、こんな状況で眠くはならないよ」

「そうですか。では少し向こうに行ってみますか？」

「うん。確認しよう」

オクソールが笛を吹いた。

「オクソール殿、どうした？」

アラウィンと領主隊隊長が走ってきた。

「あっちの方から魔物が出てきてない？」

「リリアス殿下、そうですか？」

「リリアスの言う通りだね。向こうから魔物がやってきている」

「クーファル殿下、では何かあると？」

「分からないが、確認しておく方が良いだろう」

「分かりました！　ウル！」

「はい！　了解です！」

領主隊隊長のウルが、走って隊員達の方へ行った。

魔物を討伐しながら、徐々に池の方へと移動する。

「兄さま！　『ウインドエッジ！』」

移動するにつれて魔物が多くなっている。しかもコレって皆同じ方向から出てきてないか？　まるで何かから逃げてきているみたいじゃないか。

「リリ、大丈夫だ。有難う」

クーファルが襲ってきた魔物にとどめを刺しながら言う。

「クーファル殿下！　これは変です！　きっと何かあります！」

「オクソール、そうだな」

クーファルもオクソールも、剣で魔物を斬り倒しながら進む。

「兄さま！　オク！　あれ！」

俺が指差した方に、ユキの様に黒いモヤモヤを纏った大型のベアー種の魔物がいた。

「リリ、あれはユキと同じだな」

「はい、兄さま。なんで？　ユキ、分かる？」

「いや、我には分からん」

「リリ、ユキの穢れの原因は何だったんだ？」

「ルー！　えっとね、コレ！」

俺はポケットに入れていた、ユキの体から取り出した弾を見せた。

「リリ、これクリスタルだな？」

「そう？　浄化したらこうなったの。最初は真っ黒のモヤモヤだった」

「人間はなんて馬鹿な事を！」

　珍しくルーが怒っている。

「ルー様、どう言う事ですか？」

「クリスタルの弾に、呪詛を掛けたんだろう。この弾がもしかしてまだ森にもあるのか？　ユキ、覚えてないか？」

「我が受けた弾丸は、リリが取り出した1発だけではなかった。我の力で、体から取り出したのが3発あったはずだ」

「ルー様、その影響ですか？」

「クーファル、もしかして食ったのかもな」

「兄さま、モヤモヤの魔物も3頭ですね」

「ああ。リリ、決まりだな」

「リリ、浄化できるか？」

「うん、ルー。任せて！」

『ピュリフィケーション』

　俺は両手を前にかざして、一気に浄化した。

「リリはとんでもないな。人間か？」

「ユキ、失礼だよ？」

「ハハハ、そう思うよな」

「ルーまで。ま、いいけど」

神獣のユキと、精霊のルーには言われたくないよねー。

「リリ、まだだよ！」

「ルー、分かってる。兄さま、きっと体の中の弾自体を解呪しないと駄目だと思います」

「オクソール殿とリュカは、殿下をお守り下さいッ！　私が参りますッ！」

そう言ってシェフが走り出した。

「シェフ!!　兄さま、シェフが！」

「リリ、大丈夫だ」

でも、シェフ一人だぞ！　いくらシェフが強くても……！

シェフが剣を振りかざす。馬で走りながら切り倒し、まず1頭。振り返り様にまた1頭。そして、薙ぎ払って最後の1頭。

あっと言う間に、シェフはモヤモヤの出ていた3頭を倒してしまった。しかも全て首を狙って一撃だ。

「シェフ！　凄ーい!!」

「リリ、弾を出さないと」

「兄さま、そうでした。オク」

「はい、移動します」

「リリ分かるか？」

俺はルーと魔物の死体をジッと見る。

「ルー、これやっぱり食べてるね？」

「みたいだな」

3頭共、腹の辺りから黒いモヤモヤが浮き出ている。

「もう死んでるのに」

「ああ、このまま放っておけば、澱みになるな」

「オク、お腹のモヤモヤが出てる所を狙って切れる？」

「はい」

オクが剣をかるく一振りした。残りの2頭も同じ様に腹を切った。

「うわ、これ、銃弾を飲み込んだ魚を食べたんだ」

「殿下、魚もまだ真っ黒ですよ」

「リュカやめて、キモイから」

まだ黒いままの消化されずに残った魚と、コロンと出てきた黒い弾。

オクが3体をまとめてくれる。俺はそれに向かって手をかざす。

『ディスエンチャント』

黒い弾が、透明に変わった。そして俺は3頭の魔物の死体に向かって手をかざす。

『ピュリフィケーション』

魔物の死体から、わずかに出ていた黒いモヤモヤが消えた。

「うん、これで大丈夫だろう」

「ルー、待って。周りを確認してみるよ」

俺は池を見つけた時の様に、魔力を森の中に広げてみる。薄く広くレーダーの様に……よし、大丈夫だ。

「大丈夫、もう何もないね」

「リリ、今のは索敵、サーチか？」

「ルー、さく？　さ……何？」

「リリは、分からずにやっていたのか？」

「ルー、分かる様に言って」

「リリ、索敵だ。サーチと言ってな、魔力を流して敵の居場所を特定する事ができるんだ」

「そんなのボク知らなかった」

「もしかして鑑定も出来るんじゃないか？」

「かんてい？　ルー、何それ？」

「僕がさっきユキにやっていただろう？」

「えー、知らな～い」

「なんでだよ!?　リリはさぁ、本当に分からん！　時々、ボケボケなのは何でだ？」

「ええー、ルーなんだよぉ」

「リリ、その魔物の死体に集中して『鑑定』てやってみな？」

「魔物の死体に？」

「ああ」

魔物の死体に向かって……

『鑑定』

おー！　そうなのか！　これいいな。全部情報が分かるんだな。もっと早く教えて欲しかったぜ。

「ルー、分かった！　これいいね！」

「やっぱ、出来たか」

「うん。大丈夫、もうちゃんと浄化されてるよ！」

「ルー様、スキルですか？」

「ああ。クーファル。これまた初代皇帝が、よく使っていたスキルだ。使える奴は聞いた事ないな」

「リリ、もう兄さまは驚かなくなったよ」

「え？　兄さま、何ですか？」

「いや、リリいいよ。ルー様、このクリスタルの弾丸は持っていても無害ですか？」

「ああ、もうリリが解呪したからな。弾丸の形をした、ただのクリスタルだ」

「リリ、兄さまにくれるかな？」

「はい、兄さま。ユキのとあわせて全部で４個です」

クーファルにクリスタルの弾丸を渡した。

「ルー様、この魔物はどうしましょう？」

シェフが聞いてきた。

「このまま放置すれば澱みの原因になりますよね？」

「シェフ、そうだな。もう無害だから、取り敢えずマジックバッグに入れて、森を出たら焼いてしまうか？」

「分かりました」

「俺が入れておきます！　シェフのマジックバッグに入れるのはちょっと抵抗が」

リュカが言った。ま、気持ちの問題なんだが。でも気持ちは良く分かる。食料が沢山入ったシェフのマジックバッグには入れてほしくないよな。……いやいや、待てよ。もう既にあの超キモイでっかいトードが入ってんじゃね!?　いや、考えるのはやめておこう。

気がつけば、あれだけ出てきていた魔物がどこかにいなくなっていた。

「ルー、なんでだろう？」

「魔物か？」

「うん。黒いモヤモヤが消えたら、魔物もいなくなった」

「ああ、本能でモヤモヤから逃げて来たんだろう。どんな呪詛だったかだ」

「そっか」

「ユキ、河向こうの国だと言っていたかな？」

「ああ、そうだ」

「しかし、神獣を捕らえようなどと、よく思いついたもんだね」

「ね、ルーもそう思うよね。こんなに可愛いのにね～」

「リリ………」

おや？　俺なんか変な事言ったか？　ユキは可愛いだろうよ。さて、戻ろうと皆が思っていた時だ。

「キャーッ！」

と、突然誰かの叫び声が響いた。どうした？　誰だ？

「殿下、ケイア殿ではないですか？」

「え？　何があったんだろう？」

皆で叫び声の方へ急いで向かうと、薬師達が見えて来た。近くに数人、ガタガタと震えている薬師もいる。見るとケイアをウルフ系の魔物が取り囲んでいたんだ。

「何？　どうして？」

その震えていた薬師に聞いてみた。

「薬草を採取していたのです。気が付いたら囲まれていて……離れたら駄目だって言っていたのですけど、ケイアさんが……」

1人離れてしまったのか？　とにかく、助けないといけない。

ウルフ達の大きさはユキの半分もないが、数が多い。こんなに囲まれるまで何故気付かなかったんだ？　無心で薬草を採取していたのか？　今でも手に多くの薬草を持っている。こんな魔物が出る森で、自殺行為じゃないか。

狼の群れは20頭ほどいるだろうか？　濃い茶色にどぎつい赤色の毛が交じっている。今にも飛び掛かりそうだ。もうケイアの事を明らかに獲物として狙いを定めているんだ。

「あ……た、た、助けて……」

ケイアはもう声も出ていない。腰が抜けたのか、地面にへたり込んでいる。

「オク、助けなきゃ！」

「殿下、領主隊が行きます」

「でも！」

オクソールの言った通り、領主隊が斬り込んだ。散《ばら》けて討伐していた領主隊員達がケイアの叫び声で駆けつけたんだ。それでも数が多い。鋭い爪で腕を傷つけられたりしている。

「オク！」

「殿下、ダメです」

駄目ならここから……と、俺は集中して魔力を集める。炎系は駄目だ。森が焼けてしまう。風だと万が一ケイアに当たってしまうかも知れない。俺の髪が静電気を帯びていく。周囲にもバチバチと爆《は》ぜるような音がし出した。

「殿下！」

オクソールが叫ぶ。だって放っておけないだろう。どんどんウルフ達の包囲網が狭くなっていくんだ。数が多いんだよ。こっちの分が悪い。そして、俺はその魔力を放った。

ケイアの周りを囲んでいたウルフ達にピンポイントで雷撃を落としたんだ。ウルフがいた地面が雷撃で抉《えぐ》られる。直撃したウルフ達はなぎ倒され消し炭になっていく。これで、かなりの数を減らした筈だ。

「殿下、クーファル殿下と一緒にいて下さい！　シェフ、殿下を頼む！　リュカ！」

「はいッ！」

オクソールとリュカが飛び出した。領主隊の隊員達が相手をしていたウルフを2人でどんどん斬りつけて倒していく。ああ、やっぱオクソールって飛び抜けて強いんだ。

一気にこちらが優勢になり、ウルフは尻尾を巻いて向かうか逃げるかと右往左往している。

そこを無慈悲にもオクソールとリュカ、領主隊がトドメを刺していく。もう大丈夫だ。

「ケイア！　大丈夫!?」

「あ……は、はい……」

まだ、放心状態といった感じだろうか？

「こんな森の中で1人離れるなんて何を考えてんだ！」

領主隊の1人がケイアを怒鳴りつけた。ああ、腕をやられているじゃないか。それでもケイアを助けに駆けつけてきたんだ。

「大丈夫？『ヒール』」

「殿下、申し訳ありません。有難うございます」

「他に怪我した人いる？　治すから教えて！」

俺の声に数人の領主隊が集まってきた。ケイアの行動で何人もの隊員が怪我を負ってしまった。最初にケイアを怒鳴った隊員の言葉は他の隊員達も言いたかった事だろう。それでも、自分の命を張って助けに駆けつけてくれたんだ。それをケイアは分かってくれるといいのだけど。

薬師達に両脇を抱えられながら隊列に戻っていくケイア。その後ろ姿からは何も分からなかった。

とにかく早く森を出よう。

俺はユキを抱っこしながら、オクソールの馬に乗っている……が、しかし！　ピンチだ！　限界が近い。

何がって？　お昼寝だよ！　お昼寝！

オクソールが後ろから、手で抱えてくれているからいい様なものの、もう既にコックリコックリしている。背中のオクソールの体温と、抱っこしているユキの温かみでもうとってもいい感じ。ホッコリするのさ。

「殿下、もう森を出ましたから、寝てしまっても大丈夫ですよ」

「うん、オク。もう少し頑張る」

「ご無理なさらず」

「オク、リリはどうしたのだ？」

ユキが、コックリコックリしている俺を不思議そうに見ている。

「ユキ、殿下はお昼寝の時間を過ぎているから、眠いんだ」

「魔力の使い過ぎではないのか？」

「殿下、そうなのですか？」

「オク、ユキ。リリの魔力量はまだまだ余裕だぞ。今日やった位の事なら、なんともないさ。単純にお昼寝だ」

オクソールの肩に止まっていたルーが答えた。

「ユキ、自分一人で馬に乗っていられるか？」

「ああ、大丈夫だ。もうリリは目を開いてないぞ」

「そうだろうな。俺は殿下を支えるから、ユキは自分でしっかり馬に乗っていてくれ」

そう言って、オクソールは俺の体を引き寄せる。

ルーはまた、ポンッと消えていなくなった。

「殿下は寝てしまわれましたか」

「アスラール殿。いつもなら、もうお昼寝から起きられる頃ですから。森を出た途端に、コックリと始められました」

「こんなに、可愛らしいのに……殿下には、いつも驚かされます」

「はい」

「食べ物に魔石に、今日は神獣ですか」

「ハハハ、殿下ご本人は、なんとも思っておられませんが」

「そうですね。しかし、今日は殿下に領地を救って頂いたのと同じです。殿下がおられなかったら、浄化もできません。それ以前に、気付いてはいなかったでしょう」

「アスラール殿、殿下は良い子なのです」

「もちろんです」

「いえ、もっと良い子じゃなくても良いのです」

「オクソール殿?」

「もっと、悲しい、寂しい、嫌だ、憎い……そんな気持ちを、出して下さって良いのです。殿下はまだ5歳なのですから」

「そうでした。殿下はまだ5歳だ」

「領主隊の皆とおられる時は、5歳児の顔で笑っておられる。ですので、感謝しております。私は、あの様に殿下に接する事はできないので」

「いえ、感謝しているのは、我々の方です。本当に……殿下はこの国の光です」

「殿下が聞かれると、嫌な顔をされますよ」

「そうですか？」

「ええ。ボクは普通の５歳児だと、いつも仰ってますから」

「私共から見れば、全然普通ではないのですが」

「そうなのですが……しかし、まだまだお母上が恋しいお歳です」

「そうですね……殿下に来て頂いて私達は有難いのですが。殿下はお寂しいのでしょうか？　私達は、殿下に酷な事を望んでいるのでしょうか？」

「どうでしょう……私には、分かりません」

トロンとしながら俺はちゃんと聞いていたんだよ。オクソールとアスラールの会話をさ。それから直ぐに爆睡だったけど。


「……ふぅ……ん？」

「殿下、お目覚めですか？」

「ニル、ボクまた寝てたの？」

「はい。またオクソール様が抱きかかえて来られました」

またかよ。オクソール、いつも有難う。本当、すまないね。

「リリ、起きたか？」

「ああ、ユキ。紹介するよ、ニルだよ」

「知っている。オクに聞いた」

「そっか。ニル、ユキだよ」

「はい。私もオクソール様に聞きました」

「可愛いでしょ？　神獣なんだって」

「ええ。でも本当は大きいのでしょう？」

「うん……」

ヨイショとベッドからおりて、ソファーに座る。

「ニル、りんごジュースちょうだい」

「はい、殿下。ユキも飲みますか？」

「なんだ？」

「りんごジュース。めちゃ美味しいよ」

「じゃあ、我も飲む」

「はい、どうぞ」

「ニル、ありがとう」

ティーカップに入れてもらったりんごジュースを、ユキがペロペロと舐める。

「ユキ、どお？」

「うん、美味い！」

「でしょぉ～！　美味しいの！」

俺もコップを両手で持って飲む。

「殿下、ユキの本当の姿を見てみたいです」

「え？　ニル、怖くない？」

「怖い？　怖いのですか？」

「ボクは怖くないよ。超カッコいいもん。でも、ユキが本当の姿で領都に入ると皆がビックリする、て言われたから」

「そうですね。ユキヒョウですからね」

「ニル、りんごジュースおかわりが欲しい」

「ユキ、もう飲んだの？」

「ああ、美味い」

ユキの太めの長い尻尾が揺れてるよ。ユキは食いしん坊だよねー。

「アハハハ！　ニルあげて」

「はい。ユキ、どうぞ」

「かたじけない」

「フフフ。こんな可愛らしい姿で、その言葉遣いは似合わないですね」

「本当だね」

「……ケポッ……」

「ユキ、ゲップしてるよ。アハハハ！」

「可愛らしいですね」

「笑うでない」

「ユキ、元に戻ってみて」

「いいのか？」

「この邸内なら、いいんじゃない？」

「そうか」

ユキの体がピカッと光って、光が体を包む。ブワッと大きく膨れ上がって消えた。

「まあッ……！」

——ボフンッ！

「ニル！」

「殿下！　凄いモフモフのスベスベですよ！」

ニルがいきなりユキに抱きついた。ビックリしたよ！

「キャハハハ！　ニル！　ビックリしたぞ！」

「リリ！　なんとかしてくれ！」

「いいじゃん！　ユキ！」

「モフモフ……スーハー……スーハー」

「こら！　匂うでない！　離れろ！」

「キャハハハ！　ニル！　最高！」

ユキが、無理矢理ニルを引き離した。

「あ～！　せっかくモフモフしていたのに！」

「いや、匂うな！」

「ええー！　だってー！」

「キャハハハ！　ニル、人格が変わってるー！」

「殿下、酷いです。モフモフには誰も抗えません！　しかもユキはモフだけでなく、こう……スベスベと言いますか……」

おお！　それには俺も大賛成だ！　胸のモフモフは超いい感じなんだ！


「殿下……！」

俺は元のサイズのユキを連れて食堂に入った。初めて見るフィオンや夫人が驚いている。

「リリ、それは？」

「姉さま、ユキです。神獣です。ユキ、ボクの姉さまだよ」

「神獣……初めて見たわ」

「姉さま……超スベモフです」

「え……？　スベ？　スベモフ？」

そう言ってから、フィオンは早かった！

あっと言う間に移動して、ユキに抱き着いた。

「まあ！　まあ！　なんてスベスベモフモフなんでしょう！」

「リリ、こんなのばかりか？」

「アハハハ、ユキいいじゃん！　怖がられるよりずっといいよ？」

「いや、それとこれとは話が違う」

「ユキ、私はリリの姉でフィオンよ。宜しくね」

「ああ。離れてくれるか？」

「まあ！　なんかユキってカッコいいわね！」

「フィオン、それ位にしておきなさい」

「お兄様……はい、すみません」

「クーファル、かたじけない」

「まあ、気持ちは分かるけどね」

「殿下ッ！　お待たせ致しましたッ！　お食事ですよ！　あれ？　ユキもこちらで食べるのですか？」

「我はどこでも良いぞ」

「そうですか。ユキ用に肉の塊を焼いたのですが」

「何ッ!?　肉の塊だと!?」

ユキ、肉に食いついたよ！　目がキランて光ったよ！　やっぱ肉食か。

「兄さま、いいですか？」

「んー、そうだね。じゃあ、ユキは調理場で食べてくるかい？　持ってくるのも大変だろう？」

「じゃあ、ユキ。私と調理場に行きましょう。先に、殿下のお食事をご用意しますから、待って下さいね」

「ああ」

ユキがお座りして長い尻尾をブルンブルン振っている。嬉しいのか？　豹ってたしかネコ科だよな。

「さあ、殿下！　今日はグラタンですよ！」

そう言ってシェフが、熱々に焼けたグラタンを置いてくれる。

「先日、ニルズがとった魚介のグラタンです。美味しいですよぉ！」

「やった！」

「殿下、シェフ。そのグラタンとは？」

「あれ？　アラ殿、知らないですか？」

「はい。リリアス殿下、初めて聞きます」

「まあ皆様、食べてみて下さい。熱々ですから気をつけて下さい」

「シェフの料理は、何でも美味しいから楽しみだ」

「辺境伯様、有難うございます！」

メイドがアラウィン達に、グラタン等夕食を並べる。シェフ特製の牡蠣を軽くバターでソテーしたものを入れたグラタンだ。クリーミーなホワイトソースと、とろけるチーズが牡蠣に絡まってとっても美味しい。

「さ、殿下もどうぞ」

「シェフ、ありがとう！　いただきまーす！　フーフーフー……ん～美味しい～！」

「リリ、我もそのグラタンとやらを食べてみたい」

「え？　ユキにはお肉がある、て言ってたよ？」

「ああ、肉も食べたいのだが、それも食べてみたい」

「シェフ、いい？」

「はい。お持ちしましょう。肉はどうしますか?」

「それも食うぞ」

「はい、分かりました」

アラウィン達も冷ましながらグラタンを食べている。グラタンは初めてらしいぞ。

「これは殿下。クリーミーで美味いものですな」

「あなた、本当に。とっても美味しいわ」

「辺境伯、グラタンは本当に知らなかったのか?」

「はい、クーファル殿下。初めてです。殿下はご存じで?」

「ああ、定番だ」

「そうですね、お兄様。城では定番ですね」

ユキがシェフにもらって、グラタンにがっつく。

「リリ!　熱いぞ!」

「ユキ、フーフーしなきゃ」

「フーフー?」

「うん、フーフーして冷ますんだよ」

近くにいたメイドさんが、冷ましてくれている。手間かけて申し訳ないね。

結局、ユキはグラタンを平らげた後、肉も食べるとシェフについて調理場に行った。

俺たちは隣の応接室に移動してきた。アラウィン、アスラール、アルコース、クーファルとソールが一緒だ。

俺はユキが戻ってくるのを、一緒に待つ事にした。

メイドが皆に紅茶を出している。俺にはニルがりんごジュースをくれた。

「あんなに食べるのに、今迄どうしてたんだろう?」

「神獣は確か、そんなに食べなくても大丈夫だったと思うよ。ユキは人間の食べ物に興味があるんだろう」

「兄さま、そうなんですか?」

「ああ、確かそうだったと思うよ。後でユキに聞いてごらん?」

「はい、兄さま。そうします」

コクコクコクとりんごジュースを飲む。食後のりんごジュースも美味い。

「クーファル殿下、リリアス殿下。今回の調査では本当に有難うございました」

「辺境伯、私は何もしていない。リリのお手柄だ」

「兄さま、ボクも別に何もしてません。領主隊の皆さんは素晴らしかったです。すっごい強いんですね!」

「リリアス殿下、有難うございます。しかし、殿下が気付かれなかったら、そのまま見過ごしておりました。気付いていたとしても、殿下の様に浄化や解呪など出来ません。ケイアも助けて頂きました」

いやぁ、そんなに言われると照れるなぁ。エヘへ。

「しかし、隣国は何を考えているのか。神獣に危害を加えるだけでなく、呪詛の弾丸を撃ち込むなど」

「クーファル殿下、本当に。両隣の国はどちらも物騒ですな」

「ああ、辺境伯。確かに……」

「クーファル殿下、あの取り出した弾はどうなりました？」

「ああ、リリが解呪して、ただのクリスタルになった。アルコース殿、見るかい？」

「クリスタルの弾丸ですか!?　見てみたいです」

「ああ、ソール」

クーファルが、控えていたソールに声を掛ける。ソールが持っていたのか。

布に包んだクリスタルの弾を、アラウィン達に見せた。

「本当にクリスタルなんですね。ソール殿、もう触っても大丈夫なのですか？」

「ええ。アルコース様、大丈夫ですよ」

アルコースが、興味深げに手に取って見ている。

「クーファル殿下、帝国では、銃はあまり発達していませんからね。魔法が使えるせいですね」

「アスラール殿、それもあるが……誰にでも使えて殺傷能力の高い銃を、わざわざ作る必要はないという父の方針の方が大きい。隣国は魔法が使えたとしても、攻撃魔法は使える者がいないらしい。だから銃が必要なのだろう」

そうなのか？　全然知らなかった。

「ノール河沿いの森にいる魔物を、あまり討伐できていないのもそのせいだろう」

「クーファル殿下、やはりそう思われますか？」

「ああ、辺境伯」

「兄さま、質問です！」

はいッ！　と、俺は元気に手をあげた。

「リリ、なにかな？」

「兄さま、どこの国の人も、みんな同じ様に魔法を使えるのではないのですか？」

「リリ、そんな事はないよ。帝国の両隣の国は、我が国程魔法が発達していないよ。どちらの国も、魔力を持つ人間自体が少ない」

「へぇ～、知りませんでした」

「リリはまだ学んでいないからね」

と、言ってクーファルが教えてくれた。

帝国と同程度に、魔法が発達している国もある。北のケブンカイセ山脈を越えた所にある、『ニヴァーナ神皇国』がそうだ。山脈沿いの小さな寒い国だが、我が国と同じ様に誰でも魔法が使える。そして、魔法が使える自分達は神の子孫だと信じられているそうだ。

だが、この国は魔法が使える自分達は『神の子孫だ』とか言って一番偉いと思っている国なんだそうだ。だから、面倒でどの国も関わりたくないのだそうだ。だから、国名に『神』がはいるのか？

なら、同じ様に魔法が使える俺達も『神の子孫』なのか？　て、話になる。馬鹿らしい。

でも、自分達だけが特別だと思っている。だから、どの国ともあまり貿易をしていないのだそうだ。殆ど鎖国状態だ。それに、周りの国も関わりを持ちたがらないらしい。

クーファルもあんまり良い印象は持っていないみたいだ。

今回、ユキに呪詛を込めた弾丸を撃った国が『ミスヘルク王国』という。帝国とは違って人間だけの国だ。獣人に対しての差別が酷い。人間しかいないから、理解ができないのだろう。

「そうだね。ミスヘルク王国も、反対側のガルースト王国も、王族かそれに連なる高位貴族しか使えない。魔法を使えると言っても、生活魔法程度だが。ああ、日常で魔石を使う程度は、皆可能だよ。だから、日常生活に不便はないのだろう。不便がないから、進歩もない。しかし、魔物にはそうはいかない。攻撃魔法の代わりに銃が発達しているが、魔物にはあまり効果がないらしいね」

「そうなのですか。兄さま、ガルースト王国と言うのが……」

「ああ、2年前にリリを狙った王国だ」

なるほど。国名さえ全然知らなかった。

「兄さま、それ以外はどうなのですか？」

「リリ、この大陸にはもう一つ大きな河がある。知っているかい？」

「はい、兄さま。ヨスール河です」

「そうだね。ガルースト王国の、帝国とは反対側の国境が、ヨスール河だ。その向こうは森だね」

「兄さま、森ですか？」

「ああ。山脈沿いのニヴァーナ神皇国以外は全て森だ。人跡未踏の大森林地帯だ」

「凄い広さですね。魔物はいないのですか？」

「勿論、いるよ。しかし、森の深い所にしかいない。だから、ミスヘルク王国は存在できているのかも知れないね。ミスヘルク王国が、大河沿いに生息する魔物をちゃんと討伐できていたら、帝国にまで魔物が渡って来てはいないだろう」

なんだそれは!?　帝国は両側の国から迷惑かけられてるみたいじゃないか？

「リリ、もっと大きくなったら詳しい事を教えてあげるよ。兄さまは、リリが大きくなるのが楽しみだ」

「兄さま、本当ですか？　ボクは早く知りたいです！」

「リリ、せめてもう少し大きくなってからにしようね。今は、元気に大きく育ってくれるのが一番だよ」

「はい、兄さま」

「殿下、お待たせしました！」

「リリ、待たせた」

シェフに連れられて、元の大きさのユキが戻ってきた。

「ユキ……」

「リリ、なんだ？」

「ユキのお腹が、とっても大きくなってる」

「殿下、沢山食べたからです！」

「おや、本当に。アハハハ」

「アスラール殿それ程か？　ああ、本当だ。ユキそのお腹は酷いよ」

クーファルが身体を乗り出してユキのお腹を見て思わず笑っている。

「クーファル、そんなに大きいか？」

「ユキ、そんなに大きいね」

「殿下、レピオス様が仰ったのですよ。体に銃弾が入っていて血を流していた様だから、肉なら赤身を沢山食べる様にと。それで、赤身を沢山焼いておいたら全部ペロッと食べてしまいました」

「そうなんだ。血を流していたからなんだ」

「それにしても、そこまで……クフフ」

「クーファル殿下、本当に沢山食べましたよ！」

シェフ、どんだけ焼いたんだ……？


「スゴい！　ユキ、もっと速くー！　キャハハハ!!」

昨夜は疲れてぐっすり寝て、今朝も朝食をしっかり食べた。

俺は、オクソールとリュカと一緒に邸の裏でユキと遊んでいる。今はユキに乗って走っているのさ！　超速い！

最初の俺の喜び様で、分かるだろ？　風を切って走る、とか疾走とかはこの事だな！　俺自身は走ってもショボいから。

「殿下、ユキ！　危ないですよ！」

「リュカー！　大丈夫!!」

ユキが一回りして、オクソールとリュカの所に戻ってきた。

「しかし、ユキの走りは綺麗ですね。身体がしなやかで、正に豹ですね。まあ豹は、走るより木に登ったりする方が得意らしいですが。神獣はどうなんでしょう？」

「我か？　登りもするな。走りもするがな」

「ねえねえ。オクとリュカとユキなら一番速いのは誰？」

「「「………」」」

「えっ？　何？　３人共、何？」

何か変な空気になっちまったぞ？　何でだ？　オクソールもリュカもキョトンとしている。

「殿下、神獣は分かりません。皆よく似た速さでしょうが、ユキヒョウでしょうか？」

「オク、そうなの？」

「はい、ただリュカは系統が違うと言うか。狼なので」

あれかな？　ネコ科とかかな？

「オク、もしかしてネコかイヌか、て事？」

「はい、そうです」

「ふ〜ん。仲悪いの？」

「殿下、獣人ですから。野生とは違います」

「そうだよね。良かった」

オクとリュカとユキには、仲良くしてほしいよな。

「殿下!!」

「あれ、ニル？　どうしたんだろ？」

ニルが凄い慌ててダッシュしてやってくる。

「ニル、どうしたの？」

「殿下！　大変です！　ケイア様が！」

「え？　ケイアが何？」

「ナイフを持って！」

「はぁッ!?　何それ!?　どこ!?」

「夫人の部屋です！」

「ユキ！　乗せて！　ニル、乗って！」

「はい！　殿下！」

何なんだよ！　何でナイフなんて持ってんだよ！

俺とニルがユキに乗って邸に戻る。

その後を、オクとリュカがついてくる。２人共、獣化しなくても凄い速いじゃん!!


「殿下！　危ないですから、こちらには来ないで下さい！」

部屋の前でアルコースに止められた。

「アルコース殿！　どうなっているんですか!?　何故ケイアが!?　アリンナ様は!?」

「母が説得しています」

俺は部屋の中のケイアを見た。小さなナイフを夫人に突き付けている。

あのナイフは……薬草を切り分ける時に使う仕事道具だ。

大事な仕事道具をこんな事に使うなんて……！

「ケイア、落ち着きなさい」

夫人がケイアから距離を取りながらも、落ち着かせようとしている。

「煩い！　煩い！　煩い!!　無理矢理あんな危ない調査に出しておいて！　私が魔物にやられて、死ねば良いとでも思ってたんでしょう!?　さすが、悪役令嬢よね！　そうはいかないわよ！　先にあんたを殺してやるわ!!」

何わけの分からない事を言ってんだ!?　しかも目つきが普通じゃないぞ。まさか、本当に病んでたのか!?　目の焦点が合っていない。目の下にも酷いクマがある。眠れていないのか？

「リリ、どうした？　何なんだ？」

クーファルが慌ててやってきた。

「兄さま！　ケイアです。アリンナ様を殺すと言っているようです」

部屋の中でケイアがまだ喚いている。

「あんたがいなかったら、私がアラウィン様と婚姻していたのよ！　伯母様から指輪だって頂いたのよ！　嫁にとも言って下さったわ！　私の父は、アラウィン様のお父様の代わりに死んだのよ！　それ位してくれたっていいじゃない！　私にはなにもないのよ！　ずっと独りぼっちだったの！　あんたは沢山持っているじゃない！　アラウィン様1人位私にくれたっていいじゃない！」

「ケイア、それは違うわ！　代わりなんかじゃないのよ！　あなたも1人じゃないのよ！」

「煩いって言っているでしょう!?　あんたのせいよ！　クーファル殿下だって私を迎えに来て下さったのよ！　なのに、邪魔しないでよ！　私がいつまでも幸せになれないのは、あんたがいるからよ!!　あんたがいるから私はずっと1人だったのよ！」

　夫人がケイアを落ち着かせようとしているが、興奮して耳に入っていない様だ。

　クーファルの事まで妄想が混じっている。クーファルよりどんだけ年上なんだよ。普通じゃないな。

「馬鹿じゃないの!?　許せないわ!!」

「姉さま!!」

　いつの間に来ていたのか、フィオンが人をかき分けて、堂々と部屋に入って行く。

「リリアス殿下、大丈夫です。姉がついていきます」

「ニル、でも！」

　フィオンを止めようと後を追おうとするが、ニルに止められた。

　俺は部屋の中をのぞき見る。

「ケイアでしたか?」

「あなた誰よ！」

「フィオン様、危ないです。部屋を出て下さい」

　夫人がフィオンを近付けまいとするが、フィオンはお構いなしに近付き話しかける。

「夫人、大丈夫ですか?」

「フィオン様。私は大丈夫ですから、どうか離れて下さい！」

「ケイア！　あなたいい加減にしなさい！　迷惑ばかり掛けているくせに、ぎゃあぎゃあ騒ぐんじゃないわ!!」

「なんですって……!?」

「フィオン様！　お願いですから……」

「夫人、私はこの人を許せないのです。リリに暴言を吐いておいて、謝りもしない！　皆に守られて甘えているだけの人に、何を言っても無駄ですわ！　そうやって甘やかすからダメなのです！

もう終わりにしないと駄目です！　夫人も分かっているでしょう!?」

あー、フィオンよ！　何言ってんだよ！　頼むよ、危ないよ！

「兄さま！　姉さまを!!」

クーファルに訴える。

「リリ、大丈夫だ」

「兄さま!!」

「ソール、レピオスを呼んできなさい」

「はい、殿下」

「兄さま？」

なんでレピオスなんだ？

「リリ、兄さまもね、怒っているんだ」

あー、ダメだ。どーすんだよ!?

アルコースが指示して、見物人達を部屋から離している。

アラウィンはどこだ？　アスラールもいない。何してんだ？

「アルコース殿、アラ殿はどこに？」

「それが……出掛けているのです」

「え？」

「今日は、隣街の視察の予定が入っていたので、兄とハイクと一緒に朝からそちらに」

「そんな……」

「きっとケイアは、父と兄の不在を狙ってやっているんです。最初から母を狙っているんです」

「えぇッ!?」

「殿下、私はフィオン様が心配なので……」

「あ！　アルコース殿！」

アルコースがそれだけ言うと、部屋に堂々と入って行った。

「フィオン様、危ないです。部屋の外に出ましょう」

アルコースがフィオンとケイアの間に割って入った。フィオンを庇うように立つ。

「アルコース殿。いいえ、私は彼女を許せません。夫人にこんな乱暴を!!」

「アルコース、お願い。フィオン様を外に！」

夫人はアルコースへ合図をするかの様に黙って首を横に振る。何だ？

「母上、諦めて下さい。フィオン様はこうなったら、言う事は聞いて下さいません」

お、アルコース。よく分かってるじゃないか。

いや、そんな場合じゃないんだよ。

「何よ！　皆で私を馬鹿にして！　私がアラウィン様と婚姻する筈だったのに！　あんたがしつこいから！　邪魔なのよ！　さっさと死になさいよ！」

突然、フィオンがツカツカとケイアに向かって歩き出した。

側にいたアルコースが不意をつかれて動けない。

――パシンッ!!

フィオンが、ケイアの頬を思い切りぶった。それが切っ掛けになってしまった。怒り狂ったケイアがフィオンにナイフを突き付ける。

髪を振り乱し、フィオンに切りつけた時だ。

どこからか『キャァッ』と小さな叫び声が聞こえた。何だ？　誰だ？　どうした？

一瞬辺りを見渡し、俺が再度部屋を見ると、床に血が飛び散っていた。

あとがき

こんにちは、撫羽と申します。

この度は、本書『ボクは光の国の転生皇子さま！』２巻を手に取って下さった皆様、有難うございます。

２巻です！　１巻は既に私の宝物になっているのですが、２巻もです！　嬉しい！　本当に嬉しい有難い事です。２巻ではリリが5歳になり、辺境伯領へ向かいました。お城の中だけがリリの世界だったのが、一気に辺境伯領にまで広がります。沢山の人々と出会います。辺境伯領での冒険はこの２巻で丁度半分位でしょうか。

３歳の頃にはお見せできなかったリリの表情や成長等を感じ取って頂ければ幸いです。

ユキも登場しました。ｎｙａｎｙａ様がとっても可愛いユキを描いて下さいました。

フィオンやクーファルも、とっても素敵です。クーファルのキャラデザインをお願いする際に、『とにかくイケメンに！』とお願いしました。なんて無茶振りなんでしょう。

とってもイケメンなクーファルを描いて下さいました！

そして、ラストです。気になりますね～。ｗｅｂ版にはなかった展開です。楽しみです。

1巻の編集作業の時は全く何も分からず、無我夢中で進めました。2巻はそうでもないのかというと、そんな事もなく。結局、必死になって作業を進めました。

ですが、リリのお話が書籍になるかと思うと、それは1巻同様とても幸せな時間でした。

1巻が発売されて、すぐにこうして2巻を出版できるのは皆様のお陰です。

本当にありがとうございます。

最後になりますが、謝辞を。

改めまして、2巻を手に取って下さった皆様、有難うございます。

お忙しい中、読み込んでリリの事を考え編集に当たって下さった担当編集様。

私の無茶振りなリクエストに、想像以上に応えて下さったイラストレーターのｎｙａｎｙａ様。

私の知らないところで、沢山の方々がこの1冊の為に動いて下さっています。

皆様に、心からの感謝を申し上げます。

そして、ｗｅｂ版では2年も前の作品になるのにも拘わらず、ずっと応援して下さっている方々、
本当に有難うございます！　皆様のお陰で2巻も出版する事ができました！

どなたかが、ｗｅｂ版の感想欄に書き込んで下さっています。

『この物語はラストまでいってこそ』

とってもとっても有難いお言葉です。

先ずは、次も皆様の手に取って頂けるよう、頑張ります！

それでは、またこの先も皆様にお会いできる事を祈って。

この本に関わって下さった皆様へ、心からの感謝を申し上げます。

あとがき
ボクは光の国の転生皇子さま！7巻！
わーい！
これからも応援してください！
ねーさま！
キャラデザ
ラフ①
フィオン

キャラデザ②
クー ファル
にーさま！
2023 10月
nyanya
ありがとうございます！

みんなと仲良くピクニック！
KEN
ああ、このもふもふでむくむくな
幸せパラダイス空間、
もう最高かよ…！
心ゆくまで
もふもふの海を堪能！

EARTH STAR
LUNA

ボクは光の国の転生皇子さま！②
～ボクを溺愛する仲間たちと精霊の加護でトラブル解決です～

発行 ―――――― 2023年11月1日　初版第1刷発行

著者 ―――――― 撫羽

イラストレーター ―――― nyanya

装丁デザイン ―――― AFTERGLOW

発行者 ―――――― 幕内和博

編集 ―――――― 島玲緒　及川幹雄

発行所 ―――――― 株式会社アース・スター エンターテイメント
〒141-0021　東京都品川区上大崎3-1-1
目黒セントラルスクエア　7F
TEL：03-5561-7630
FAX：03-5561-7632

印刷・製本 ―――― 図書印刷株式会社

ISBN 978-4-8030-1857-8